शिवमूर्ति

प्रतिनिधि कहानियाँ

सम्पादक

विनोद तिवारी

राजकमल पेपरबैक्स

राजकमल पेपरबैक्स में
पहला संस्करण : 2023
दूसरा संशोधित संस्करण : 2024

राजकमल पेपरबैक्स : उत्कृष्ट साहित्य के जनसुलभ संस्करण

राजकमल प्रकाशन प्रा. लि.
1-बी, नेताजी सुभाष मार्ग, दरियागंज
नई दिल्ली-110 002
द्वारा प्रकाशित

शाखाएँ : अशोक राजपथ, साइंस कॉलेज के सामने, पटना-800 006
पहली मंजिल, दरबारी बिल्डिंग, महात्मा गांधी मार्ग, प्रयागराज-211 001
1, अनमोल सोराबजी संतुक लेन, धोबी तालाव, मरीन लाइंस, मुम्बई-400 002
वेबसाइट : www.rajkamalprakashan.com
ई-मेल : info@rajkamalprakashan.com

विकास कंप्यूटर एंड प्रिंटर्स
ट्रॉनिका सिटी-201 102
द्वारा मुद्रित

मूल्य : ₹199

PRATINIDHI KAHANIYAN
Representative Stories of Shivmurti
Edited by Vinod Tiwari

ISBN : 978-81-19028-47-4

शिवमूर्ति

कथाकार शिवमूर्ति का जन्म सन् 1950 में सुल्तानपुर, उत्तर प्रदेश के गाँव कुरंग में एक सीमान्त किसान परिवार में हुआ। शिवमूर्ति को अल्पवय में ही आर्थिक संकट तथा असुरक्षा से दो-चार होना पड़ा। इसके चलते मजमा लगाने, जड़ी-बूटियाँ बेचने जैसे काम भी किए।

उनकी प्रकाशित कृतियाँ हैं—'केसर कस्तूरी', 'कुच्ची का क़ानून' (कहानी-संग्रह); 'त्रिशूल', 'तर्पण', 'अगम बहै दरियाव' (उपन्यास); 'कसाईबाड़ा' (नाटक); 'सृजन का रसायन' (सृजनात्मक गद्य); 'मेरे साक्षात्कार' (सं. सुशील सिद्धार्थ)।

कथा-लेखन के क्षेत्र में प्रारम्भ से ही प्रभावी उपस्थिति दर्ज करानेवाले शिवमूर्ति की रचनाओं में निहित नाट्य सम्भावनाओं ने दृश्य-माध्यम को भी प्रभावित किया। 'कसाईबाड़ा', 'तिरिया चरित्तर', 'भरतनाट्यम' तथा 'सिरी उपमा जोग' पर फ़िल्में बनीं। 'तर्पण' उपन्यास पर बनी फ़ीचर फ़िल्म दो फ़िल्म फेस्टिवल में पुरस्कृत हुई। 'तिरिया चरित्तर' तथा 'कसाईबाड़ा' के हज़ारों मंचन हुए। कहानियाँ अनेक देशी-विदेशी भाषाओं में अनूदित हुईं।

उनकी कहानी 'तिरिया चरित्तर' को 'हंस' पत्रिका द्वारा सर्वश्रेष्ठ कहानी का पुरस्कार मिला। उन्हें 'आनन्द सागर स्मृति कथाक्रम सम्मान', 'लमही सम्मान', 'सृजन सम्मान', 'अवध भारती सम्मान', 'अमरावती सृजन पुरस्कार', 'श्रीलाल शुक्ल स्मृति इफ्को साहित्य सम्मान' से सम्मानित किया गया है।

ई-मेल : shivmurtishabad@gmail.com

भूमिका

शिवमूर्ति, चालू फ़ैशन और घिस चुके अथवा थक चुके मुहावरों के नहीं, बल्कि ठेठ बतकही और गप्प के अन्दाज़ में टटके-टटके, खर्रे ढंग से मुँह पर अच्छा-बुरा सब कुछ कह देने वाले खाँटी गँवई बनक के कथाकार हैं। वे आम जन-मन को जीने वाले, उनके बीच रचने-बसने वाले, उन्हीं की दुनिया के एक ऐसे नागरिक हैं, जो अपने समाज के लोगों की दशा-दुर्दशा की वास्तविक स्थितियों-परिस्थितियों को बग़ैर किसी पर्दे या झालर-झूमर के सामने लाते हैं। वे निखहरों के निखहर कथाकार हैं। उनकी कहानियों और उपन्यासों में लहरियाता, किरकिराता, भभाता-छरछराता निम्नवर्गीय और दलित जीवन-समाज का तिक्त यथार्थ चित्रित होता है। चित्रण में वही गँवई धूसरपन, विट, लोकोक्तियों से रची-पगी भाषा का सौन्दर्य। इसी भाषा में तथाकथित सभ्य-समाज के लिए वर्जनायुक्त किन्तु निम्नवर्गीय परिवार-समाज की धुरिया-विचार (कामाचार) वाली बातें भी प्रसंगतः प्रत्यक्ष हो जाएँ तो कोई 'सेंसर' नहीं। उच्चवर्ण की थुक्का-फ़ज़ीहत भी इसी भाषा में। गीत-गवनई भी इसी भाषा में। मान-मनुहार भी इसी भाषा में। यह 'मोजैक' वाली भाषा नहीं है। बल्कि सिल-बट्टे वाली भाषा है—कूटती, पीसती, चटनी बनाती। लोकमन की इतनी सटीक और सूक्ष्म समझ और उसे उसकी मूल रहन में जितनी बारीकी से शिवमूर्ति रचते हैं, रेणु की याद आना स्वाभाविक है। प्रेमचन्द और रेणु शिवमूर्ति के प्रिय कथाकार हैं। पर, रेणु की लोक-भाषा में जिस तरह से किंचित मोजैक की चिकनाहट और चमक है, शिवमूर्ति उससे अपने को बचा लेते हैं। उनकी भाषा में किसी तरह की कोई चिकनाहट नहीं, कृत्रिमता नहीं, ठेठ

सहज खुरदरापन है। अगर शिवमूर्ति का कोई 'शिवमूर्तियाना' अन्दाज़ है तो इसी कथाभाषा में है, जिसे उन्होंने अर्जित नहीं किया है, जिया है और कमाया है, जो अपनी नागरिकता के चलते उनके जीवन और रहन-सहन में प्रकृतस्थ है। सहज, स्वाभाविक किन्तु तिर्यक।

शिवमूर्ति की कहानियों में दलित और निम्नवर्गीय समाज के 'पात्र', विशेषकर स्त्री-पात्र जिस बेलौस सच्चाई और साहस के साथ अपनी समूची यंत्रणा और वेदना की स्थितियों-परिस्थितियों के साथ जब पन्नों पर उतरते हैं तो वे वास्तविक चरित्र में बदल नहीं जाते बल्कि वास्तविक चरित्र ही होते हैं। ये चरित्र सामन्तवादी मान-मूल्यों, पुरुषवादी वर्चस्व के सुनहले लौह-दंड से जगह-जगह दागे गए, वे प्रताड़ित लोग हैं जिन्हें ऊँची जाति के लोग, तथाकथित सभ्य समाज के लोग अपने पैरों की जूती समझते हैं। उनकी कहानियों के पात्र पूरी ताक़त के साथ सामाजिक अन्याय, पीड़ा, प्रताड़ना को जीते हुए भी, चुपचाप उसे सहन नहीं कर जाते। बल्कि उस यंत्रणा को भोगते हुए, उनसे लड़ते, पछाड़ खाते पर अन्ततः उन्हें पछाड़ते देखे जा सकते हैं। यही शिवमूर्ति की कहानियों की ताक़त है। वे अपने समय और लेखन के बारे में बताते हैं कि कैसे "प्रत्येक रचनाकार को प्रकृति एक विशिष्ट उपहार देती है। अति संवेदनशीलता का, परदुःखकातरता का, अतीन्द्रियता का भी, जिससे वह प्रत्येक घटना को अपने अलग नज़रिये से देखने, प्रभावित होने और विश्लेषित करने में सक्षम होता है। यह विशिष्टता अभ्यास के साथ अपनी क्षमता बढ़ाती जाती है। माँ की तरह या धरती की तरह लेखक की भी अपनी ख़ास 'कोख' होती है, जिसमें वह उपयोगी, उद्वेलित करने वाली घटना या बिम्ब को टाँक लेता है, सुरक्षित कर लेता है, अनुकूल समय पर रचना के रूप में अंकुरित करने के लिए। जिन परिस्थितियों में शिशु विकसित होता है, वही उसकी ज़िन्दगी की भी नियामक बनती हैं और उसके लेखन की भी। फ़सल की तरह लेखक भी अपनी 'ज़मीन' की उपज होता है। जब मेरी रचनाओं में गाँव, ग़रीब, खेत, खलिहान, बाग़, गाय, बैल, वर्ण-संघर्ष, फ़ौजदारी और मुक़दमेबाज़ी आती हैं तो यह केवल मेरी मरज़ी या मेरे चुनाव से नहीं होता। मेरे समय ने जिन अनुभवों को

प्राथमिकता देकर मेरे अन्त:करण में सँजोया है, स्मृति के द्वार खुलते ही उन्हीं की भीड़ निकलकर पन्नों पर फैल जाती है। मुझे क़लम पकड़ने के लिए बाध्य करने वाले मेरे पात्र होते हैं। उन्हीं का दबाव होता है जो अन्य कामों को रोकर काग़ज़-क़लम की खोज शुरू होती है। ज़िन्दगी के सफ़र में अलग-अलग समयों पर इन पात्रों से मुलाक़ात हुई, परिचय हुआ। इनकी जीवन्तता, जीवट, दु:ख या इन पर हुए ज़ुल्म ने इनसे निकटता पैदा की।...मुझसे और मेरे समय से परिचित होने के लिए आपको भी उन पात्रों, चरित्रों, दृश्यों व बिम्बों से परिचित होना पड़ेगा।"

शिवमूर्ति, हड़बड़ी के कथाकार नहीं हैं। उन्होंने बहुत कम लिखा है। इसलिए उनके खाते में बहुत कम कहानियाँ हैं—दो संग्रहों (केसर कस्तूरी और कुच्ची का क़ानून) को प्रमाण मानकर कहें तो कुल जमा दस कहानियाँ। पत्र-पत्रिकाओं में एक-दो और प्रकाशित हो सकती हैं। 40-50 साल के लेखन में कितनी कम कहानियाँ, पर कितने काम की। चार उपन्यास—'त्रिशूल', 'तर्पण', 'आख़िरी छलाँग' और 'अगम बहै दरियाव'। कहाँ तो आजकल लोग एक साल में 10-12 कहानियाँ खखोर-बटोरकर, हर साल एक संग्रह छपवा ही लेते हैं। ऐसे में हम सबके बीच एक कथाकार के रूप में शिवमूर्ति की मूल्यवान उपस्थिति हमें आश्चर्य नहीं बल्कि इत्मीनान और भरोसे से भर देती है। जिस साल भारतीय गणतंत्र की सबसे मूल्यवान किताब संविधान को भारत द्वारा अपने नागरिकों के लिए अंगीकृत किया गया, उसी साल 1950 में 12 मार्च को सुल्तानपुर (उत्तर प्रदेश) के अत्यन्त पिछड़े गाँव कुरंग (अब अमेठी ज़िला) में शिवमूर्ति का जन्म एक सीमान्त किसान के घर हुआ। सन् 1977 से उत्तर प्रदेश में सेल्स टैक्स की नौकरी में रहे। शिवमूर्ति के बचपन में ही पिता का घर-बार छोड़कर साधु बन जाना पूरे परिवार के लिए और ख़ुद उनके लिए बहुत दुश्वारियों और मुश्किलों भरा रहा। गौतम सान्याल से एक बातचीत में वह बताते हैं, "मेरे पिता जी का समीकरण बड़ा मनोरंजक मगर सरल है गौतम! जब घर में खाने को नहीं था तो वे साधु हो गए। दिन-भर भगवान और चिलम-सेवा में निमग्न रहते, पर आते तो राशन-पानी या बचा-खुचा पैसा छीन-छानकर ले जाते।

यही नहीं वे क़र्ज़ लेकर साधु-सेवा करते, बाद में वह हमें रोते-मरते चुकाना पड़ता। इसी कारण बहुत छुटपन में ही मुझे खेती-बारी में जुट जाना पड़ा। और जब रेलवे वाली मेरी नौकरी लग गई, घर में तनिक ख़ुशहाली उपजी, अनाज और पैसों का अभाव नहीं रहा तो वे वापस लौट आए। गृहस्थ बन गए।"

शिवमूर्ति ने किशोरवय वाली तेरह साल की 'नई-नकोर' उमर में पहली कहानी लिखी थी। वह कहानी कृषि-विज्ञान की स्कूल की नोटबुक पर लिखी गई थी, जो उनके ही गाँव के एक लड़के की कहानी थी। उसकी एक चरित 'मंगली' तो उन्हें अब भी याद है पर, उस कहानी की पांडुलिपि अब उनके पास नहीं है। अत: उनकी पहली प्रकाशित कहानी 18 साल की उम्र में, आगरा से निकलने वाली एक पत्रिका 'युवक' में सन् 1968 में प्रकाशित हुई थी। जिसका नाम था 'मुझे जीना है'। पर यह कहानी उनके दोनों संग्रहों में संकलित नहीं है। इसी तरह से उनकी दो और शुरुआती दिनों की कहानियाँ किसी संकलन में नहीं हैं। दूसरी कहानी 'पान-फूल' (इसी नाम से मार्कंडेय की भी एक कहानी है) हरीश भदानी के सम्पादन में बीकानेर (राजस्थान) से निकलने वाली पत्रिका 'वातायन' में छपी थी। तीसरी कहानी लखनऊ से उन दिनों निकलने वाली एक पत्रिका 'कात्यायनी' के ग्राम-कथा विशेषांक में छपी थी। जिन दो कहानियों से शिवमूर्ति बतौर कहानीकार चर्चित हुए वो कहानियाँ थीं 'कसाईबाड़ा' और 'भरतनाट्यम'। 'भरतनाट्यम' कहानी के छपने के पीछे भी एक कहानी है। यह कहानी 'धर्मयुग' में छपने के लिए भेजी गई। पर धर्मवीर भारती ने यह कहते हुए इसे 'धर्मयुग' में छापने से इन्कार कर दिया कि यह पारिवारिक कहानी नहीं है। इस कहानी में एक पत्नी के विवाहेतर यौन-सम्बन्ध बनाने और बाद में भाग जाने को दिखाया गया है। 'धर्मयुग' एक पारिवारिक पत्रिका है। बाद में यही कहानी 'सारिका' के अगस्त, 1981 अंक में प्रकाशित हुई। 'धर्मयुग' में 'भरतनाट्यम' की जगह, उनकी एक अन्य कहानी 'कसाईबाड़ा' को प्रकाशित किया। कसाईबाड़ा सामन्ती अवशेषों की परत-दर-परत उघाड़ने वाली विशिष्ट कहानी भर ही नहीं है, वरन धर्म के सामाजिक व्यवहारों—परोपकार और सदाचार के झूठ के

साथ-साथ नगर से लेकर गाँव तक राजनीति के भी धूर्तपने और पुलिस-प्रशासन की भ्रष्टता को उजागर करने वाली विरल कहानी है। शिवमूर्ति की कहानियों में स्त्री-मुक्ति का नारा नहीं मिलेगा पर अपने कथानक में उनकी प्रायः सभी कहानियों में स्त्री-सबलीकरण की चेतना आपको मिल जाएगी। 'कसाईबाड़ा' की सनिचरी का अत्याचार के ख़िलाफ़ न्याय के लिए धरने पर बैठना तो महत्त्वपूर्ण है ही पर उससे अधिक उसका महत्त्व परिवर्तनकारी-शक्तियों के भीतर बदलाव की निशानदेही है। शिवमूर्ति की एक ख़ासियत है, वह स्त्री-चेतना और उसके साहस की निर्मिति में वर्ग-विभाजन की जगह समूची स्त्री-जाति को एक ही वर्ग मानकर चलते हैं। उनमें किसी तरह की वर्ग रचना से बचते हैं।

ग़रीबी और ग़ुलामी ये दो ऐसे लौह-ढाँचे हैं जो टूटने का नाम ही नहीं लेते। एक स्त्री इनके बीच कैसे पिसती है, शिवमूर्ति की कहानियों की मूल वेदना यह है, जिसका प्रत्याख्यान यथासम्भव वह अपनी कहानियों में रचते हैं। उनके स्त्री किरदार दासता के ख़ामोश पुतले नहीं हैं, बल्कि प्रतिरोध और संघर्ष की जीती-जागती मिसालें हैं। भारत जैसे तीसरी दुनिया के देशों में, एक बड़े वर्ग और समुदाय में स्त्री-पुरुष सम्बन्ध 'भौतिक' की तुलना में 'नैतिक' होते हैं या माने जाते हैं। इस सामाजिक धरातल की समझ शिवमूर्ति को उन भीतरी तहों तक ले जाती है जो अक्सर दूसरे कहानीकारों के यहाँ ऊपरी तौर पर तैरता रहता है। इसलिए शिवमूर्ति एक हद तक प्रेमचन्द और रेणु की परम्परा के होते हुए भी उससे आगे के कथाकार हैं। शिवमूर्ति ग्रामीण-जीवन और उसके धूसर, बदरंग यथार्थ को रचने वाले कथाकार होने के साथ-साथ परिवार के ताने-बाने के भीतर टूटने-बनने वाले जीवन के भी कुशल चितेरे हैं। शिवमूर्ति, सचमुच हिन्दी कहानी के हर तरह के आदर्शवाद को धता बताने वाले, उसे बदल देने वाले कहानीकार हैं, वह भी यथार्थ को बिना बदले। पर, यथार्थ को वे स्थानान्तरित ज़रूर करते हैं। प्रेमचन्द याद आते हैं—'हमें हुस्न का मेयार तब्दील करना होगा।' शिवमूर्ति अपनी कहानियों से हिन्दी कहानी के हुस्न के मेयार में एक ज़रूरी तब्दीली ले आते हैं। सिरी उपमा जोग, तिरिया चरित्तर, अकाल दंड, बनाना रिपब्लिक, कुच्ची का कानून, आदि

कहानियाँ इसका उदाहरण हैं। 'भरतनाट्यम' बहुत हद तक आत्मकथात्मक कहानी है। 'भरतनाट्यम' एक ऐसे निम्न-मध्यवर्गीय युवा की कहानी है जो सच्चाई, ईमानदारी, सिद्धान्त और आदर्श की सिखाई गई, दी गई पूँजी के सहारे जीवन में उन तमाम आशाओं, आकांक्षाओं को पूरा करना चाहता है जिन्हें दुनियावी सन्दर्भ में पारिवारिक ज़रूरतें कहते हैं। पर, जब इस दुनियावी दुनिया में वह शामिल होता है तो उसे लगता है कि इसमें सच्चाई, ईमानदारी, सिद्धान्त और आदर्श का कहीं ठौर नहीं है। मजमा तो झूठ, बेईमानी, छल, कपट, प्रपंच, अवसरवाद, चापलूसी आदि का है। वैसे तो उनकी लगभग सभी कहानियाँ भोगे हुए यथार्थ और जिए हुए अनुभव की ऐसी कथा-संरचना है जिनमें लेखक के जीवन के साथ और उस जीवन से जुड़े हुए अनेक वास्तविक 'चरित' 'कथा' बनकर फिर उपस्थित होते हैं। 'मामी की कहानी'—जो बाद में 'ख़्वाजा ओ मेरे पीर' नाम से छपी—की मामी क्या कहीं दूर की पात्र लगती हैं? 'कुच्ची का क़ानून' की कुच्ची गढ़ा हुआ चरित नहीं है, बल्कि सृजित 'पात्र' है। 'सिरी उपमा जोग' के एडीएम साहब का 'चरित' 'अन्य' नहीं। ये सभी अपने वर्ग-समाज के जीते-जागते चरित हैं।

शिवमूर्ति निम्नवर्गीय समाज को ही अपनी कथाभूमि बनाते हैं, उसमें भी स्त्री, वह भी दलित, पीड़ित, प्रताड़ित स्त्री। जिसकी वर्गीय सामाजिक स्थिति-परिस्थिति का कसकता-दरकता चित्रण केन्द्र में है। 'सिरी उपमा जोग' की लालू की माँ कोई एक 'व्यक्ति' नहीं है। वह अपने जैसे अनेक स्त्रियों की प्रतिनिधि चरित्र है। 'सिरी उपमा जोग' लोकगीतों में गाई जाने वाली और पाई जाने वाली 'स्त्री' की पीड़ा का एक सुन्दर किन्तु करुण कथा रूपान्तरण है—'सौतनिया संग रास रचावत, मो संग...।' शिवमूर्ति की ख़ासियत यह है कि वे उनकी वर्गीय सामाजिक स्थिति-परिस्थिति का चित्रण तो करते ही हैं, पर इन स्त्री-पात्रों को वह उनके साहस और प्रतिरोध के साथ अपने समय-समाज से आगे का किरदार बना देते हैं। 'अकाल दंड' की दलित स्त्री सुरजी उनकी एक ऐसी ही किरदार है, जो सेकरेटरी द्वारा आखेट किए जाने के लिए तरह-तरह से घात लगाए जाने और गिद्ध की तरह उस पर टूट पड़ने पर बड़े ही साहस के साथ मर्द के

उस अंग विशेष की ही शल्य-चिकित्सा बोबी-टिंग कर देती है जिससे यह बीमारी ही जड़ से ख़त्म हो जाए।

शिवमूर्ति की सभी कहानियों में कथानक का निर्माण इतना सघन, मार्मिक और प्रामाणिक होता है कि उनकी कहानियाँ 'आँखों देखी' अनुभव बनकर पाठक के मन में जगह बना लेती हैं। उनकी कहानियों में 'तिरिया चरित्तर', 'कसाईबाड़ा', 'कुच्ची का क़ानून' और 'बनाना रिपब्लिक' अपने 'आर्ट' और 'क्राफ्ट' दोनों में सधी हुई कहानियाँ हैं। 'भरतनाट्यम' और 'सिरी उपमा जोग' 'आर्ट' की दृष्टि से सफल हैं। 'ख़्वाजा ओ मेरे पीर' का 'क्राफ्ट' बहुत अच्छा है, ख़ासकर उसका 'प्लॉट'। 'बनाना रिपब्लिक' लोकतंत्र के भीतर जन-भागीदारी के लिए समय-समय पर किये गए सुधारों और प्रयासों की ज़मीनी हक़ीक़त और पोल-पट्टी खोलने वाली राजनीतिक कहानी है। वैसे तो कमोबेश उनकी सभी कहानियाँ राजनीतिक-यथार्थ किसी-न-किसी प्रसंग में प्रत्यक्ष होता है। पर 'कसाईबाड़ा' और 'बनाना रिपब्लिक' इस दृष्टि से उल्लेखनीय है। 'बनाना रिपब्लिक' का क्राफ़्ट तो चुनावी लोकतंत्र के तरीकों, चालाकियों और कूटचाल का पोस्टमार्टम है। पुरुषवादी सामन्ती समाज में बेटे के बिना परिवार की वंशावली और विरासत का क्या होगा, यह सबसे बड़ा सवाल होता है। 'भरतनाट्यम' कहानी के अन्त में जिस तरह से पत्नी के भाग जाने और बेटे की लालसावाले पितृसत्ताक समाज उठाई गई है, उसे शिवमूर्ति आगे चलकर अपनी एक कहानी 'कुच्ची का क़ानून' में विस्तार देते हैं। बेटा, वंश, बीज, कोख की ज़रूरत और अधिकार को लेकर, पुरुषसत्ताक समाज की क्रूरता और अमानवीयता और झूठी नैतिकता और पवित्रता को, भरी पंचायत में जिस तरह से कुच्ची तार-तार करती है, वह ज्ञान की पत्नी से आगे की पीढ़ी की स्त्री है। 'तिरिया चरित्तर' की विमली, 'अकालदंड' की साहसी सुरजी और कुछ मामलों में 'कसाईबाड़ा' की सनिचरी से भी मज़बूत, जुझारू और बुद्धिमान। कुच्ची न केवल पंचायत को बल्कि बरम्हा के विधान को भी ललकारकर-पछाड़कर भू-लुंठित कर देती है। पंचायत के यह कहने पर कि 'अरे मूर्ख, वंश माँ से नहीं, बाप की बूँद और नाम से चलता है।' वह भरी पंचायत में पूछती है, "ऐसा क्यों है

बाबा? पेट में तो नौ महीना सेती है महतारी, बाप तो बूँद देकर किनारे हो जाता है।...बाबा बरम्हा ने औरतों को कोख किसलिए दिया है?...कोख देकर बरम्हा ने औरतों को फँसा दिया। अपनी बला उनके सिर पर डाल दी। अगर दुनिया की सारी औरतें अपनी कोख वापस कर दें तो क्या बरम्हा के वश का है कि वे अपनी दुनिया चला लें?" कुच्ची कोख पर अपने अधिकार को लेकर जिस तरह से जिरह करती है, वह 'स्त्री-विमर्श' नहीं है बल्कि समाज के बने-बनाए खाँचे-साँचे के साथ-साथ तथाकथित विधि-विधान को भी बदल देने वाली बात है—"जब मेरे हाथ, पैर, कान पर मेरा हक़ है, इन पर मेरी मरजी चलती है तो कोख पर किसका हक़ होगा, उस पर किसकी मरजी चलेगी?" कुच्ची का यह सवाल आज भी अपना जवाब माँग रहा है।

यह संकलन तैयार करते समय जो सबसे बड़ी चुनौती सामने थी, वह थी 'प्रतिनिधि का चयन'। शिवमूर्ति की सभी कहानियाँ विषय-वस्तु और कथानक में अपनी प्रतिनिधि कहानियाँ हैं। प्रतिनिधि में से पाँच 'प्रतिनिधि श्रेष्ठ' का चुनाव मेरे लिए ही नहीं किसी के लिए भी कितना कठिन कार्य हो सकता है, आप इसकी कल्पना कर सकते हैं। बहरहाल, जो भी है, अब आपके समक्ष है। हर चयन और संकलन की अपनी सीमा होती है, इसकी भी हो सकती है। वह भी तब जब अपनी विशिष्टता के चलते कोई भी कहानी छोड़ने लायक न हो, सभी अपनी अन्तर्वस्तु और शैली के नाते अलहदा हों। फिर भी उम्मीद है कि पाठकों की ज़रूरत को यह किताब किसी हद तक पूरा कर पाएगी। शिवमूर्ति की प्रतिनिधि कहानियों का अब तक कोई चयन और संकलन प्रकाशित नहीं है। राजकमल प्रकाशन और उसके मालिक श्री अशोक महेश्वरी का आभार कि उन्होंने इस दिशा में पहल करते हुए मुझे इस महत्त्वपूर्ण दायित्व के निर्वाह के उपयुक्त समझा।

—विनोद तिवारी

क्रम

कसाईबाड़ा

गाँव में बिजली की तरह खबर फैलती है कि सनिचरी धरने पर बैठ गई है, परधान जी के दुआरे। लीडर जी कहते हैं, "जब तक परधान जी उसकी बेटी वापस नहीं करते, सनिचरी अनशन करेगी, आमरण अनशन।"

पिछले एक हफ्ते से लीडर जी सनिचरी को अनशन के लिए पटा रहे थे और अब गाँव के हर कान में मन्तर फूँक रहे हैं, "सनिचरी परधान के खिलाफ नहीं, अन्याय, दगाबाजी और शोषण के खिलाफ लड़ रही है, अहिंसा की लड़ाई, महात्मा गांधी का रास्ता। आप सबका कर्तव्य है कि जोर-जुल्म के खिलाफ लड़ी जानेवाली इस लड़ाई में उस गरीब विधवा को सपोर्ट करें—मनसा, वाचा, कर्मणा।"

परधान जी की दुतल्ली बिल्डिंग के सदर दरवाजे पर बोरी बिछाकर किसी मोटे प्रश्नचिह्न-सी बैठी है सनिचरी। लीडर जी ने गांधीजी का छोटा-सा फोटो देकर कहा है, "इन्हीं का ध्यान करो। अन्यायी का हृदय-परिवर्तन होगा या सर्वनाश।"

अत्याचार के खिलाफ संघर्ष तेज करने के लिए लीडर जी ने स्कूल से छुट्टी ले ली है। इस संघर्ष की सफलता में उनके जीवन की सफलता निहित है। महत्त्वाकांक्षाओं की एक लम्बी शृंखला है उनके सामने—प्रथम तो अगली बार होनेवाले परधानी के इलेक्शन में, जैसे भी हो, पुराने परधान को हराकर गाँव-परधान बनना। प्राइमरी स्कूल की मास्टरी उन्हें गर्दन

की मैल लगने लगी है...फिर ब्लॉक प्रमुख, फिर एमेले, फिर मिनिस्टर। एयर कंडीशंस कोच में देशाटन। ये सब कठिन संघर्ष की माँग करते हैं। सतत प्रयत्न। परधानी की फील्ड तैयार करने का इससे बड़ा चांस फिर कब आएगा? शहर से कैमरा लाकर उन्होंने सनिचरी का फोटो उतारा है, अखबार में छपाने के लिए। एक संवाददाता भी पकड़ लाए थे। सारे गाँव को जगाना शुरू कर दिया है, "होशियार हो जाइए आप लोग, आपके गाँव में शेर की खाल में गीदड़। और आप लोगों ने उसे ही परधान बना दिया, सोचने की बात..."

तीन पृष्ठों की दरखास्त लिखकर लीडर जी उस पर सारे गाँववालों के दस्तखत या अँगूठा-निशान ले रहे हैं। इसे लेकर डी.एम. के पास जाएँगे। अखबार में छपवाएँगे। अत्याचारी को सजा दिलवाएँगे, "लेकिन आप लोग भी सोचिए और समझिए। गलत आदमी को परधान बनाने का क्या रिजल्ट होता है? आइन्दा के लिए..."

जो परधान जी गाँव में आदर्श विवाह का आयोजन करवाकर तीन-चार महीनों से आस पास तक के गाँवों में देवता की तरह पूजे जाने लगे थे, उन्हीं का अब घर से निकलना मुश्किल हो गया है। निकलते ही सनिचरी उनका पैर पकड़कर गोहार लगाती है, "मोर बिटिया वापस कर दे बेइमनवा, मोर फूल जैसी बिटिया गाय-बकरी की नाईं बेंचि के तिजोरी भरै वाले! तोरे अंग-अंग से कोढ़ फूटि कै बदर-बदर चूई रे कोढ़िया..."

सनिचरी को आज भी आदर्श-विवाह वाले नगाड़ों की गड़गड़ाहट सुनाई पड़ती है। गाँव के पूरब, सड़क के किनारे की अमराई में गाँव-भर के तख्तों को जुटाकर बनाया गया बड़ा-सा मंच। लाल-हरे रंगों वाले शामियाने। कुर्सी, मेज, बेंच, ढोल, मृदंग, नगाड़े, तुरही, बैंड। ए.डी.ओ., बी.डी.ओ., मिडवाइफ। प्रमुख, परधान, सरपंच। सिर पर मौर बाँधे, सजे-सजाए, पढ़े-लिखे, लम्बे-तगड़े दस शहराती दूल्हे। दस दूल्हनें—गाँव की गरीब कन्याएँ। रंग-बिरंगी साड़ियों में पुलकित। सामूहिक आदर्श-विवाह। दहेज-प्रथा और जात-पाँत की संकीर्ण और सड़ी-गली मान्यताओं पर कुठाराघात। एड़ी-चोटी का पसीना एक करके महीनों शहर-शहरात की

खाक छानने के बाद परधान जी दस लड़कों को तैयार कर पाए थे। गाँव-समाज के इतिहास में एक नए अध्याय की शुरुआत।

भोंपू में अटक-अटककर प्रेम से बोले थे बी.डी.ओ. साहब, "आपके ग्राम प्रधान श्री के.डी. सिंह के अथक प्रयास के फलस्वरूप—एँ...क्या नाम... इंटरकास्ट मैरिज का प्रोग्राम...एँ...ऐसे पिछड़े क्षेत्र में। क्या नाम... अगेंस्ट द कर्स ऑफ डाउरी...एँ...समाज और राष्ट्र के अपलिफ्ट के लिए...क्या नाम..."

मिडवाइफ ने एक-एक डिब्बा उपहार में दिया था सभी दुल्हनों को। कंट्रासेप्टिव पिल्स, फैमिली प्लानिंग का लिटरेचर। सनिचरी निहाल थी अपने दामाद की छवि निहारकर। गोरा रंग, पतली मूँछें, बाँका जवान। कलम चलानेवाला। खुला-खुली गहना-गुरिया देने का हुकम नहीं था तो क्या, सनिचरी ने चोरी से बेटी के बक्से में अपने सारे गहने डाल दिए थे—तीन सेर चाँदी। विदा होते समय कैसी कलेजा फाड़ देनेवाली आवाज में रोई थी रूपमती। अपनी बकरी तक को भेंटना नहीं भूली थी।

परधान जी देवता हो गए थे। लीडर जी को सोच हो गया था। ऐन इलेक्शन के छह महीने पहले ही ऐसी जादू की छड़ी घुमाई परधान ने कि सारा गाँव उसके पैर छूने लगा। अब वे मुकाबले में कैसे टिकेंगे? फिर भी कोशिश तो करनी ही है। हर आदमी से अलग-अलग अकेले में भेंट करते लीडर जी और आगाह करते, "याद करो, चौबीस रुपए के तीन सौ वसूल किए थे तुमसे इसी रँगे सियार ने। रँगे सियार का किस्सा नहीं जानते? किसी दिन फुरसत से सुनाएँगे। एक मन जौ के बदले रामप्रसाद की बियाई भैंस खोल ले जानेवाला कौन है? बदलुआ को झूठ-मूठ चोरी में फँसानेवाला कौन है? और, अगर फिर इसी को परधान बनाया आप लोगों ने, तो सबका अगवार-पिछवार जोतवाकर चरी बो देगा, देखना।"

लेकिन आदर्श-विवाह का कुछ ऐसा जादू चल गया था लोगों पर कि लीडर जी को लगता, अब जनमत पलटना असम्भव है। उन्हें बार-बार बी.डी.ओ. की बात याद आती, 'बाबू के.डी. सिंह के अथक प्रयास से...' हुँह! खिरोधर सिंह का कितना शानदार संस्करण किया था साले ने। खरखराता ऐसा है कि चार बार नाम ले लो तो गले में खारिश हो जाए।

सनिचरी अपनी बुढ़ौती सफल मान बैठी थी। उसकी बेटी अच्छे घर गई है। परधान का वंश बढ़े। अचानक वज्र गिरेगा, सनिचरी ने कब सोचा था।

अर्द्धरात्रि। सघन अन्धकार। बूढ़ी आँखों में नींद नहीं। सहसा लगा, कोई टाटी खुटकाते हुए पुकार रहा है, "काकी, काकी रे!" उसने उठकर टाटी का बेंड़ा खोला तो सुगनी हाँफते हुए उसके गले से लिपट गई, "काकी रे, हमारी जिनगी माटी हो गई।"

"क्या हुआ? बोल तो। इतनी रात में कहाँ से भागी आ रही है?" उसे इस हालत में देखकर सनिचरी सन्न रह गई थी।

"काकी, अपना परधान कसाई है। इसने पैसा लेकर हम सबको बेच दिया है। शादी की बात धोखा थी। हम सबको पेशा करना पड़ता है, रूपमती को भी। अमीरों के घर सोने भेजा जाता है। आज मैं किसी तरह से निकल भागी। पीछे बदमाश लग गए थे।" बोलते-बोलते गला सूख गया उसका। उसने घड़े से एक गिलास पानी पिया और साँस लेकर बोली, "माई से मिलने को जी हुड़क रहा है काकी। चलती हूँ। सबेरे फिर आऊँगी। सब लोगों को मिलकर थाने पर रपट लिखानी होगी।"

सनिचरी जड़ हो गई थी। पेशा! सारी रात वह टाटी से पीठ टिकाए बिसूरती रही और सबेरे जब सुगनी से मिलने उसके घर गई तो सुगनी की माँ ने डाँटा था, "पागल हो गई बुढ़िया?"

सनिचरी ने सब कुछ बताया था। बार-बार बताया था। घड़े के पास लुढ़का गिलास दिखाकर विश्वास दिलाया था, कि यह सच है। रात आई थी सुगनी। लेकिन आई थी तो अपने घर पहुँचने से पहले ही कहाँ और क्यों गायब हो गई? किसी को भी विश्वास नहीं हो रहा था।

परधान जी ने इसे लीडर जी की लंगेबाजी बताया, "चुनाव का पैंतरा भाँज रहा है साला। मुझे बदनाम करने के लिए सनिचरी को फोड़ा है। देखते नहीं आप लोग, आधी-आधी रात तक उसकी झोंपड़ी में घुसा रहता है।"

जिन औरतों से सनिचरी की पुरानी खार है, वे कहती हैं, "बेटी की कमाई पर मौज करती थी। अब खुद कमाकर खाना पड़ा तो भगल बन रही है बुढ़िया।" लेकिन, जिनकी बेटियाँ उस समारोह में ब्याही गई थीं, उनके अन्दर खलबली मच गई है। करें भी तो क्या! एक तरफ परधान

से खिलाफत। बिरादरी में बदनामी। हुक्का-पानी बन्द होने का डर। छोटे बेटे-बेटियों की शादी में रुकावट और दूसरी तरफ बेटी की ममता। सनिचरी की तरफदारी करके बेटी का पता लगाएँ या—हुआ सो हुआ, बात को दबाकर बदनामी से बचें?

लेकिन सनिचरी तो लड़ेगी। लड़कर प्राण दे देगी या अपनी बेटी वापस कराएगी। लीडर जी ने कहा है—वे उसकी बात थानेदार और एस.पी. से लेकर कलक्टर-कमिश्नर तक पहुँचाएँगे। मुख्यमंत्री और परधानमंत्री को लेटर लिखेंगे। परधान को अन्दर कराएँगे।

दरखास्त पर अँगूठा लगवाने के साथ-साथ लीडर जी ने सबको सावधान किया है, "परधान काला नाग है। उसका विषदन्त उखाड़ना है। बिल्डिंग को घेरकर सब लोग अनशन करो।"

अँगूठे का निशान तो बहुतों ने दिया, लेकिन अनशन करने कोई नहीं आया। अँगूठा-निशानी का क्या? कोरट-कचहरी में फँसने का डर हुआ, तो कह देंगे—धोखे से लीडर ने लगवा लिया था माई-बाप!

शाम का धुँधलका गहराने के साथ-साथ सनिचरी के रोने की आवाज सारे गाँव को थरथराती है। सारा गाँव स्तब्ध है, भयाक्रान्त। काफी रात गए लीडर जी आते हैं। चोरबत्ती की रोशनी में सनिचरी को दरखास्त दिखाते हैं, "सब फिट हो गया। कल इतवार है। परसों जाकर डी.एम. को दरखास्त दे दूँगा और चौबीस घंटे के अन्दर परधान को हथकड़ी..."

खुलेआम सनिचरी का पक्ष लेकर कोई आगे आया है तो वह है अधपगला अधरंगी। सम्पूर्ण वामांग आंशिक पैरालिसिस का शिकार। बाईं टाँग लुंज, टेढ़ी और छोटी। बाईं आँख मिचमिची और ज्योतिहीन। होंठ बाईं तरफ खिंचे हुए। बायाँ हाथ चेतनाशून्य। आतंकित करने की हद तक स्पष्टभाषी। तीस-पैंतीस की उम्र में ही बूढ़ा दिखने लगा है। पेशा है—गाँव भर के जानवर चराना। मजदूरी प्रति जानवर, प्रति माह एक सेर अनाज। सिर्फ परधान जी और लीडर जी के जानवर नहीं चराता, क्योंकि उसके अनुसार ये दोनों गाँव के राहु और केतु हैं। इन दिनों रात में वह गाँव की गलियों में घूमते हुए गाता है—'कलजुग खरान बा, परधनवा बेईमान बा, अधरंगी हैरान बा।' और सोते हुए लोगों की चादर पकड़कर खींच लेता

है, "औरतों की तरह मुँह ढंककर सोनेवाले गीदड़ो, परधान तुम्हारी बहन-बेटियों के गोश्त का रोजगार करता है और तुम लोग हिजड़ों की तरह मुँह ढँककर सो रहे हो। सो जाओ, हमेशा के लिए।" और चादर फेंककर आगे बढ़ जाता है, 'कलजुग खरान बा।'

बात थाने तक पहुँच गई है। परधान जी और लीडर जी दोनों को बुलाया गया है। लीडर जी ने चौकीदार से कहला दिया, "ऐसे कॉम्प्लेक्स केस में तो खुद दरोगा जी को अब तक गाँव में पहुँच जाना चाहिए था। खैर! कहना, मैं टाइम निकालने की कोशिश करूँगा।" लेकिन परधान जी फौरन तैयार हो रहे हैं—कहीं लीडर पहले पहुँच गया तो बंटाढार हो जाएगा। वे बार-बार परधानिन को सचेत करते हैं, "अजी, सुनती हो जी! कुछ भेंट-पूजा के लिए थोड़ा अमावट, खटाई, अचार। तुम्हें पता है कि दरोगाइन कोंहड़ौरी और जामुन का सिरका पहले माँगती हैं। वो जो परेम कुमार की खेलने की खड़खड़िया है न, दे दो। दरोगा जी का लड़का खेलेगा।"

थाने के अहाते में कदम रखते ही एक काला-कलूटा भीमकाय कुत्ता भौंकते हुए दौड़ता है, लेकिन अमावट की महक पाकर पूँछ हिलाने लगता है—कूँ-कूँ...आओ-आओ, स्वागत है। तोंदवाला कुत्ता देखा है कभी? देख लो।

दरोगा जी पूजा पर हैं। मुंशी जी उन्हें बैठाते हैं। घंटों बाद मूँछें उमेठते हुए निकलते हैं दरोगा जी, "हाँ, तो परधान जी, क्या बदअमनी फैला रखी है आपने? ऐसा क्रिमिनल गाँव मुझे तेईस साल की नौकरी में दूसरा नहीं मिला, जो पैसे के लिए अपनी बेटियाँ ही बेचने लगे।"

परधान जी हाथ जोड़कर खड़े होते हैं, "पहले बात तो सुनी जाए हुजूर।"

"ऐसी-तैसी बात की। तेईस साल से बात ही तो सुन रहा हूँ। जो भी आता है, खाली बात। मैं कहता हूँ, अगर बुढ़िया मर गई तो दस साल के लिए अन्दर हो जाओगे। अपने कफन-दफन का खर्चा भी गौरमिंट के जिम्मे डालोगे।"

"हुजूर, विश्वास करें, यह सब लीडर जी की करामात है। परधानी

से मेरा पत्ता साफ करने के लिए सरकार, अपढ़-गँवार को भड़काकर गांधी, नेहरू और नेताजी के मुँह पर कालिख पोत रहे हैं। हम तो सरकार पबलिक की भलाई वास्ते, गरीबों की मदद वास्ते, जात-पाँत के नासूर वास्ते, सरकार...आदर्श-विवाह हुआ। अखबार में आउट हुआ। गाँव का, जिले का, खासकर आपके थाने का नाम रोशन हुआ..."

दरोगा जी को लगता है कि अगर थोड़ी देर तक परधान और बोलता रहा तो उनकी डाँटने की पावर ही खत्म हो जाएगी, इसलिए बीच में ही टोकते हैं, "पुलिसवालों को आप बिलकुल ही बेवकूफ समझते हैं क्या? कल ही सी.आई.डी. इंस्पेक्टर ने इनवेस्टिगेशन रिपोर्ट सबमिट किया है। लड़कियों का धन्धा करनेवाले गिरोह की लिस्ट में आपका नाम लाल रोशनाई से लिखा है...।"

सी.आई.डी. का नाम सुनकर परधान जी आतंकित होते हैं। काला कुत्ता बड़ी देर से बूट पर पंजे की खरोंच मारकर दरोगा जी का ध्यान अमावट वाली गठरी की तरफ ले जाने की कोशिश कर रहा है। उसे तजुर्बा है, आठ साल का—गठरी पर नजर पड़ते ही दरोगा जी की आवाज मधुर हो जाएगी। आखिर दरोगा जी का ध्यान उधर जाता है, "इस गठरी में क्या है?"

"जी हुजूर, थोड़ा-सा अचार, खटाई, अमावट, सिरका, कोंहड़ौरी वगैरह। दरअसल हुजूर, लीडर जी के चलते, जो न हो जाए, सो थोड़ा। हमेशा खिलाफ बात। हमारे खिलाफ। आपके खिलाफ। जनता के खिलाफ। मुखमन्तरी और परधानमन्तरी से नीचे तो बात ही नहीं करते। बोलते हैं—दरोगा-एस.पी. को तो मैं पौकिट में डालकर घूमता हूँ।"

"ऐं? ऐसा बोला? साला! इतनी बड़ी पॉकिट? ठीक है। आने दो।"

वे अचार की गठरी को हाथ में लेकर तौलते हुए कहते हैं, "आपको पता होगा, मैं मन्दिर बनवा रहा हूँ थाने के सामने, उसमें यथाशक्ति..."

"क्यों नहीं सरकार, क्यों नहीं। मन्दिर, धर्मशाला के लिए तो..." वे जेब में हाथ डालते हैं, "आजकल तो हुजूर, दुनिया से धरम-ईमान नाम की चीज ही गायब होती जा रही है, लीजिए सँभालिए हुजूर!"

गिनने के बाद दरोगा जी कहते हैं, "आप मजाक समझ रहे हैं। यह सी.आई.डी. केस है।"

"मैं फिर जल्दी ही हाजिर होऊँगा सरकार।"

"अन्दर जाकर सत्यनारायण जी का परसाद ले लीजिए। दरोगाइन को इधर एक ही जगह दो चीजें दिखाई देने लगी हैं, उसी के ठीक होने के लिए कथा की मनौती थी। और हाँ, बुढ़िया का अनशन फौरन खत्म करवा दो। हरिजन उत्पीड़ित नहीं किए जा सकते। जनरल इलेक्शन सिर पर है। ऊपर से सर्कुलर आ गया है कि हरिजनों को..."

परसाद लेकर परधान जी बाहर आते हैं तो दरोगा जी पूछते हैं, "सुना है, तुम्हारे गाँव के ताल में बड़ी बनमुर्गियाँ हैं। किसी दिन शिकार पर आएँगे।"

"जरूर आइए हुजूर, मगर कब?"

"कभी भी, मगर इन्तजाम अच्छा होना चाहिए।"

क्या कहें परधान जी? बाँधकर तो नहीं रखा जा सकता बनमुर्गियों को। वे पंजीरी चाटते हुए बाहर आते हैं। मुँह में इतनी मिठास कहाँ से? पंजीरी की मिठास यह नहीं हो सकती। दरोगाइन अभी तक तगड़ी हैं। चालीस से ज्यादा की नहीं लगतीं। देह अतर गुलाब की तरह महक रही थी। परधानिन की देह से तो गन्ना मिल वाली तेज गन्ध निकलती है। तभी मैं सोचूँ कि उसे इतनी मक्खियाँ क्यों घेरे रहती हैं?...थोड़े से पेठेवाले कद्दू मँगवाए हैं दरोगाइन ने और आँवले का मुरब्बा। वही दे दूँ, फिर चाहे सारा गाँव अनशन करे। कहती थीं, "दरोगा जी की बात का खयाल ना केह्यो। ऐसेई बड़बड़ाते रहते हैं, जब से बिटिया विधवा भई।"

लीडर जी सधे कदमों से थाने की तरफ आ रहे हैं। ललाट पर गम्भीर चिन्तन की रेखाएँ। मंत्री बनने के बाद यही दरोगा पीछे-पीछे चलेगा। नजर से नजर नहीं मिला सकेगा। लेकिन आज तो...वे बार-बार टोपी ठीक करते हैं।

लीडर जी को देखकर काला कुत्ता भूँकता नहीं। दूर से ही सूँघकर किसी नतीजे पर पहुँच जाना चाहता है। कोई गठरी नहीं! कोई झोला नहीं!!

"हूँ, तो लीडर आप ही हैं?" दरोगा जी आँखों में आँखें डालकर पूछते हैं।

"जी हाँ, पाँड़ेजी, मैं...।"

"ठीक है, ठीक है।" पाँड़े जी सम्बोधन ने दरोगा जी को काट खाया है। वे बीच में ही टोकते हैं, "लीडर आपका असली नाम है?"

"जी असली नाम तो है रामबुझावन।"

"तो लीडर अपने आप बन गए, पैदाइशी लीडर?"

"आप सिर्फ मतलब की बात कीजिए दरोगा जी।"

"ठीक है, तो सुनिए मतलब की बात। सी.आई.डी. हेडक्वार्टर से आपकी पर्सनल रिपोर्ट माँगकर पढ़ी है मैंने—नक्सलपन्थी, एनार्किस्ट, टेररिस्ट।"

घर से ही कसम खाकर चले हैं लीडर जी—उखड़ना नहीं, दरोगा को उखाड़कर लौटना है। दरोगा से ही डर गए तो हो चुकी मिनिस्टरी। वे आवाज में भरपूर गम्भीरता लाते हैं, "इंस्पेक्टर, मुझे कॉन्फिडेंशियल फाइल की एंट्री मत सुनाओ। बताओ, मुझे बुलाया क्यों?"

दरोगा जी आतंकित होते हैं। कहाँ गया सारा रोब? मूँछें तो पूरी-पूरी ऐंठ रखी हैं। फिर भी...

"यह मत भूलिए मिस्टर कि..."

"भूलने की नहीं, याद रखने की बात कीजिए।"

ऐं, चवन्नी की टोपी की यह हिम्मत कि थानेदार की वर्दी को आँख दिखाए? ठीक है। याद करने की बात करूँगा। सारी उमर के लिए न याद करवा दिया तो...गुस्से से दरोगा जी काँपने लगे हैं, "सरकार का तख्ता पलटने की साजिश करनेवाले आप। इल्लिटरेट मास में र्‌यूमर फैलानेवाले आप। वायलेंस और डिस्टरबेंस करवानेवाले आप। आप नहीं तुम, तुम्म! सरकारी नीतियों के खिलाफ तुम्म। अन्तर्जातीय विवाह के खिलाफ तुम्म। डेमोक्रेसी के लिए खतरनाक तुम्म। देश के लिए खतरनाक तुम्म। थाने के लिए खतरनाक तुम्म। आपके...नहीं, तुम्हारे...तुम्हारे घर से गाँजा हम निकालेंगे। शराब हम निकालेंगे। अफीम हम निकालेंगे। छोकरी हम निकालेंगे। तुम्हारी लीडरी लील सकते हैं। मास्टरी चाट सकते हैं। करेक्टर गोड़ सकते हैं। फ्यूचर लीप सकते हैं..."

बोलते-बोलते दरोगा जी के मुँह में फिचकुर आ गया है। कुत्ता खिन्न होकर बाहर जा रहा है। पहले पता होता तो इस आदमी को भूँक-भूँककर बाहर से ही खदेड़ देता। धोती-कुर्ते का लिहाज महँगा पड़ गया।

करेक्टर! फ्यूचर!! लीडर जी को सोच हो गया है—करेक्टर में दाग लग गया तो एमेलेगीरी और मिनिस्टरी धरी रह जाएगी। बुद्धि से काम लेना होगा। आखिर इतने दिनों से प्राइमरी स्कूल में बुद्धि खर्च करने से बचाते आए हैं तो किस दिन के लिए? लेकिन चेहरे पर शिकन नहीं आने देना चाहिए—जै हनुमान ज्ञान गुण सागर...

सोच दरोगा जी को भी है—इतने तगड़े जुलाब से तो बड़े-बड़े चग्घड़ भी उखड़ जाते हैं और यह है कि कबूतर की तरह अभी भी आँखों में ताक रहा है—टुकुर-टुकुर। पहले ही इससे आँख नहीं मिलानी थी।

तभी दरोगाइन जी का प्रवेश होता है। दो कप चाय और एक प्लेट में पकौड़ियाँ, गरमागरम।

"का हल्ला मचाए हो जी? दरवज्जे पर आए मेहमान से कोऊ ऐसन बोलत है? आप भइया जी 'चाह' पीयो।"

धन्न हो दरोगाइन। दरोगा जी मन-ही-मन साष्टांग प्रणाम करते हैं। क्या हुआ, जो पढ़ी-लिखी नहीं हैं, पर वक्त की नब्ज पहचानती हैं। लीडर जी भी राहत महसूस कर रहे हैं। वे हाथ जोड़ते हैं, "धन्यवाद!"

"धन्निबाद बाद मा भइया जी, पहिले चीखौ तौ!"

"हाँ-हाँ, शुरू कीजिए। आपकी लड़ाई मुझसे है, न कि..."

"लड़ाई कैसी साहब?" लीडर जी खिसिया गए हैं।

"तौन ऊ सब सिपहिए मिलिके हमरे पास आए। पूछा, आपके भाई जी आवा हैं का? दरोगा जी बिगड़ा काहे हैं? हमरे भाई जी भी बिलकुल आपै की तरह हैं। दूध-पानी अलग करै वाले, इनसे बिलकुल नाहीं पटत।"

उन्मुक्त हँसी। लीडर जी तो चिल्ला-चिल्लाकर हँसने लगे हैं, "इनके जैसे जीजा जी को नकेल पहनाना आप जैसी बहन के ही वश का है!"

दरोगाइन एक प्लेट पकौड़े और दे जाती हैं।

"बाय द वे," दरोगा जी इस बार बात का सूत्र पूरी सावधानी से सँभालते हैं, "मैं तब्दील होकर इस थाने पर आ रहा था, तभी 'विकल' जी ने मुझसे आपकी बड़ी प्रशंसा की थी। 'विकल' जी को मैं बड़े भाई की तरह मानता हूँ और जो कुछ कड़वा-तीखा आपको कहा है, वह अपने नाते। मुझे क्या नहीं पता कि आपका जीवन गरीबों और असहायों के लिए..."

पुरइन के पात की नाईं खिल गए हैं लीडर जी। राह सूझ गई है। चुप रहना इम्पॉसिबल, "मुझे तो भाई साहब अगर गरीबों के लिए सिर भी कटवाना पड़े तो... लेकिन यह जो परधान जी हैं..."

"शि! शि! मुझे सब मालूम है, सिर्फ ठोस सबूत चाहिए। अगर आपका सहयोग..."

"आपके लिए तन-मन...हाजिर है। मैं चाहता हूँ कि परधान..."

"देखिए, हाई अथॉरिटीज के इंटरफियर से कभी-कभी बनती बात भी बिगड़ जाती है। सुना है, आपने डायरेक्ट डी.एम. को दरखास्त भेज दी। अब बताइए, जाँच-पड़ताल मुझे करनी है या डी.एम. को? और फिर एक बात यह भी याद रखिए कि जो जितनी ऊँची कुर्सी पर बैठा है, वह उतना ही कमजोर और नालायक है। गलत कहूँ तो मुँह पर झापड़ मार देना। इस मामले को जितनी बारीकी से एक दरोगा हल करेगा, उतना दस डी.एम. भी मिलकर नहीं कर सकते।"

"बेशक-बेशक। कहावत है—जेकर काम उही से होय, गदहा कहै कुकुर से रोय, मगर माफ कीजिएगा, आपने मुझे टोटली गलत समझा। क्या यह कभी सम्भव था कि मैं आपसे मिले बिना दरखास्त भेज देता?" वे कुर्ते की जेब से तीन पन्नेवाली दरखास्त निकालते हैं, "और जब जाँच का काम इतनी तत्परता से हो रहा है तो दरखास्त देने का क्या औचित्य है? लीजिए, चाहे फाड़िए, चाहे जलाइए, लेकिन हाँ, जाँच जरा जल्दी क्योंकि इस बार मैं भी..."

"जरूर खड़े होइए साहब, माना कि आपको परधानी का लालच नहीं, लेकिन अपने गाँव के कल्याण के लिए कुछ-न-कुछ त्याग... और हाँ, मैं जल्दी ही आ रहा हूँ गाँव में इंक्वायरी के लिए, शिकार के बहाने।"

"अच्छा, वह मेरे खिलाफ जाँच वाली बात?" लीडर जी निश्चिन्त हो जाना चाहते हैं।

"ओ डोंट वरी फॉर दैट, मैं फाइनल रिपोर्ट लगा दूँगा, आपके फेवर में। और हाँ, उस बुढ़िया को क्या अनशन कराकर मार ही डालोगे?"

"वह तो जरूरी है पाँड़े जी, हर आदमी को अपने ढंग से प्रोटेस्ट का

राइट है। मेरे पॉलिटिकल प्रॉस्पेक्ट पर भी तो गौर कीजिए। परधानी के इलेक्शन में मेरी एकमात्र गोट ही वही है।"

दरोगा जी थाने के फाटक तक लीडर जी को पहुँचाकर लौट जाते हैं। लीडर जी कुछ गम्भीर किस्म की चीज सोचते हुए लौट रहे हैं। आधे रास्ते तक आकर सहसा वे रुक जाते हैं और जेब से डायरी निकालकर नोट करते हैं—'मिनिस्टर होते ही सबसे पहले इस दरोगा से हिसाब चुकाना होगा। गाली दी है। मुझे नहीं, मेरी टोपी को।' और वापस आते ही उन्होंने सूचित किया है सबको, "जो दरखास्त मैंने डी.एम. को दी थी, उस पर नोट लगाकर उन्होंने दरोगा जी के पास भेज दी है—कड़ी जाँच की जाए। दरोगा बहुत जल्द जाँच करने आएगा।"

लेकिन अधपगले अधरंगी का मुँह कैसे बन्द करें लीडर जी? वह कहता घूम रहा है, "परधान और लीडर दोनों गेहुँअन साँप हैं। कलक्टर के पास दरखास देते समय किसी को साथ क्यों नहीं ले गया लीडर? दरोगा से भी अकेले मिल आया। इसमें रहस-बात है, सोचने की बात।"

उधर परधान जी के गुर्गे हल्ला कर रहे हैं कि दरोगा जी ने लीडर को थाने पर दो घंटे तक मुर्गा बनाए रखा।

बिल्डिंग के बरामदे में रखी जालीदार पेटी के अन्दर बन्द बनमुर्गियाँ कुड़कुड़ा रही हैं—कुड़क-कुड़क! क्रेआँ-क्रेआँ!!

परधान जी ने शहर से एक पेटी बनमुर्गियाँ मँगवाई हैं। दरोगा जी ने कहा था—इन्तजाम करके रखना। हो गया इन्तजाम। शिकार के समय ताल के किनारे ले जाकर बक्से का मुँह खुलवा देंगे—करो शिकार हुजूर।

बिरादरी की आवाज सुनकर ताल की बनमुर्गियाँ भी शाम होते ही बिल्डिंग के चारोंओर चक्कर काट रही हैं—कुड़-कुड़! कुर्र-कुर्र!

लीडर जी रात में लेटे-लेटे लीडराइन को कनविंस कर रहे हैं, "दो-चार दिन जाकर तू भी कर दे अनशन। परधानी के इलेक्शन में बड़ी सपोर्ट मिलेगी... क्या कहा? गाँव की कोई औरत नहीं जाती? अरे गाँव की साली, परधान तेरे भतार को बनना है कि गाँववालियों के?...गाली देने का काम ही करती है तू। खुद मुख्यमंत्री आकर सन्तरे का रस पिलाएँगे।"

पर नहीं। नहीं मानती वह। लीडर जी सोच रहे हैं—इल्लिटरेट मास को कनविंस करना इम्पॉसिबल। हॉरिबल। टेरिबल। अनपढ़ लोगों को कैसे समझाए कोई। असम्भव, नामुमकिन!

दरोगा जी शिकार खेलने आ गए। साथ में पाँच-छह सिपाही। परधान जी बनमुर्गियों वाली पेटी ताल के किनारे लाकर उसका ढक्कन खोल देते हैं। दसियों बनमुर्गियाँ ताल में कूदती हैं, लेकिन दरोगा जी किंचित मायूस हो जाते हैं। उनकी तमन्ना थी 'ए' ग्रेड शिकार करने की। कभी बैठकर, कभी उकड़ूँ, कभी लेटकर, कभी दौड़कर। कहीं चट्टान की रगड़ से घुटने छिलते। कहीं झाड़ी से उलझकर खाकी कमीज की बाँह फटती। यह क्या वेजीटेरियन टाइप का शिकार? खैर!

पहला फायर दरोगा जी करते हैं, और फिर सारे सिपाही, लेकिन यह क्या? पल-भर में सारी बनमुर्गियाँ भीटे की झाड़ियों में गायब। परधान जी का मुँह छोटा हो जाता है। अभी बिगड़ेंगे दरोगा जी—यही है तुम्हारा इन्तजाम? गाँव की मुर्गियों पर ही कंट्रोल नहीं तो आदमियों पर कैसे?

"दोहाई माई-बाप! रच्छा करो सरकार!" सनिचरी आकर दरोगा जी के पैरों पर लोट जाती है। लीडर जी ने पहले ही सिखा दिया है, "घबड़ाना बिलकुल नहीं, तेरे लिए ही आए हैं दरोगाजी। परधान की सारी करतूत..."

"क्या है? कौन है ये?" दरोगा पैर झटकते हैं, "क्या बात है?"

"सरकार, एई परधान जी गाँव-भर की बिटिया बेंच दिए। इनका फाँसी देव हुजूर, नाहीं तौ हमें गोली मार देव। हमार बिटिया गुलरी के फूल..."

दरोगा जी पल मात्र में सब कुछ समझ जाते हैं, "हूँ, लड़की बेचकर अब भगल करने चली है साली! क्यों पैदा किया गूलर के फूल जैसी बिटिया? बोल, मुझसे पूछकर पैदा किया?"

सनिचरी को चुप पाकर दरोगा जी को अपना तर्क वजनदार लगने लगता है, "बुला अपने खसम को। साले ने क्यों पैदा की गूलर के फूल जैसी लड़की? मुशीबत की जड़।"

सनिचरी घबड़ाती है। उसके सरगवासी आदमी पर तोहमत लग रही है, तब तो सच बोलना ही पड़ेगा, "हुजूर, पैदा तो इनही परधान जी ने किया था। पूछे का मौका भी नहीं दिए। हमारे आदमी जी तो तब परदेस गए रहे।"

"अच्छाऽआऽआ..." दरोगा जी मुँह बनाकर तर्क करते हैं, ठोस तर्क, "तो कल को अगर परधान जी ने फिर पैदा करके बेच दिया तो मैं फिर रिपोर्ट लिखता फिरूँगा मुफ्त में? तुम पहले थानेवाले शिविर में लूप लगवाओ। मुंशी जी, नोट करो—सनिचरी, लूप केस।"

"कितनी सनिचरियों के लूप लगवाओगे दरोगा साहेब, जब तक परधान जी की जवानी गरम है। लूप लगवाना है तो परधान के लगवाओ।"

दरोगा जी अप्रतिभ होते हैं, "यह अपाहिज कौन है? कहीं सी.आई.डी. ..."

परधान जी तिलमिला गए हैं, "पुराना पागल है हुजूर, इसकी बात पर ध्यान न दें।"

"गाँव का है या बाहर से आया है?"

"गाँव का ही है हुजूर, यहीं पैदा हुआ, अपाहिज हुआ, पागल हुआ।"

दरोगा जी के नथुने फूलने लगे हैं। वे हुमककर अधरंगी के पेट पर लात जमाते हैं, "हरामी के पिल्ले, मैं शिकार खेलने आया हूँ कि जिरह सुनने।"

अधरंगी धड़ाम से गिरता है, लेकिन तुरन्त ही उठने का प्रयास करते हुए चिल्लाता है, "आदमी का शिकार करके पेट नहीं भरा तो चिरई का शिकार करके नहीं भरेगा दरोगा बाबू...ऊ...ऊ।"

"मुंशी जी, इसका भी नाम नोट करो।"

तभी एक सिपाही दौड़कर सूचित करता है, "सर, उधर कोनेवाली रुसहनी में दो बनमुर्गियाँ, जरा होशियारी से सर।"

दरोगा जी दबे पाँव बन्दूक तानकर दौड़ते हैं। परधान जी और मुंशी जी धक्का मार-मारकर अधरंगी को भगा देते हैं। परेम कुमार आकर परधान जी को सूचित करता है, "बाबू, चाह-पकौड़े तैयार हैं।"

"ठीक है, हम दरोगा जी को लेकर आते हैं। अपनी अम्मा से बोलना, साड़ी-वाड़ी कायदे से पहन लें।"

परधान जी दरोगा जी की राह देखने लगते हैं, लेकिन दरोगा जी को तो लीडर उसी तरफ लेकर अपने घर चला गया। शिकस्त! मात!

"अरे, यह क्या? श्री एक्स?" दरोगा जी भाव-विभोर होकर लीडर जी को गले लगा लेते हैं।

दरोगाजी, बकरे की मूँड़ी चबाते हुए लीडर जी की हर बात में सिर हिला रहे हैं। लीडर जी खुश हो रहे हैं। बहुत ही विश्वस्त सोर्स से पता लगाया था लीडर जी ने कि दरोगाइन पक्की ब्राह्मणी हैं। घर में मीट का नाम भी नहीं ले सकते दरोगाजी। उन्हें बाहर ही मुँह मारना पड़ता है। पढ़ी-लिखी नहीं तो क्या, मीट ए-वन का बनाती हैं फूलकुमारी जी। दरोगा जी से बिना बोले नहीं रहा जाता, "आप रियली कमाल का मीट बनाती हैं। हें...हें...हें।" दरोगा जी खीसें निपोरकर हँसते हैं।

लीडराइन उर्फ फूलकुमारी उर्फ मनजौका की चूड़ियाँ बज उठती हैं—खनन-खनन।

घंटों बतियाने के बाद जब लीडर जी दरोगा जी को पगडंडी के मोड़ तक पहुँचाकर वापस लौटते हैं तो परधान जी आकर मिलते हैं सिपाहियों के साथ।

"परधान जी, लड़कियों के मामले में आप बुरी तरह इनवॉल्व हो चुके हैं। दूसरे आपने बलात्कार भी किया है। अब भलाई इसी में है कि जैसे भी हो, बुढ़िया का मसला फौरन साफ करो और थाने में आकर मुझसे मिलो, वरना लीडर तुम्हें ले डूबेगा।"

सारे गाँव में चर्चा है—दरोगा ने सनिचरी के 'लुप्प' लगवा दिया, बुढ़वा पीपल तले।

"लीडरवा के भी लगवा दिया।"

"परधान के भी, अधरंगिया के कहने पर।"

लीडराइन को सोच हो गया है। आखिर रहा नहीं जाता तो सिर में तेल-मालिश करते हुए बोल पड़ती है, "इसीलिए खबरदार करती थी मैं, कि पुलुस-दरोगा की दोस्ती...इतना पूड़ी-परौठा, कलिया, दारू, खिलाया-पिलाया, मगर आपके भी लुप्प लगा गया।"

"कौन कहता है रे छछूँदर? आदमी के कहीं लूप..." लीडर जी गुस्से में लीडराइन का हाथ झटककर उठ बैठते हैं, "बिना पढ़ी-लिखी जनाना का साथ...मैं फिर वार्निंग देता हूँ, लास्ट वार्निंग। पढ़ना-लिखना शुरू कर दो, वरना...तेरे जैसी फूहड़ औरत को लेकर कोई एमेलेज फ्लैट में कैसे रह सकता है?"

चोरबत्ती लेकर वे बिल्डिंग की ओर चल पड़ते हैं। परधान जी के दोनों हलवाहों ने सनिचरी को घसीटकर दरवाजे से दूर बबूल के ठूँठ के नीचे डाल दिया है। घुटने छिल गए हैं। बैठे रहने में तकलीफ होती है। वह लेटे-लेटे ही सराप रही है। लीडर जी जाकर बगल में बैठ जाते हैं, "मैंने बहुत कोशिश की काकी, लेकिन परधान एस.पी. साहब को एक हजार की पूजा चढ़ा आया है। एस.पी. ने कह दिया, 'परधान को गिरफ्तार नहीं करना।' दरोगा क्या करे? मैं दरोगा से इसी की काट पूछता रहा, घर में बैठाकर। वह कहता था कि मुख्यमंत्री को दरखास्त दो। उनका आडर हो जाए तो दरोगा एक मिनट में परधान को अन्दर कर देगा। मैं कल तड़के ही जाऊँगा मुख्यमंत्री से मिलने। आप इन कागजों पर निशानी-अँगूठा लगा दीजिए। मैं मुख्यमंत्री को साथ ही लेकर आऊँगा।"

सनिचरी चोरबत्ती की रोशनी में कागजों को देखती है, "ई तौ कचहरी वाला कागद है बेटवा, ऊपर की ओर रुपैया जैसी छापी बनी है।"

बुढ़िया की नजर रात में भी उल्लू की माफिक तेज है। पसीना चुहचुहा आया है लीडर जी के माथे पर।

"मुख्यमंत्री के पास तो वाटर मार्क वाली दरखास्त ही जाती है काकी, बिना कोर्ट फीस और टिकटवाली दरखास्त की कोई वैलू नहीं।"

"कुछ लिखौ नाहीं है, कोरा कागद।"

"इसमें मशीन से टाइप करवाकर लिखना होगा। हाथ की लिखाई नहीं चलेगी।"

सनिचरी अँगूठा-निशान देती है।

लीडर जी मुख्यमंत्री को लेने चले गए हैं, लेकिन अधरंगी को विश्वास नहीं होता। लीडर की नस्ल का पता तो उसे बहुत पहले से था, लेकिन सनिचरी के कारण चुप था, पर जिस दरोगा ने उसके और सनिचरी के साथ जानवर से भी बुरा व्यवहार किया, उसी को लीडर ने कलिया-गोस और दारू में डुबो दिया तो वह कैसे चुप रहे? वह चीख-चीखकर कहेगा कि लीडर दगाबाज, दोमुँहा, दोगला और दरोगा का चमचा है। उसके करने का कुछ नहीं। दो पुतले बनाए हैं अधरंगी ने। एक परधान जी का, दूसरा उनके बेटे परेम कुमार का। अपनी कमीज फाड़कर दोनों के लिए

कुर्ता-पायजामा सिला है। सनिचरी को समझा रहा है, "कोई नहीं आएगा काकी, हमारी मदद के लिए। न परधानमन्तरी, न मुखमन्तरी। न भगवान, न भगौती। हम खुद अत्याचारी को सजा देंगे।"

दूसरे दिन सवेरे ही वह फटा कनस्तर पीट-पीटकर गाँव-भर में ऐलान कर रहा है, "आज शाम पाँच बजे। पाँच बजे शाम को बिल्डिंग के सामने बबूल के ठूँठ पर लटकाकर गाँव के बेटी-बेचवा परधान और उसके बेटे परेम को फाँसी दी जाएगी। आप सभी हिजड़ों से हाथ जोड़कर पराथना है कि इस शुभ अवसर पर पधारकर..."

और पाँच बजे शाम को अधरंगी ने दोनों को सनिचरी के हाथों से फाँसी दिला दी। परधान जी का शव रस्सी के सहारे बबूल के ठूँठ से लटक रहा है। उनके मुँह पर कालिख पोत दी गई है। परेम कुमार का शव बबूल के तने से बाँध दिया गया है, सिर एक तरफ को लटका हुआ। आने-जानेवाले रुककर देखते हैं तो सनिचरी हाथ की छड़ी पुतलों पर मारकर परिचय देती है, "ई खिरोधरा आ। ई परेमवा। ई खिरोधरा..."

अँधेरा घिरने के बाद सनिचरी लेटे-लेटे कारन करती है, "अरे या परधनऊ, गाँव के नकिया कटाइ के भाग्या। मेहरी कै चुरिया फोराई के भाग्या। महल-अटरिया गँवाई के भाग्या। ऊ-हू-हू-हू...।"

सहसा उठकर खड़ी होती है वह और आकर बिल्डिंग का दरवाजा फटफटाने लगती है, "अरे या रँड़वा, खोल केवड़वा।" सन्नाटे को बेधती दरवाजा फटफटाने की आवाज वातावरण को भयावह बना रही है। परेम कुमार चौंककर परधानिन से चिपक जाता है, "माई रे, डर लगता है।" परधानिन जी बगल की चारपाई पर सोए परधान जी को आवाज देती हैं, "सुनते हो जी। अब नहीं सुना जाता है हमसे। एक्कै बेटवा है हमरे। बुढ़ाई दाँव की अकेली निशानी। उसको डाइन ने फाँसी चढ़ा दिया। मैं कहती हूँ, का ई सच है कि..." वे उठकर परधान जी को झिंझोड़ने लगती हैं।

"चुप ससुरी! चुप्पै सोइ जा नाहीं तो...!"

परधानिन फिर झिंझोड़ती है, "तोहे हमार कसम, अपने अकेल लरिका कै कसम। साफै-साफ बताओ। ई सब सच्च है?"

"तू यह क्यों नहीं पूछती कि जो दोनों कमरों पर लिंटर डाला जा रहा है, उसका पैसा कहाँ से आया? ट्यूबवेल की किस्त कहाँ से दी?"

"हे भगवान!" परधानिन चीखकर बेटे से लिपट जाती है।

परधान जी भी सोच में पड़ गए हैं—बड़ा हिस्सा बड़े लोगों ने गपक लिया और सारा 'बिख' अकेले उनकी खोपड़ी पर 'बिखा' रहा है। पहले ही उन्होंने सलाह दी थी कि लीडर को भी हिस्सेदार बना लिया जाए, मगर...

अधरंगी सारे गाँव में भचक-भचककर चीख रहा है, "लिडरा कै नकिया कटाइ जाए। थानेदरवा कै बरदी उतारि जाए। बिल्डिंग मा अगिया लगाइ जाए। परधनवा का फाँसी चढ़ाइ जाए,...चढ़ाइ जाए...।"

लीडर जी ने कहा था, "खुद मुखमन्तरी जी सन्तरे का गिलास लेकर सामने खड़े होंगे—अनशन तोड़िए सनिचरी देवी।" सनिचरी मुख्यमंत्री के आने की राह देख रही है—लेकिन इतनी देर क्यों कर रहे हैं मुख्यमन्तरीजी? रह-रहकर वह बापू के चेहरे को अँधेरे में देखने की कोशिश करती है। मुस्कराता हुआ पोपला मुँह दिलासा देता है—जरूर आएँगे।

अधरंगी गाँव की परिक्रमा करने के बाद फिर आकर सनिचरी के पास बैठ जाता है। सनिचरी चिन्ता व्यक्त करती है, "अभी तक नहीं आए।"

अधरंगी कोई तीखी बात कहना चाहता है, लेकिन टाल जाता है।

"अन्याय कै हद होत है तौ ई धरती फाटि जात है अधरंगी बेटवा।"

"अभी तक तो मैंने कभी फटते नहीं देखी।"

"विश्वास से फाटेगी बेटवा, सीता माता के खातिर फाटि रही।"

अधरंगी उठकर चल देता है।

परधानिन सपना देख रही हैं—काली अँधेरी रात। बिल्डिंग के सामने जोर-जोर से चीखते हुए लोगों का एक झुंड जलती आग में कुछ भून रहा है, भाले की नोक में टाँगकर। 'एँ, सिर है, कटा हुआ। किसका? परेम कुमार के बाबू ऊ-ऊ-ऊ...'

परधान जी मन-ही-मन गरियाते हैं, "साली सोते हुए भी ब्याज जोड़ रही है।"

परधानिन हड़बड़ाकर उठती हैं और जाकर परधान जी का सिर टटोलने

लगती हैं तो परधान जी प्यार से उनका हाथ सहलाते हुए फुसफुसाते हैं, "आ जाओ, सो गया परेम।"

हाथ झटककर परधानिन बड़बड़ाने लगती हैं, "ई गाँव लंका है। इहाँ लंकादहन होवेगा। रावन तू ही हो। लीडर बना है भिभीखन। तोहरे दूनो के चलते गाँव का सत्यानास होवेगा। होइ रहा है। बहिन-बिटिया बेंचो। हमहूँ का बेचि लेव। रुपया बटोरो। साथे लै जायेव, लेकिन अब हम एहि घरे मा ना रहब। आपन बेटवा लइके भीखकौरा माँगब, मुला..."

परधान जी चिन्तित हो गए हैं। नाहक बता दिया। फुसफुसाते हैं, "तो अब क्या करूँ? चिल्लाकर गाँव बटोरने का इरादा है? बदनामी करोगी? जेहल भेजोगी?"

"बदनामी-जेहल का डर रहा तो बेंचा काहे? लाइके वापस करौ।"

परधान जी को दरोगा की बात याद आती है—जल्दी साफ करो।

"सनिचरी अनशन तोड़ दे तो मैं थिर मन से दो-चार दिन में ढूँढ़कर लाने की कोशिश भी करूँ।"

"हम मनाउब, ओकरे पैर पड़ि के, हाथ जोड़ि के।"

परधान जी कलेजा मजबूत करते हैं। थोड़ी देर बाद दोनों प्राणी बाहर आते हैं। आगे-आगे परधानिन, हाथ में दूध का कटोरा लिये हुए। पीछे-पीछे परधान जी, आहट पाकर सनिचरी उठ बैठती है, "तो अब आए मुखमन्तरी।"

कटोरा रखकर परधानिन पैर पकड़ लेती हैं सनिचरी के, "हमें माफ करौ बहिनी, ये कल ही जाइके रूपमती समेत सबका वापस लइहैं, अब बरत तोड़ौ।"

"मुझे अफसोस है सनिचरी, मैं सबेरे ही जाऊँगा।"

गद्‌गद हो गई है सनिचरी। धन्न हो! धन्न हो! लेकिन अनशन तो वह नहीं तोड़ सकती। फिर मुखमन्तरी को कौन-सा मुँह दिखाएगी।

लेकिन परधानिन इतनी आसानी से माननेवाली नहीं। वे दूध का कटोरा मुँह से लगा देती हैं। परधान जी सनिचरी के दोनों हाथ पकड़ लेते हैं। ऐं, मुँह बन्द कर लिया। परधानिन मुँह भी खोल देंगी...गटर-गटर।

भोर के चार बजे परधानिन की आँख लग जाती है तो परधान जी दबे पाँव सनिचरी के पास आते हैं। छाती छूकर देखते हैं—ठंडी। साँस बन्द।

गुड्ड। अब कुछ कहेगी साली तो डरा दूँगा कि दूध तो तूने ही पिलाया था। तूने ही मिलाया होगा जो कुछ मिलाया होगा दूध में।

सवेरे जानवरों को चराने जाते समय अधरंगी देखता है—काकी अभी तक सो रही है, लेकिन दो घंटा दिन चढ़ते-चढ़ते खबर फैलती है—सनिचरी मर गई। सब लोग आकर बारी-बारी देख जाते हैं, लेकिन लाश ठिकाने कौन लगाए? अनशन करते हुए मरी है बुढ़िया। क्या पता लाश पुलिस ले जाए। लीडर जी अभी मुखमन्तरी को लेकर नहीं लौटे। दो-एक गाँववाले आगे आने की हिम्मत भी करते हैं तो उनकी औरतें खड़ी हो जाती हैं सामने, "दरोगा ने उसके लुप्प लगाया है। कल को लहास जलाने के बाद आकर अपना लुप्प माँगने लगा तो कहाँ से दोगे? कहती हूँ, मत जाओ लहास के पास। और जाना ही है तो पहले मेरी लहास गिराकर जाओ, हाँ।"

दोपहरी ढल चुकी है। सनिचरी का मुर्दा शरीर काला पड़ गया है। लावारिस समझकर एक गीदड़ उसे पास के अरहर के खेत में घसीटना शुरू कर देता है। दो कदम घसीटता है और भागकर खेत में छिप जाता है। परधान जी बिल्डिंग की खिड़की से झाँक-झाँककर कुढ़ रहे हैं—साला एक कदम भी नहीं घसीटता और खेत में घुसकर घंटों सुस्ताता है।

शाम को वापस आने पर अधरंगी को खबर मिलती है। वह जानवरों को जल्दी-जल्दी ठिकाने लगाता है और सनिचरी की झिलँगा खटिया लेकर लाश के पास पहुँचता है। खटिया उलटकर लाश को लादता है और सिरहाना पकड़कर घसीटते हुए लाकर उसकी झोंपड़ी के सामने रखता है। झोंपड़ी उजाड़कर उसे चिता की शक्ल देता है और लाश को खटिया समेट बीच में घसीटकर आग लगा देता है। सहसा कुछ याद करके बबूल के ठूँठ की तरफ भागता है। ठूँठ से लटके परधान जी और परेम को उतारकर वापस लौटता है तो बिल्डिंग की छत से परधानिन चिल्लाने लगती हैं। अधरंगी पहले परधान जी को टाँग पकड़कर चिता में फेंकता है, फिर परेम कुमार को। तभी दौड़ते-दौड़ते परधान जी आते हैं और परेम कुमार की टाँग पकड़कर खींच लेते हैं। अपनी टाँग उन्हें मिल नहीं रही। सिर्फ परेम कुमार को लेकर लौट पड़ते हैं। अधरंगी चिल्लाता है, "ले जाओ, ले जाओ। उसे भूना जाएगा, जब बिल्डिंग को तोड़कर चिता बनाई जाएगी।"

चिता की परिक्रमा करते-करते सहसा वह बैठ जाता है और झुककर धरती को घूरने लगता है। सनिचरी कहती थी—अन्याय की हद होती है तो धरती फट जाती है, लेकिन...

लीडर जी एक घंटा रात बीते वापस आते हैं, मुख्यमंत्री से मिलकर। उनके आने के पहले ही गाँव में खबर फैल गई है कि सनिचरी अपना दो बीघा खेत लीडर जी के नाम लिख गई है।

असल में घिसियावन एक घंटा दिन रहते ही वापस आ गया था, तहसील दफ्तर से गाते हुए, "राज की बात कह दूँ तो..." उसी ने बताई है राज़ की बात, "लीडर वाटर मार्क वाली दरखास लेकर कल से ही तहसील में चक्कर काट रहा है।"

कुफार सुनते-सुनते लीडराइन के कान पक गए हैं। वह लेटते ही पूछती हैं, "सारे गाँव में चर्चा है कि आपने सनिचरी का खेत धोखे से अपने नाम लिखा लिया!"

ऐन सोने के बखत नखरा करती है फूलकुमारी, "अरे, फूल दि ग्रेट, इसमें धोखा क्या है? मैं नहीं कराता तो परधान कराता।"

तिनककर बैठ जाती हैं लीडराइन, "धोखेबाज, बेईमान। तुम्हारे ही पाप के कारण मेरी कोख नहीं फल रही है। मैं..."

कितने चाव से बेसन, जीरा वगैरह खरीदकर लाए थे लीडर जी कि आज फुलौरी बनवाकर खाएँगे। साल-भर हुआ फुलौरी खाए हुए, लेकिन यहाँ पहले ही करेमुआ का साग और बजड़ी की रोटी पो रखी थी इस बेहूदी ने, ऊपर से सोते समय पचड़ा शुरू कर दिया।

वे लीडराइन का हाथ पकड़कर लिटाने की कोशिश करते हैं, "मैं तो पहले ही पाँच-छह सौ का धक्का खाकर लौटा हूँ भागवान, मेरा खून मत पिओ। यही है तुम्हारी अकल। मास्टराइन के काबिल भी नहीं, मिनिस्टराइन के काबिल तो क्या होगी? अरे पागल, कर्मक्षेत्रे-युद्धक्षेत्रे सब जायज है।"

"तुम लोग कसाई हो। सारा गाँव कसाईबाड़ा है। मैं नहीं रहूँगी इस गाँव में।" वह हाथ झटककर आँगन में आ जाती है।

"रह साली, कर नखरा, लेकिन याद रखना, जब हम मिनिस्टर होंगे... और हाँ..." सहसा वे सीरियस हो जाते हैं। तीली रगड़कर ढिबरी जलाते हैं

और डायरी खोलकर नोट करते हैं—मिनिस्टर होते ही सबसे पहले सनिचरी की मौत के कारणों की जाँच के लिए एक जाँच-आयोग बैठवाऊँगा।

[1976 में लिखित और 'धर्मयुग' 6 जनवरी, 1980 में प्रकाशित]

■

भरतनाट्यम

"अभी तुझे भिनसार नहीं हुआ क्या रे?"

बाप का क्रोध और घृणा से चिलचिलाता हुआ स्वर कानों में पड़ता है तो मैं झट से चादर फेंककर उठ बैठता हूँ। बस एक मिनट की देर हो गई। सोच ही रहा था कि अब उठूँ, पर उससे कोई फर्क नहीं पड़ना था। डाँट खाने का यह मौका बचा लेता तो वे कोई और मौका ढूँढ़ निकालते, बल्कि डाँटने का एक चांस खो देने की चिढ़ उन्हें और भी आक्रामक बना जाती। जिसने गाली-फटकार सुनाने की कसम ही खा ली हो, उससे कब तक भागा जा सकता है? उन्हें तो मेरे उठने, बैठने, देखने, चलने, यहाँ तक आँखों की पलकें उठाने-गिराने के ढंग तक में खराबी नजर आने लगी है... "साला, चलता कैसे है, शोहदों की तरह! चलता है तो चलता है, साथ में सारी देह क्यों ऐंठे डालता है? दरिद्रता के लच्छन हैं ये, घोर दरिद्रता के। माँगी भीख भी मिल जाए इस हरामखोर को तो इसकी पेशाब से मूँछ मुँड़ा दूँगा...और देखता कैसे है? शनिचरहा! इसकी पुतली पर शनीचर वास करता है। सोने पर नजर डालेगा तो मिट्टी कर देगा। ससुर, जम्हाई ही लेता रहेगा या चारपाई भी छोड़ेगा? देख लेना, यह चारपाई भी दो महीने से ज्यादा नहीं चलेगी।"

मैं झट चारपाई से नीचे उतरकर बिस्तर समेटता हूँ। चारपाई हटाने में जरा-सी देर होते ही वे चीखने लगेंगे, "तोड़ डाल! धूप में न टूटे तो मिट्टी का तेल डालकर फूँक दे।" अन्दर दरवाजे में मेरी पत्नी जाँत चला रही है। शायद काफी देर से लगी है। तीन-चार किलो आटा मेड़री के गिर्द इकट्ठा

हो गया है। चेहरे पर पसीने की धाराएँ बह रही हैं। ब्लाउज पसीने से तर है और आँचल नीचे सरक गया है। वह सिर उठाकर मुझे देखती है। स्वच्छ, चमकती हुई बड़ी-बड़ी आँखें। उसके स्वस्थ, सुडौल और युवा शरीर को देखकर मेरे मन में कुछ होने लगता है, पर मैं आगे बढ़ जाता हूँ। जब से जाड़ा कुछ कम हुआ, मैंने पत्नी के साथ सोना बन्द कर दिया है। ओसारे में अकेले सोने लगा हूँ। जब से पत्नी को तीसरी लड़की पैदा हुई है, बाप की बड़बड़ाहट ने लाज और मर्यादा की सारी सीमाएँ तोड़ दीं। एक घंटा दिन रहते ही चरखा शुरू कर देते हैं, "साला, शाम होते ही मेहरारू की टाँगों में घुस जाता है। चार साल में तीन पिल्लियाँ निकाल दीं। खबरदार! अगर चौथी बार मूस भी पैदा हो गया तो बिना खेत-बारी में हिस्सा दिए अलग कर दूँगा।"

लगातार तीन-तीन बच्चियों को जन्म देने के बाद भी पत्नी की शारीरिक भूख भले ही कम न हुई हो, पर मेरी भूख जरूर कम हो गई है। अब तो हफ्ते-दस दिन में एकाध घंटे का मौका ही काफी है। फिर भी, जाड़े-भर बाप की गालियाँ और ताने सहते हुए मुझे घर में यानी पत्नी के साथ सोना पड़ा था, क्योंकि ओढ़ने की समस्या थी। दोनों बड़ी लड़कियाँ अपनी दादी के पास सोती थीं और हम दोनों के हिस्से में एक ही रजाई पड़ी थी, जिसमें इस साल एक तीसरा जीव भी हिस्सेदार बन गया था। यद्यपि पत्नी ने अपनी तरफ से पूरी कोशिश की थी कि बाप के तानों और गालियों की परवाह किए बगैर मैं उसके साथ ही रात में सोता रहूँ किन्तु मेरी हया पूरी तरह मरी नहीं थी और जाड़ा कुछ कम होते ही मैंने एक सेकंड-हैंड कम्बल खरीदकर ओसारे में सोना शुरू कर दिया था। सोचा था, इससे बाप की गालियाँ कम हो जाएँगी। जी हाँ! बाप ही कहना ठीक लगता है। लगता है 'बाप' नहीं 'बाघ' कह रहा हूँ। दोनों ही के नाम पर मेरे आगे लाल-लाल आँखें कौंध जाती हैं। 'पिताजी' सम्बोधन उनके लिए ठीक नहीं बैठता। मेरे खयाल में 'पिताजी' बहुत ही पालतू, सीधा-सादा जीव होता होगा, जो प्राय: शहरों में पाया जाता होगा या फिर प्राइमरी अथवा मिडिल स्कूल का चोटी-धोतीधारी 'गुरु जी' होता होगा।

चारपाई रखकर बाहर आते हुए एक बार फिर पत्नी पर नजर डालता हूँ। उसकी आँखों की चमक सही नहीं जाती। महीनों हो गए हैं उससे

सहवास को। उसके असाधारण स्वास्थ्य से अपनी तुलना करने पर हीन भावना उभरती है। सारी उमर किताबों में गुजार दी। थोड़ा भी ध्यान देता तो कम-से-कम देह-मुँह से तो देखने लायक रहता। बाहर मँड़हे में पिताजी बड़बड़ाए जा रहे थे। (चलिए, एकाध बार पिताजी भी कह लेता हूँ।) उनके बड़बड़ाने का तात्पर्य यह था कि बड़ा भाई एक घंटे रात रहते ही खेत में जा चुका है और यह साला डिप्टी कलक्टर की तरह दोपहर को चारपाई तोड़कर उठता है। बीच-बीच में वे माँ के साथ यौन-सम्बन्ध स्थापित करने की धमकी भी देते जाते हैं। मैं उनकी बातों की परवाह किए बगैर शौच के लिए नहर की तरफ बढ़ जाता हूँ। दिल में कुछ हौल मारने लगता है। मैं लाख बेरोजगार होऊँ, लेकिन पिताजी की तरह बदनाम तो नहीं हूँ, मेरे चरित्र पर कोई उँगली तो नहीं उठा सकता। उनके हमजोली उनके बारे में बताते हैं। बहुत कुछ सुनने को मिलता है। चोरी-चकारी के मामले में ये बदनाम हुए थे। औरतों के पीछे हाथ-पैर ये तुड़वाए थे और आज बूढ़े होने पर मँड़हे में शंकर भगवान, हनुमान जी और काली माई के कैलेंडर टाँगकर, शंख-घंटा बटोरकर, कंठी-माला लटकाकर और चन्दन-टीका लगाकर महन्त बन गए हैं। मेरी नजर में तो जितनी कुमार्गी और ढोंगी पुरानी पीढ़ी रही है, उसकी चौथाई भी नई पीढ़ी नहीं है। फिर भी लोग नई पीढ़ी को मुफ्त में...

रास्ते में गड़ही के किनारे माँ गोबर पाथ रही है। एक नजर मेरी तरफ डालती है, निर्विकार, निर्लिप्त और फिर सिर नीचा करके हाथ चलाने लगती है। अरसा हो गया माँ से कोई बात किए हुए। जब से मैं सेक्रेटेरिएट की क्लर्की से निकाला गया, उसने बोलना ही बन्द कर दिया है। मुझे बड़ी पीड़ा होती है। कभी-कभी तो रोना आ जाता है। अपनी सगी माँ सिर्फ इसलिए मौन साधकर बेटे को जला रही है, क्योंकि उसका बेटा, जिसे उसने पेट काटकर, एक-एक पैसा जोड़कर चौदह वर्ष तक पढ़ाया, बेकार बैठा हुआ है। आशा रही होगी कि उसका पैसा मय सूद के वापस आएगा, लेकिन मूल भी डूबता देखकर वह असहिष्णु और आक्रामक हो उठी है। इसकी अभिव्यक्ति वह मेरे प्रति मौन व उपेक्षा प्रदर्शित करके तथा मेरी पत्नी के प्रति उसके बाप और भाई से उसका यौन-सम्बन्ध जोड़कर करती

रहती है। उसका विश्वास है कि पहले मैं बड़ा ही लायक और भाग्यवान था, पर जब से मेरी कुलच्छनी पत्नी इस घर में बहू बनकर आई, इस घर में शनीचर की पैठारी हो गई है। मैं माँ को बेहद प्यार करता हूँ। पिताजी के अत्याचार और तानाशाही तले वे तिल-तिल करके जली हैं। मेरे पास हजार रुपए होते तो मैं उनके पैरों पर रखकर आज ही मना लेता पर... मुझे देखकर वे अपना हाथ गोबर पर और जोर-जोर से पटकने लगती हैं। लगता है, यह हाथ गोबर पर नहीं, मेरे गालों पर पड़ रहा है—थप्प, थप्प! और मेरे चेहरे पर गोबर छोप उठा है।

नहर में ही स्नान करके मैं वापस आता हूँ। तब तक पिताजी पूजा पर बैठ चुके हैं। पाँच मिनट के हनुमान चालीसा और दो-चार इधर-उधर के दोहे-सोरठों के सहारे वे पता नहीं कैसे दो घंटे काट देते हैं? मैं तार पर अपना गीला जाँघिया डालने लगता हूँ, तभी मेरी बड़ी लड़की आकर बताती है, "रोटी बन गई है।" मैं अन्दर जाने लगता हूँ तो पिताजी टोकते हैं, "दूध बच्चों के काम-भर का ही होता है। जीभ को कंटरोल में रखने की आदत डालो।" जब से भैंस बियाई है, शायद ही कभी मैंने अपने मुँह से दूध माँगा हो और बिना माँगे कौन कहे, माँगने पर भी उसके मिलने के कोई लच्छन नहीं हैं। एक बार खाना खाते समय पत्नी ने जाने कैसे एक गिलास दूध लाकर बगल में रख दिया। मुझे पता नहीं था कि इसे वह भाभी और माँ की चोरी से दे रही है, लेकिन आखिरकार भाभी ने उसे देख ही लिया। इसकी सूचना उन्होंने तुरन्त माँ को दी। माँ ने आकर गिलास तो नहीं छीना, लेकिन झुककर, ऐन अच्छी तरह गिलास में झाँककर उन्होंने तसल्ली कर ली कि भाभी का अभियोग राई-रत्ती सच था। मुझे इतना मलाल हुआ कि दिल में आया, दूध का गिलास उठाकर आँगन में फेंक दूँ। निश्चय ही यह माँ और भाभी के मुँह पर तमाचा मारने जैसी बात होती, पर मैं भी क्या कम घटिया हूँ! पाव-भर दूध का लालच कर गया और उसके बाद पत्नी को हफ्तों नहीं, महीनों भाभी और माँ के ताने सुनने पड़े थे—"साँड़ बनाना चाहती है भतार को। तीन-तीन बेटियाँ बियाने के बाद भी गर्मी कम नहीं हुई है, पलटन तैयार करने की कसम खाकर आई है मायके से। इस हरजाई की कोख में लड़का फल सकता है भला!"...पर

मेरी पत्नी अब भी कभी-कभी मौका पाकर, सबके लेट जाने के बाद रात में गरम दूध का गिलास मुझे दे जाती है। इसमें सहज-स्नेह कम और एक निहित स्वार्थ अधिक होता है, विचित्र स्वार्थ!

सबको पता है कि भैंस दोनों जून में मिलाकर पाँच सेर दूध देती है, जिसमें से एक तोला भी बेचा नहीं जाता। बेचने की जरूरत भी नहीं है। खेती में कम-से-कम इतना तो पैदा हो ही जाता है कि पूरे परिवार के खाने-पीने के लिए पर्याप्त हो सके। बच्चों की जरूरत का हवाला देना भी बेमानी है, क्योंकि इस घर में सिर्फ भाभी जी के दोनों लड़कों को ही यह छूट है कि वे जब जितना चाहें, दूध पी सकते हैं, मेरी बच्चियों को खाना खाते समय जो मिल गया, सो मिल गया। कपड़े-लत्ते लेने के मामले में भी यही पक्षपात होता है...और बच्चों में भी कोई अवचेतन शक्ति अवश्य निहित होती है, जिससे वे बिना बताए आस-पास के वातावरण की अनुकूलता-प्रतिकूलता का अनुमान लगा लेते हैं। मैंने कई बार देखा है, जब अमर और विनोद आँगन में दूध पी रहे होते हैं और मेरी बच्चियाँ भाभी जी के गिर्द खड़ी होकर चुपचाप हसरत-भरी नजरों से खाली होते गिलासों को टुकुर-टुकर ताकती रहती हैं, पर कभी भूलकर भी हठ नहीं करतीं कि वे भी अमर और विनोद की तरह दूध पीएँगी। उनमें इतनी दीनता कहाँ से आ गई? उनमें बाल-सुलभ जिद क्यों नहीं है? जन्म लेते ही इतनी प्रौढ़ता कैसे आ गई? ज्यादा दिनों की बात नहीं हुई, मैं ताखे पर कोई किताब ढूँढ़ रहा था, अमर और विनोद दूध पीने के बाद जूठा गिलास आँगन में रखकर बाहर निकल गए थे, तभी मेरी ढाई साल की मँझली लड़की डरी-डरी-सी चौकन्नी नजरों से आस-पास देखती हुई आँगन में आई और एक गिलास उठाकर मुँह से लगा लिया, पर गिलास में सिर्फ फेन शेष था, जिसे उसने उँगली से चाटना शुरू कर दिया। उसके चेहरे पर गहराया हुआ आत्मतोष उभर रहा था, तभी बाहर से हरहराती हुई भाभी आँगन में आई। गुस्से से पैर पटकती हुई बाहर जाकर दोनों लड़कों को पीटने लगीं, "हरामजादो! पीना नहीं होता तो पूरा गिलास क्यों भरा लेते हो? कंजड़ियों को पिलाने के लिए?"

रसोई में जाकर पीढ़े पर बैठ जाता हूँ। भाभी मुझे देखते ही किसी काल्पनिक व्यक्ति या परिस्थिति के विरुद्ध भुनभुनाने लगती हैं। सिंकी हुई

रोटी को कठौते में इतनी जोर से पटकती हैं, जैसे कठौता कठौता न हो, सात दुश्मनों का सर हो। मैं जानता हूँ, भाभी की कल्पना का यह सिर मेरे अलावा किसी और का नहीं हो सकता। उनके चेहरे पर गुस्सा है। भाभी के चुचके चेहरे पर गुस्सा आता है तो उनकी कुरूपता और भी बढ़ जाती है। बचपने में डाइन या चुड़ैल की जो कल्पना करता था, भाभी उसी का साक्षात प्रतिरूप नजर आती हैं। शायद यह गुस्सा खाना बनाते-बनाते तंग आ जाने के कारण है। कोई और कार्य होता तो अब तक कभी का मेरी पत्नी के जिम्मे पड़ चुका होता, लेकिन भंडार का मामला। इसकी चाभी सौंपने का मतलब है, पूरी गृहस्थी का चार्ज सौंप देना, जो सम्भव नहीं है। भाभी एक थाली में कुछ रोटियाँ और शाम का बना साग रखकर मेरे आगे सरका देती हैं। ठंडे साग को गरम कर दिया होता तो एकाध रोटी और खाई जा सकती थी।

बगल की कोठरी में पत्नी बड़ी लड़की को डाँट रही है। मैंने कभी इन लड़कियों पर अपना प्यार प्रकट नहीं किया। सच तो यह है कि चौबीस साल की उम्र में तीन बच्चों का बाप हो गया हूँ, यह सोचकर ही रोना आता है। दिल में आता है, मँड़हे में पूजा कर रहे बाप का शंख-घड़ियाल उठाकर गड़ही में फेंक दूँ। आखिर क्या अधिकार था उन्हें पाँच साल की उम्र में मेरी शादी करने का? कभी-कभार पत्नी के सामने अपनी नसबन्दी कराने का प्रस्ताव रखता हूँ तो वह इतनी गमगीन हो जाती है, जैसे मैं उसका गला काटने का प्रस्ताव रख रहा होऊँ। मेरी कमर के गिर्द लिपटी उसकी बाँहें सुन्न पड़ जाती हैं। उसकी नजर में बैल बधिया करना और आदमी की नसबन्दी करना एक ही बात है। उसे कितनी बार समझा चुका हूँ कि दोनों में बहुत फर्क है। नसबन्दी के बाद भी सब कुछ पहले जैसा ही होगा, सिर्फ बच्चे नहीं होंगे। वह आश्वस्त नहीं होती और पलटकर दूसरा तर्क करती है, "कोई लड़का तो होना चाहिए, बेटियों से क्या होगा?" यह तर्क मुझे भी वजनदार लगता है, लेकिन लड़का आएगा कब? वह कहती है, "क्या पता इस बार..."

क्या घर, क्या बाहर, हर जगह मैं फालतू माना जाने लगा हूँ। मेरी बेटियाँ मुझे 'बाबू' (पिताजी) कहकर नहीं बुलातीं। बड़े भाई साहब को ही

वे 'बाबू' कहती हैं क्योंकि बाजार से कोई चीज लाने पर वे घर के सभी बच्चों में उसे बराबर-बराबर बाँट देते हैं। इस उदारता के लिए उन्हें भाभी जी का प्रबल विरोध सहना पड़ता है, पर उन्हें कोई कुछ कहे, परवाह नहीं। सबेरे खेतों में जाते हैं तो एक घंटा रात बीते ही वापस आते हैं। दोपहरी खेत में गड़े माचे पर ही काट देते हैं। कभी किसी फसल की रखवाली का समय हुआ तो दो-चार रातें भी माचे पर ही कट जाती हैं। हद दर्जे के शान्त और मितभाषी। कभी किसी बात पर मेरी उनसे तकरार हुई हो, याद नहीं पड़ता। मैं घर से पूरी तरह विरक्त नहीं हो गया हूँ, इसके पीछे उनकी भलमनसाहत का बहुत बड़ा हाथ है। इतने लम्बे-चौड़े, डील-डौल वाले भाई साहब की यह परमहंसी मुद्रा आश्चर्य में डाल देती है।

मैं आँगन में बैठकर हाथ-मुँह धोने लगता हूँ। तभी रुक-रुककर रोती हुई बड़ी बेटी, पत्नी के हाथ का भरपूर झापड़ खाकर चिल्लाते हुए एक हाथ में तख्ती-बस्ता और दूसरे हाथ में मिट्टी की दवात पकड़े बाहर की ओर भागती है। मैं बिना उसका कोई नोटिस लिये मुँह पोंछता हुआ पत्नी की कोठरी में घुस जाता हूँ। शायद मैं एकान्त चाहता भी था। पत्नी अपना बक्सा खोलकर उसके सामने बैठी है। कुछ निकाल अथवा रख रही है। मुझे देखकर खड़ी हो जाती है। मौन, बड़ी-बड़ी आँखों से ताकने लगती है। जितनी उसकी जबान चुप है, आँखें उतनी ही मुखर। कुछ गुस्सा या खीज है, फिर भी कितनी स्निग्ध, कितनी आकर्षक! दिल में प्यार उमड़ पड़ता है। आगे बढ़कर बाहुपाश में घेर लेता हूँ। वह पिघल जाती है। सिर मेरी छाती से टिका देती है। नतसिर। उसकी पीठ थपथपाते हुए पूछता हूँ, "शहर जा रहा हूँ, कुछ मँगाना है?"

"बेटी के लिए किताब लेते आइएगा।"

"और! अपने लिए कुछ?"

"मेरे लिए क्या!" वह अलग हो जाती है।

मैं पिताजी के पीछे-पीछे मँड़हे में घुसते हुए कहता हूँ, "लाइए!" पिताजी मुड़कर मेरी तरफ भरपूर नजरों से घूरते हैं। फिर टेंट से रुपए की थैली निकालने लगते हैं। उनकी नजर सामने कुएँ पर लगी है, जहाँ माँ पानी भर रही है। पिताजी नोट गिनते हैं—पूरे एक हजार। जब माँ बाल्टी

लेकर कुएँ से चल पड़ती है तो नोटों को मेरे हाथ में रखते हैं और हाथ जोड़कर कहते हैं, "इसके बाद भी अगर मेरा पिंड छोड़ दोगे तो समझूँगा, तुमने गया जी में मेरा जीते-जी पिंडदान कर दिया।" मैं बिना कुछ बोले रुपए लेकर चल पड़ता हूँ। पीछे से पिताजी हिदायत देते हैं, "वाजिब जगह पर खर्च करने से चूकना नहीं। दलाल को हर तरह से खुश कर लेना।"

रास्ते में माँ मिलती है, भरी हुई बाल्टी लेकर, माथे पर ताजा सिन्दूर लगाए हुए। मुझे टोकती है, "जा रहे हो?" इसका यह मतलब बिलकुल नहीं कि माँ मेरे प्रति सहज हो गई है। यह टोकना, माथे में सिन्दूर लगाकर रास्ते में पानी से भरी बाल्टी लेकर मिलना, सब पिताजी द्वारा जुटाए गए सगुन हैं, मेरी यात्रा सफल बनाने के लिए। पिताजी ने इसी तरह मेरी जाने कितनी यात्राएँ सफल बनाने के लिए सगुन का इन्तजाम किया है, लेकिन...

खेतों को पार करके सड़क पर आ जाता हूँ और टैक्सी या बस की राह देखते हुए बस अड्डे की तरफ बढ़ता हूँ। आज मैं अपने नाम से सस्ते गल्ले की दुकान का लाइसेंस प्राप्त करने शहर जा रहा हूँ। सारा काम हो चुका है, सिर्फ अफसर के दस्तखत होने बाकी हैं, लेकिन इसी जरा-से काम के लिए बीस-इक्कीस दिन से दौड़-दौड़कर शहर जाना पड़ रहा है। अब जाकर समझ में आया है कि मैं अपनी ही गलती से परेशान हो रहा हूँ, दलाल ने मुझ पर तरस खाकर समझाया था, "मुफ्त में दस्तखत नहीं होते, मिस्टर! माना कि तुम अनइम्प्लायड ग्रेजुएट हो। तुम्हें प्रेफरेंस मिलना चाहिए, लेकिन इसी लाइसेंस के लिए समुझ बनिया डेढ़ हजार देने को तैयार है। साहब निरबंसिया तो हैं नहीं। अभी दो बहनों की शादी करनी है...बुरा न मानना। नाम तुम्हारा जरूर ज्ञान है, लेकिन अकल-ज्ञान का सारा रास्ता तुमने बन्द कर रखा है।"

ठीक कहा था दलाल ने। मेरे ज्ञान के रास्ते सचमुच बन्द हैं। वह आठ सौ पर उतर आया था, लेकिन मुझे वे भी अधिक लगे थे। आज मिलने का वादा करके लौट आया था। पिताजी को बताया तो लगे गालियाँ देने, "तुम्हें कभी अकल आ ही नहीं सकती ससुर के नाती। इस तरह के

बिचवई सबको नसीब होते हैं?...गदहे को भी चौदह साल पढ़ाया जाता तो आदमी बन जाता, लेकिन तू..."

मुझे अपनी गलती समझ में आ गई है। आज गलती नहीं करूँगा। बस या टैक्सी मिलने की उम्मीद न देखकर मैं इक्का पकड़ता हूँ। धूप खुलकर निकल आई है। रबी की फसल कट गई है और सड़क के दोनों तरफ वीरान खेत फैले हैं। गेहूँ की पीली खूटियों-से पीले, महत्त्वाकांक्षाहीन! मेरे मन की तरह रीते और उदास!

"गुरु जी, नमस्कार!" हाथ प्रत्युत्तर में जुड़ गए हैं, जी जुड़ा गया है। लड़कों का साइकिल पर शहर से लौटता हुआ झुंड! पहचान लेता हूँ। अपने पढ़ाए हुए लड़कों को कौन नहीं पहचानेगा! तीन-चार साल पहले जो चेहरे यतीमी लगते थे, शहर की हवा लगते ही चिकना गए हैं। जाते-जाते एक लड़का चिल्लाकर सूचित करता है, "पंडित जी सस्पेंड हैं, गुरु जी!" पंडित जी यानी प्रिंसिपल साहब। सस्पेंड! जरूर कोई रुपए-पैसे का मामला होगा। पूरे विद्यालय को पता था कि मेरी प्रिंसिपल साहब से नहीं पटती। लड़के ने यह सूचना निश्चय ही मुझे खुशखबरी के तौर पर दी है। मेरा मन अतीत में लौट जाना चाहता है। ग्रेजुएट होने के बाद साल-भर भटकने पर भी मैं कहीं खप न सका तो घरवालों का धीरज छूटने लगा था। पिताजी आये दिन समझाते (गालियाँ देना तब शुरू नहीं किया था) कि इस तरह बेकार घूमना बेइज्जती की बात है...और जब मेरे प्रयासों से निराश हो गए तो स्वयं 'स्थानीय प्राइवेट हाई स्कूल' के मैनेजर-अध्यक्ष आदि के पीछे-पीछे घूमने लगे। आखिरकार मैं गणित अध्यापक हो गया। दस्तखत करनेवाली तनख्वाह डेढ़ सौ और मिलनेवाली पचहत्तर रुपए। 'मिलनेवाली' से पाँच रुपए प्रतिमाह अनिवार्य रूप से बिल्डिंग फंड में कट जाते थे।

पिताजी को बहुत खुशी हुई थी। रिश्तेदारों तथा पड़ोसियों को महीनों घेर-घेरकर बताते रहे थे, "देर से ही सही, लड़के को उसकी पढ़ाई-लिखाई के लिहाज से अच्छी जगह मिल गई। तनख्वाह घट ही सही, लेकिन आगे बढ़ने का 'चानस' है। बी.एड. कर ले तो प्रिंसिपल तक हो सकता है।" तनख्वाह मिलती कितनी है, इसे वे बड़ी सफाई से गोल कर जाते थे। कोई

बहुत कुरेदता तो तनिक अप्रकृतस्थ होकर कहते, "दाल-रोटी भर को मिल जाता है और क्या रुपया गाड़कर रखना है? असल चीज है विद्यादान।"

पर यह विद्यादान मैं अधिक दिनों तक नहीं कर सका। डेढ़ सौ पर दस्तखत करके सत्तर रुपए लेना अन्दरूनी मामला था। इंटरवल में मैनेजर और अध्यक्ष के बेटे-बेटियों को नि:शुल्क ट्यूशन पढ़ाना तथा आठ पीरियड में से एक का भी 'वैकेंट' न रहना भी बहुत बुरा नहीं लगता था पर कुछ ऐसी स्थितियाँ भी आती थीं, जिन्हें झेल पाना असह्य हो उठता था। मैनेजर या अध्यक्ष के घर कोई उत्सव होता तो स्कूल के अध्यापकों को वहाँ व्यवस्था सँभालने के लिए पहुँचना होता था। वहाँ आए आगन्तुकों में से कोई यह जानना पसन्द नहीं करता था कि आप एक हाई स्कूल के तथाकथित सम्मानित गुरुजन हैं। वैसे हर अध्यापक अपनी तरफ से यह प्रयास करता था कि उसकी स्थिति वहाँ काम कर रहे मजदूरों-कहारों से एक डिग्री ऊपर, उन पर निगरानी कर रहे सुपरवाइजरों जैसी मानी जाए, पर इस प्रयास में वे प्राय: असफल रहते थे। ऐसे मौकों पर विद्यालय के बच्चे भी दर्शक अथवा आमंत्रित के रूप में उपस्थित रहते थे। वे प्रत्येक क्रिया-कलाप और संवाद गौर से देखते-सुनते तथा अपने भाग्यविधाताओं के भाग्य के पेंदे तक पहुँच जाते थे। छठी-सातवीं कक्षा के बच्चे भी अच्छी तरह समझने लगे कि हम सब किराए के टट्टू हैं। उसमें भी कोढ़ में खाज हो गई थी, स्कूल के मास्टरों की पार्टीबन्दी। सवर्ण और निचली जातियों के आधार पर दो गुट बन गए थे। निम्नजाति वाले अपने-आपको 'दलित पैन्थर्स' के ग्रुप का मानते थे और चूँकि 'दलित' शब्द से उन्हें एलर्जी थी तथा 'दलित' जितना दलित मानने में थोड़ा अपमान-सा भी लगता था, इसलिए 'दलित' की बजाय 'एंग्री' शब्द का इस्तेमाल करते थे। टीचर्स रूम की बहसों में खुलकर एक-दूसरे पर कीचड़ उछाला जाता। हरिजन मास्टर साहब तर्क करने में अद्वितीय थे। जाने कहाँ से सामग्री इकट्ठी कर और लियोनार्ड बूली, मैक्समूलर, गिल्गमेश, ओल्ड टेस्टामेंट, हिब्रू, ऊर, मीडियन, जरथुष्ट आदि शब्दों का भयंकर प्रयोग करके अन्त में यह सिद्ध कर देते थे कि मूल ब्राह्मण जाति तो कब की विलुप्त हो चुकी है। भारत में मौजूदा ब्राह्मण तो सिकन्दर के साथ यूनान से आए भिश्तियों की औलाद हैं।

इसके प्रत्युत्तर में मिश्रा जी मूँछों में मन्द-मन्द मुस्काते हुए तर्क देते कि कायदे से तो हरिजन मास्टर साहब 'दलित पैन्थर्स' के सदस्य ही नहीं हो सकते। क्योंकि यद्यपि उस समय तक उनका (मिश्रा जी का) जन्म नहीं हो सका था पर परवर्ती सूचनाओं से यह सिद्ध होता है कि हरिजन मास्टर साहब का जन्म उनके पिता की मृत्यु के पूरे साल-भर बाद हुआ था। तुलसीदास आदि के जन्म का हवाला देने के बावजूद हरिजन मास्टर साहब की यह बात मानने के लिए कोई तैयार नहीं होता था कि पैदा होने में वे थोड़ा लेट हो गए थे। मिश्रा जी के इस तर्क का उनके पास कोई जवाब नहीं बन पाता था कि जो आदमी स्कूल में छह घंटे नहीं टिक पाता, वह माँ के गर्भ में बारह महीने कैसे टिका रह गया? इम्पॉसिबल।

फिर तो महाभारत ही शुरू हो जाता।

और तब अपने ऑफिस से निकलते प्रिंसिपल साहब! उनका ऑफिस कहीं दूर नहीं था। रेवेन्यू रेकॉर्ड में बीस फीट लम्बा दालाननुमा जो कमरा पंचायत-घर के रूप में दर्ज था, उसी के 14 फीट के हिस्से को टीचर्स रूम और पाँच फीट के हिस्से को प्रिंसिपल ऑफिस बना दिया गया था। बीच में एक फुट मोटी और साढ़े तीन फीट ऊँची कच्ची ईंटों की दीवार। बीच के दरवाजे में कोई पर्दा या किवाड़ नहीं था। सिर्फ मानसिक अलगाव किया गया था। और एक तरफ की हर गतिविधि का अवलोकन दूसरी तरफ खड़े होकर ही नहीं, लेटे-लेटे भी सुविधापूर्वक किया जा सकता था। प्रिंसिपल ऑफिस में या तो एक चारपाई पड़ सकती थी या एक कुर्सी-मेज। प्रिंसिपल साहब ने चारपाई को वरीयता दी थी।

प्रिंसिपल साहब इसलिए नहीं निकलते थे कि दोनों गुटों में सुलह करा दें। उन्हें तो मजबूरन निकलना पड़ता था, क्योंकि शोर के कारण उनका पोस्ते के छिलके का नशा फिसलने लगता था। उनकी दशा 'चकित चकत्ता चौंकि-चौंकि उठै बार-बार' वाली हो जाती थी। कुछ देर तक वे प्रिंसिपल ऑफिस और टीचर्स रूम के सन्धि-द्वार पर खड़े रहते। एक-एक चेहरे को बारी-बारी से घूरते। फिर खँखारकर थूकते। तब तक लोग बनावटी लिहाज से शान्त होने लगते। वे वापस जाकर फिर औंधे मुँह चारपाई पर गिर पड़ते। हरिजन मास्टर साहब बताते थे कि जब प्रिंसिपल साहब इस

औंधी मुद्रा में पड़े होते हैं तो उनके मुँह से प्रति घंटे सौ से दो सौ ग्राम तक राल निकलकर तकिया में जज्ब होती रहती है। यही कारण है कि गर्मी में तकिया तर रहता है, और ठंडक पहुँचाता है।

उस समय तक 'सिद्धान्त' शब्द से मेरा मोह टूटा नहीं था। अन्य मास्टर लोग भी अपने-आपको कम सिद्धान्तवादी नहीं मानते थे। अन्तर यह था कि जहाँ और लोग सिद्धान्त को 'शोकेस' में रखते थे, मैं कभी-कभी उसका 'रफ-यूज' करने लगता था। जिस घटना के कारण मुझे विद्यालय छोड़ना पड़ा, उस समय भी यही हुआ था। घटना सत्रावसान के दिन की है। विद्यालय में छठे, सातवें और नौवें दर्जे का रिजल्ट सुनाया जा चुका था। कुछ स्पेशल केस से सम्बन्धित लड़के, जिनमें कुछ दो-चार नम्बरों से फेल हो रहे थे और कुछ, जो निर्धारित गुरुदक्षिणा की रकम अभी तक नहीं दे सके थे, रोक लिये गए थे। प्रिंसिपल साहब देर तक उन्हें उनके सीरियस केस के बारे में और गुरुदक्षिणा की महिमा के बारे में समझाते रहे थे कि वे नहीं चाहते कि उनके हाथों किसी का भविष्य अन्धकारमय हो जाए। उनके तो जीवन का मंत्र ही है—तमसो मा ज्योतिर्गमय, लेकिन छात्रों को भी गुरु का ध्यान रखना होगा। वे कोई उँगली-अँगूठा तो माँग नहीं रहे हैं...

सारी गुरुदक्षिणा वसूलते और हिसाब-किताब करते शाम के चार बज गए। कुल सात सौ बयालीस रुपए चढ़े थे, जैसा कि प्रिंसिपल साहब ने घोषित किया, किन्तु, 'एंग्री पैन्थर्स' के सदस्यों ने आरोप लगाया कि घोषित राशि मूल राशि से काफी कम है, किन्तु चूँकि गुरुदक्षिणा के लिए वहाँ कोई कमेटी गठित नहीं थी, इसलिए काफी बकझक के बाद घोषित राशि ही मूल राशि मान ली गई। तब प्रिंसिपल साहब ने घोषणा की कि इसमें से बयालीस रुपए वे संयुक्त हिन्दू परिवार की प्राचीन परम्परा के अनुसार ज्येष्ठांश के रूप में अपने पास रख लेते हैं। शेष सात सौ रुपए बाँटने के लिए उन्होंने मुझे आमंत्रित किया। मैंने दोपहर में एक लड़के को कहते सुन लिया था, "साले, इसी 'पास कराई' वाले रुपए से एकाध कुर्ता-पैजामा बनवा लेंगे। फिर उसी को साल-भर रेतेंगे।" मेरा मुँह कड़वा

हो चुका था। अत: मैंने घोषणा कर दी, "चूँकि अधिकांश रुपया जबर्दस्ती वसूला गया है और इसमें से तिरस्कार और अपमान की बू आ रही है, इसलिए यह रुपया मैं छुऊँगा भी नहीं, हिस्सा लेना तो दूर रहा।"

मेरी घोषणा से प्रिंसिपल साहब की मुद्रा परमहंसी हो गई। उन्होंने कोई दुख नहीं प्रकट किया। खुशी हुई होगी तो उसे भी दबा गए। धीर भाव से नोटों को नाक तक ले जाकर सूँघा, आश्वस्त हुए कि कोई बू नहीं आ रही है और घोषणा की कि ऐसी स्थिति में त्यागी गई इस समस्त राशि पर श्रेष्ठ ब्राह्मण का हक होता है। अत: इनके हिस्से का रुपया मैं लेता हूँ।

इस घोषणा से शेष ब्राह्मण, एंग्री पैन्थर्स और अन्य सवर्ण सभी भड़क उठे। आरोप-प्रत्यारोप के मध्य चाक-डस्टर फेंके जाने लगे। जो दो-चार लड़के अभी तक विद्यालय में रुके हुए थे, वे खिड़की के रास्ते कंकर-पत्थर सप्लाई करके गुरुजनों की मदद करने लगे। कुहराम मच गया।

दूसरे दिन प्रचार हो गया कि गुरुदक्षिणा का रुपया हड़पने का प्रयास करने के फलस्वरूप अध्यापकों ने मेरी जमकर पिटाई की है और लोगों ने अध्यापकों को आचार-संहिता बताना शुरू कर दिया।

जून में जब मैनेजमेंट की मीटिंग में मुझसे इस सम्बन्ध में स्पष्टीकरण माँगा गया तो मैंने उत्तर में इस्तीफा भेज दिया। पिताजी को मेरे इस्तीफे का पता चला तो लगे गालियाँ देने, "साला, लाट साहब बनना चाहता है। दाने-दाने को न तरस गया तो कहना!"

गालियों के प्रति मैं बचपन से ही उदासीन था। गाली से ज्यादा तरजीह पीटे जाने को देता रहा हूँ, जिसकी सम्भावना अब नहीं के बराबर थी।

शहर पहुँचकर इक्का रुकता है तो मेरी तन्द्रा टूटती है। मैं उतरकर सप्लाई ऑफिस पहुँचता हूँ। दलाल गोपीचन्द प्रांगण में ही मिल जाता है। मेरी नमस्ते का बड़ी उदासीनता से जवाब देता है, लेकिन जब कोने में ले जाकर उसे आठ सौ रुपए देता हूँ तो उसकी उदासीनता गायब हो जाती है। वह हरकत में आ जाता है। मुझे ले जाकर जबर्दस्ती चाय पिलाता है और फिर बाहर प्रतीक्षा करने को कहकर दफ्तर के अन्दर चला जाता है। मैं एक खाली बेंच पर पसर जाता हूँ। आँखों में पुराने दृश्य घूमने लगते हैं।

मास्टरी छोड़ने के बाद घर में मेरी रही-सही साख भी समाप्त हो गई थी। हर सदस्य मुझसे पहले से अधिक दूर हो गया। पिताजी ने साबुन, तेल, स्याही और कागज तक का पैसा देना बन्द कर दिया। मुझे अपने कपड़े साबुन के बजाय रेह से धोने पड़ते। दर्जा आठ तक तो मैं वैसे ही रेह से कपड़े धोता रहा था, लेकिन ग्रेजुएट हो जाने के बाद भी आठ आने का साबुन न खरीद पाने की मजबूरी मुझे कभी-कभी अन्दर से तोड़ने लगती। कमीज मेरे पास, जब से मैंने कमीज पहनना सीखा, तब से हमेशा एक ही रही है। पहले तो कभी-कभी ऐसा भी होता था कि पुरानी कमीज के पूरी तरह फट जाने और नई कमीज के सिलकर तैयार होने के बीच में तीन-चार दिन का अन्तर पड़ जाता था। ये तीन-चार दिन बिना कमीज के ही निकल जाते थे। बनियान को हमेशा कमीज के बराबर का दर्जा मिलता आया था और एक ही साथ कमीज और बनियान दोनों पहनकर फाड़ने की मूर्खता हमारे यहाँ आज भी कोई नहीं करता। हाँ, डिग्री कॉलेज में नाम लिखाने तक हवाई चप्पल पहनने की आदत पड़ गई थी। इन दिनों जबकि पुरानी चप्पल के टूटे पट्टे बार-बार सिलवाते-सिलवाते सड़ गए थे और जेब में एक भी पैसा नहीं था, नंगे पैर पोस्ट-ऑफिस अथवा बाजार जाने में कुछ झेंप लगने लगी थी। यद्यपि इस झेंप के लिए कभी-कभी मैं स्वयं को कोसता भी था। मुझे कभी-कभी लगता कि ये सारे अभाव मुझे जबर्दस्ती महानता की तरफ ढकेलकर ले जा रहे हैं। मैं महान लोगों की जीवनी पढ़ने लगा। पढ़ते-पढ़ते हिसाब लगाता कि इनमें से कितने लोग मेरी तरह गाँव में पैदा हुए थे और कितनों का बचपन अभाव में बीता था तो यह संख्या काफी अधिक होती। तब मेरा हृदय नई आशा और विश्वास से भर जाता।

ऐसे समय जबकि मैं मानसिक रूप से व्यग्र रहता, पत्नी से सहवास को भी व्याकुल रहता। मेरी पत्नी मेरी मुफलिसी से पूरी-पूरी असन्तुष्ट थी, फिर भी बिना किसी खास एतराज के खुद को मेरे लिए प्रस्तुत करती रहती थी, लेकिन जब-जब मेरी नजर उसके फटे और मैले-कुचैले कपड़ों पर पड़ती, मैं अपराध-बोध से गड़ जाता। उसे चुपचाप भाभी जी के ताने सुनते देखता तो लगता, पूरे घर को अभी, इसी वक्त आग लगा दूँ। माँ का रुख उस समय तक इतना आक्रामक नहीं हुआ था, न उसके प्रति,

न मेरे प्रति, लेकिन धीरे-धीरे आत्मनिर्भरता की अनिर्वायता मेरी समझ में आने लगी।

इसी बीच इलाहाबाद यूनिवर्सिटी में अध्ययनरत मेरा एक दोस्त एक दिन 'क्लर्क्स ग्रेड परीक्षा' का आवेदन-पत्र लेकर आया। वह ओवरएज हो चुका था। मुझसे कहा कि भरना चाहूँ तो भर दूँ, फीस वह दे देगा। मैंने फार्म भर दिया। बाद में कई जगह और कई माध्यमों से पूछताछ करने पर यू.पी.एस.सी. तथा प्रान्तीय लोक-सेवा आयोग के कार्यों और उद्देश्यों के सम्बन्ध में जानकारी प्राप्त हुई। यह मेरी ही नहीं, मेरी तरह उन हजारों-हजार ग्रामीण स्नातकों की नियति है, जो बिना शहर का मुँह देखे, जंगल या गाँव के बाजार में स्थित डिग्री कॉलेजों से डिग्री प्राप्त करते हैं। आगे की कड़ी के रूप में वे केवल बी.एड., एल.टी. या एल.एल.बी. का नाम ही जान पाते हैं। शिक्षा और रोजगार के बीच की कड़ी यू.पी.एस.सी. के बारे में जानकारी देनेवाला वहाँ कोई नहीं है।

मैंने परीक्षा दी और चुन लिया गया। ज्वाइनिंग लेटर मिला तो लगा, राजगद्दी का परवाना आया है। सोचा था, किसी को भी नहीं बताऊँगा। बहुत तंग किया है घरवालों ने। चुपचाप बिना बताए इनकी दुनिया से दूर चला जाऊँगा, लेकिन जब से पोस्टमैन रजिस्ट्री दे गया, पिताजी ने पूछते-पूछते कान बहरे कर दिए, "ससुरा बताता भी नहीं कि कैसा कागज-पत्तर है? कुछ बोले भी कि कहाँ से आया है, क्या लिखा है?"

मैंने बताया तो उनका मुँह खुशी से खुला-का-खुला रह गया। पान की पीक दाढ़ी तक बह निकली। संक्षेप में उन्होंने उस नौकरी में मिलनेवाली तनख्वाह, काम के प्रकार (अर्थात कलम पकड़नी पड़ेगी या कुदाल) तथा ऊपरी आमदनी के बारे में पूछा और सिर पर पगड़ी लपेटकर गाँववालों को खबर देने निकल गए। मैं पलक झपकते सबका दुलारा हो गया। होनहार हो गया। माँ ने अपने हाथ से परोसकर खाना खिलाया। भाभी ने खाने के साथ दूध का गिलास देकर और पत्नी ने रात में सारे शरीर की मालिश करके और बीसों उँगलियाँ चटकाकर अपनी प्रसन्नता व्यक्त की। उस रात उसने मेरी कमर को इतने जोर से अपनी भुजाओं में कसकर दबाया था कि याद करने पर आज भी दर्द होने लगता है। बड़े भैया ने यद्यपि अपनी

खुशी का कोई स्थूल प्रमाण नहीं दिया, लेकिन उस रात माचे से उनके गाने की आवाज बहुत देर तक आती रही थी।

पिताजी को कोई न मिलता तो अपने-आप ही बड़बड़ाते, "बचपन से ही इसके राजयोग थे। अयोध्या जी के पंडा महाराज ने हाथ देखते ही कहा था, लड़का ओहदेदार होगा। स्कूल का मुँह नहीं देखा था, तभी पूरा 'हनुमान चालीसा' जबानी याद कर लिया था...छटाँक-छटाँक देशी घी दाल में डालकर पिलाया है जी। गाँव में और किसी लड़के को सरकार ने रजिस्ट्री भेजकर बुलाया कभी! राजकाज चलाना सबके वश की बात नहीं होती।"

जाते समय पिताजी ने महीने-भर के खर्च के लिए चार सौ रुपए दिए थे। दो सूती कमीजें और पैंट सिला दिया था। माँ ने अचार, सत्तू, देशी घी, चबेना, गुड़, आलू, प्याज आदि बाँध दिया था। बड़े भैया वह सारा गट्ठर ढोकर बस अड्डे तक लाए थे। बड़े खुश थे, पर पैर नहीं छूने दिया। सिर्फ इतना कहा था, "चिट्ठी जल्दी देना।" और बड़े हौसले से केन्द्रीय सचिवालय की नौकरी के लिए दिल्ली चल पड़ा था।

सचिवालय की दुनिया में आने के बाद मैंने पहली बार महसूस किया कि गाँव को मैं कितना प्यार करता हूँ। गाँव मेरे रोम-रोम में बस गया है, यह गाँव छोड़ने के बाद जाना। मुझे दफ्तर में भी गाँव के ताल, भींटें, बाग, ऊसर-बंजर, ढकुलाही, बँसवारी और रुसहनी की याद सताती, जैसे जंगली तोता पिंजड़े में बन्द हो गया हो। मैं अपने गाँव के एक ग्वाले के साथ उसके मालिक के तबेले में रहता था। शाम को वह दूध देने निकल जाता तो मैं कभी-कभी रोने लगता।

जैसे-जैसे मैं अपने शहरी सहयोगियों से घुलता-मिलता गया, मुझे उनसे विरक्ति होती गई। सचिवालय मुझे ऐसा चिड़ियाघर नजर आता, जहाँ एक ही किस्म की चिड़ियाँ कैद की गई हों, जिन्हें चेहरे से पहचानना सम्भव न हो। मैं इन लोगों को चेहरे से नहीं, बल्कि इनके कपड़ों से पहचानता था। लोग गाँव के लोगों को कूपमंडूक कहते हैं, पर मुझे तो अपने दफ्तर में भी कम कूपमंडूक नजर नहीं आए। दिल्ली में रहते हुए भी उनमें से

अधिकांश ने कभी कुतुबमीनार, राजघाट या शान्ति वन नहीं देखा था। सबकी दुनिया नितान्त सीमित थी, दफ्तर और परिवार, बीच में कुछ भी नहीं। कोई गाजियाबाद से भागता आता तो कोई शाहदरा और सोनीपत से। महीने के मध्य से ही उधार माँगने का क्रम शुरू हो जाता। बहुतों को तो यह भी नहीं पता था कि चने का पेड़ बड़ा होता है या अरहर का।

अनुशासन और व्यवस्था के नाम पर सब अपने बॉस के हाथ की कठपुतली बने रहते थे। जिसको वह अपने केबिन में बुलवाता, उसके दिल की धड़कन बढ़ जाती। अन्दर घुसने के पहले अन्दर के वातावरण की गन्ध पाने के लिए चपरासी को बीड़ी ऑफर करने लगता। बॉस का बात-व्यवहार का तरीका था भी बहुत भयावह। यहाँ बॉस की गुडबुक में होना इस बात पर निर्भर नहीं था कि आप कितने हार्ड-वर्कर हैं बल्कि इस बात पर कि आप कितनी चापलूसी कर लेते हैं, उससे कितना ज्यादा डरते और कितनी कम बातें करते हैं। उसके जायज-नाजायज गुस्से को कितनी सहजता से 'सुखे-दुखे समे कृत्वा' के भाव से सिर झुकाकर स्वीकार करते हैं। उसके घर पर कितनी बार सलाम करने जाते हैं। और उसके बच्चों के जन्म-दिन पर कैसा उपहार ले जाते हैं।

शुरू-शुरू में तो मुझे यह चाटुकारिता और अकारण भय-प्रदर्शन निहायत नागवार लगा, किन्तु धीरे-धीरे समझौतावादी होने की कोशिश करने लगा। झूठ-मूठ भय प्रदर्शन तो कोई मेरा गला काटने पर उतारू हो, तब भी नहीं कर सकता। हाँ, एक-दो बार छोटी-मोटी भेंट लेकर बॉस के बँगले पर जरूर गया। मुझे उम्मीद थी कि अपने अन्त:करण की आवाज के विरुद्ध की जानेवाली इस नीचता से मेरे मन में जो मलाल आया है, उसे बॉस अपनी स्वागत मुस्कान से दूर कर देगा। सम्बन्ध नॉर्मल हो जाएँगे, लेकिन बॉस तो मेरी उपस्थिति में भी मेरी बजाय अपने कुत्ते से बात करने में रुचि लेता था। मुझसे कभी बोलता भी तो यही कि आपका काम सन्तोषजनक नहीं है। मत भूलो कि प्रोबेशन पर हो और तुम्हारी नौकरी मेरे रिमार्क पर निर्भर है। मुझे लगता कि यह तो साफ-साफ धमकी दे रहा है, अकारण। कुत्ते की तरह पूँछ हिलाने पर उतारू भी हुआ तो उसका यह नतीजा। मन खट्टा हो गया। बॉस के बँगले पर जाना ही बन्द कर दिया। वह इन्तजार

करता रहा कि मेरा रवैया सुधरेगा, लेकिन कुत्ते की पूँछ भी कभी सीधी हुई है! एक दिन किसी मामूली भूल पर उसने मुझे अपने केबिन में बुलाकर जोर से डाँट दिया। मैंने चुप रहने का निश्चय किया था, लेकिन बॉस ने इसे मेरी कायरता समझा और कुछ ऐसा भाव प्रदर्शित करने लगा कि अगर मैं केबिन से निकलकर तुरन्त ही भाग नहीं गया तो वह जूते उतारकर मुझे पीटना शुरू कर देगा। मैं इस हद तक सह सकने के लिए अपने-आपको तैयार नहीं कर सका, इसलिए जब गुस्से में जूते पटकता हुआ वह मेरे मुँह के पास अपना मुँह लाकर चिल्लाया, 'गेट आ-उ-ट...' तो मेरे अन्दर सोया गँवार भड़क उठा। मैंने उसकी तोता-टाइप नाक पर कसकर एक घूँसा जमाया...भच्च! तल-तल करके उसके नाक-मुँह से खून बहने लगा। वह चिल्लाया। लोग इकट्ठा हो गए...और एक लम्बी पूछताछ और स्पष्टीकरणों की औपचारिकता के बाद मुझे एक महीने का अग्रिम वेतन देकर नौकरी से निकाल दिया गया।

घरवाले मेरे आकस्मिक आगमन पर किंचित चकित हुए और फिर स्वागत में जुट गए। माँ ने शिकायत की कि दुबला हो गया हूँ। भाभी ने खीर खिलाई। बड़ी बेटी ने सौ तक गिनती सुनाई। गाँव में घूमने निकला तो गाँव की औरतें किंचित सम्भ्रम, किंचित कुतूहल और किंचित आदर का पुट देकर कानाफूसी करने लगीं, "दिल्ली में नौकरी पाई है गौरमिंट के दफ्तर में।" रात में पत्नी ने नौ बजते-बजते ही रसोई का काम समाप्त करके कोठरी में सेज सजा दी और दिलोजान से समर्पित हुई। चरम बिन्दु पर पहुँचते-पहुँचते उसने किंचित लाज और मान-भरे स्वर में कहा, "इस बार मुझे भी ले चलिए अपने साथ। कब तक यहाँ सड़ूँगी। आज तक मैंने कभी शहर नहीं देखा है।" मैं रस-भंग नहीं करना चाहता था इसलिए चुम्बनों की बौछार से उसका मुँह बन्द कर दिया।

हिम्मत नहीं पड़ रही थी कि पिताजी को सारी बातें बताऊँ, लेकिन पिताजी की नजरें तो गिद्ध से भी तेज हैं। दूसरे दिन से ही पूछने लगे, "कितने दिन की छुट्टी लेकर आए हो?" तीसरे दिन मैंने शाम को खेतों में भाई साहब को डरते-डरते सारी बात बता दी। उनके चेहरे पर कोई

परिवर्तन नहीं आया। उन्होंने कहा, "मैं चना उखाड़कर लाता हूँ, तुम माचे से माचिस लाओ तो होरहा भूना जाए।"

चौथे दिन ही घर, पड़ोस और फिर पूरे गाँव की नजरों में नालायक हो गया। औरतें परस्पर बातें करने लगीं, "गौरमिंट ने निकाल बाहर किया। कहा, चसमा-ठोंका लगानेवाला लड़का नहीं चाहिए। क्या पता, कब पूरा आन्हर हो जाए।" पिताजी ने बिना एक दिन की भी मोहलत दिए गालियाँ देना शुरू कर दिया, "मेहरा, साला! आवारा, लोफर! जोरू के बगैर नहीं रह सकता था तो मैंने कौन उसे गिरवी रख लिया था। ले जाता साथ में बनरी नचाने के लिए उसे भी।" और अन्त में माँ की गाली देते हुए भविष्यवाणी की थी, "साले! तराई में गुह गोड़ोगे और मजूरिन फाँसोगे। आखिर हो तो मेरे ही बेटे।" सच, यह जानकर कि उन्हीं का बेटा हूँ, बड़ी राहत मिली थी। स्कूल की मास्टरी छोड़ी थी तो इन्होंने घोषणा कर दी थी कि मैं इनका बेटा हो ही नहीं सकता, क्योंकि इनका बेटा इतना बुद्धू नहीं हो सकता। आज की घोषणा से सारा मलाल मिट गया। वैसे असली बाप का या हरामी का बेटा होने की बात मेरी नजर में कोई खास अहमियत नहीं रखती। दुनिया में आना ही था। इनकी कोशिश से आते या किसी और की!

पिताजी हमेशा दोमुँहे साँप रहे हैं। उनका एक मुँह खुलता, जब आस-पास कोई पराया नहीं होता। उस मुँह से वे लगातार मेरी बुराई करते। दूसरा मुँह खुलता, जब पास में कोई परिचित या रिश्तेदार बैठा होता। यह मुँह मेरी बुराइयों को इतनी खूबी से अच्छाइयों में परिवर्तित कर देता कि सुनकर खुद मुझे आश्चर्य होता, "मैं तो भई बस, एक बात जानता हूँ। जान जाए तो जाए, शान न जाने पाए। मेरे बेटे ने वही प्रत्यक्ष करके दिखा दिया। क्या नाम...वह इसका साहब ससुर जाति का बनिया था। उसकी डाँट-डपट तो मेरा बेटा सहने से रहा। दे दिया कसकर एक लात पेट में। फच्च से मुँह से खून फेंक दिया। तीन दिन तक अस्पताल में होश ही नहीं आ रहा था। यह इस्तीफा देने लगा तो उस साहब के ऊपर वाले साहब ने कहा, "तुम रहो ज्ञान, मैं इस साहब को ही निकाल बाहर करता हूँ," लेकिन मेरे बेटे ने भी चालीस सेर का जवाब दिया, "इसको निकालोगे तो इसके बच्चे भूखों मर

जाएँगे साहब! मेरा क्या, गाँव में मूँछ ऐंठकर खेती करूँगा। और भाले में तेल लगाकर घूमूँगा।" फिर विषय की गम्भीरता को थोड़ा हल्का करने के लिए पश्चाताप-भरे स्वर में कहते, "ससुरा, शहर में जाकर मूँछें साफ कर आया, यही बेजा किया। शहर में रहकर तो आदमी सचमुच हिजड़ा बन जाता है। अच्छा ही हुआ..." लेकिन उस बाहरी आदमी के हटते ही यह मुँह बन्द हो जाता और अकेला होते ही वे फिर गालियाँ देना शुरू कर देते।

आज सोचता हूँ तो पश्चाताप होता है अपनी करनी पर, लेकिन गुस्सा आता है उन शिक्षाशास्त्रियों पर, जो आज भी स्कूल-कॉलेजों में महाराणा प्रताप, शिवाजी, चन्द्रशेखर आजाद, भगतसिंह और नेताजी को पढ़ाते हैं, बच्चे के बच्चे मन पर राणा और आजाद की नुकीली मूँछें और गज-भर की छाती, भगतसिंह का टोप और नेताजी की सैनिक छवि इतनी गहराई तक घुस जाती है कि प्रौढ़ होने पर आज के गर्हित यथार्थ-जीवन के साथ स्वयं को समायोजित करने के दौरान उसे भीषण मानसिक यंत्रणा से गुजरना पड़ता है। कभी-कभी तो इसी कशमकश में वह मेरी तरह टूट जाता है। माना कि समाज को बदलना कठिन है, पर टेक्स्ट बुक्स को बदलना तो मुश्किल नहीं। क्यों नहीं आज के बच्चों को ब्रूटस, कार्नेलिया, जयचन्द, विभीषण, आम्भि आदि सामन्तयुगीन चारणों तथा अन्य विश्वासघातियों, अवसरवादियों और चाटुकारों के चरित्र पढ़ाए जाते, जो उनके यथार्थ जीवन की समस्याओं को हल करने में सहायक हो सकें? यथार्थ को बदलना कठिन है, लेकिन आदर्श बदलने में क्या लगता है!

दिल्ली में काटे गए चन्द महीनों तथा घर में मिलनेवाले तिरस्कार ने पैसे के प्रति मेरा दृष्टिकोण बदल दिया। मैंने निश्चय किया कि मुझे पैसा कमाना है। कई योजनाएँ तथा फ्रॉड दिमाग में आते रहे, जाते रहे। संयोग से इसी बीच गाँव के पुराने सस्ते गल्ले के लाइसेंसी का लाइसेंस रद्द हुआ तो पिताजी ने मुझसे भी अप्लाई करवा दिया।

लगा कि कोई जोर-जोर से झिंझोड़ रहा है। आँख खुली तो गोपीचन्द खड़ा था। बोला, "नए हो, इसलिए साफ-साफ बता रहा हूँ। अकेले चीनी के ब्लैक में ही हर महीने तीन हजार की बचत है। मौके पर 'नामा' ही काम आता है। किसी दिन साहब से जाकर 'परसनली' मिल लो। सारी बात

साफ-साफ रहे तो ठीक रहता है। अपने इलाके के दरोगा, बी.डी.ओ. तथा और भी जो दो-चार मुँह-लगे कुत्ते हों, उन्हें दो-चार किलो देकर पटाए रहो, बस! सीधी-सी बात है, जिसके काटने का डर हो, उसका मुँह ही बन्द कर दो। साला काटेगा किधर से?...साल-भर में बिल्डिंग खड़ी हो जाएगी।"

वह उठता है तो मैं भी उठकर बाहर की तरफ चल पड़ता हूँ। बहुत ठोकर खाने के बाद आज किनारा मिला है। आदर्शवाद के चलते अब तक जीवन के हर क्षेत्र में 'मिसफिट' होता रहा हूँ। अब जाकर अक्ल आई है रास्ते पर। मैं पैर की ठोकर मारकर सारे आदर्शवाद को चूर-चूर कर देना चाहता हूँ...बिल्डिंग! साल-भर में! मुझे अभी से अपने कच्चे मकान की जगह तिमंजिली बिल्डिंग नजर आने लगी है—पीली-पीली! बालकनी में शायद मेरी पत्नी खड़ी है...

पत्नी की याद आते ही उसकी बड़ी-बड़ी आँखें याद आती हैं। सुबह चलते समय पूछा था, "क्या-क्या मँगाना है शहर से अपने लिए?" तो बोली थी, "मेरे लिए क्या?" आजकल वह ऐसे ही बोलती है। एक समय वह भी था, जब नई-नई ब्याह कर आई थी तो रात में बड़ी महत्त्वपूर्ण जगह से मेरा हाथ हटाते हुए शिकायत करती थी, "प्यार इतना जताते हो, लेकिन एक चोली (ब्रेजियर) तक लाकर नहीं दे सकते।" पर मैं तो ऐसा बेहया था कि सालों तक फरमाइश सुनने के बाद भी उसे एक चोली लाकर नहीं दे सका। उसे फुसलाने के लिए तर्क करता कि चोली की जरूरत उन्हें होती है, जिनकी छातियाँ लत्ता होकर लटकने लगती हैं। तुम्हें उसकी क्या जरूरत? मेरी प्रशंसा गलत नहीं है। तीन-तीन बच्चे होने के बावजूद आज भी उसके स्तन तनिक भी श्रीहीन अथवा नतमुख नहीं हुए हैं। कभी-कभी तो उसके और अपने स्वास्थ्य की तुलना से मुझे खुद शर्म-सी आने लगती है। वह तो इस अन्तर को अब जरूरत से ज्यादा महत्त्व देने लगी है। उसके अनुसार तीनों-की-तीनों लड़कियाँ होने का एकमात्र जिम्मेदार मेरा उससे उन्नीस स्वास्थ्य है। इसके मामले में उसका गणित एकदम सीधा है। उसके अनुसार यदि पति तगड़ा है तो लड़का होगा, पत्नी तगड़ी है तो लड़की। इसे वह भाई साहब का उदाहरण देकर बखूबी सिद्ध कर देती है। मुझे चोरी से दूध पिलाने का उद्देश्य भी यही है कि अधिक स्वस्थ होकर

मैं उसे एक बेटा दे सकूँ। मैं उसे एक्स और वाई क्रोमोसोम्स तथा सेक्स क्रोमोसोम के तेईसवें जोड़े के बारे में बताना चाहता हूँ तो वह समझती है कि मैं उसे बेवकूफ बना रहा हूँ। बेटा पैदा करके घर-भर की नजरों में चढ़ जाने की उसकी कामना इतनी तीव्र है, इसका पता मुझे कभी न लगता, अगर उस दिन...

उस दिन माँ और पिताजी गंगास्नान के लिए गए हुए थे। भाभी एक हफ्ते पहले भाई साहब से लड़कर मायके चली गई थीं। मैं इसी लाइसेंस के चक्कर में शहर जाने निकला तो दस बजनेवाले थे। उस समय भाई साहब मँड़हे में बैठे खाँची बुन रहे थे। दो घंटे तक अड्डे पर सवारी का इन्तजार करने के बाद दिल में पता नहीं क्या आया कि मैं वापस लौट पड़ा। दरअसल आज घर सूना पाकर मैं उन्मुक्त होकर पत्नी को पा लेना चाहता था। महीनों बाहर सोने के कारण शरीर काफी सुस्त और भारी हो रहा था। उम्मीद थी कि अब तक भाई साहब खा-पीकर खेत पर चले गए होंगे। सूना आँगन होगा, बन्द किवाड़। इतना निरापद एकान्त कभी-कभी ही मिलता है। जाते समय मैंने पत्नी की आँखों में एक खास चमक देखी थी, जैसे शिकार पर नजर जमाए बिल्ली की आँखों में उतर आती है, नीली-नीली! सज-सँवर भी रही थी सवेरे से ही। शायद चार-छह दिन पहले ही ऋतुमती हुई थी। मैं बेताब होने लगा।

मँड़हे में खाँची अधूरी पड़ी थी। भाई साहब नहीं थे, आश्वस्त हुआ। एडवेंचर का आनन्द लेते हुए आहिस्ते-आहिस्ते आँगन में जाकर पत्नी की कोठरी के बन्द किवाड़ों के आगे खड़ा हो गया और सोचने लगा कि किस तरह उसे चौंकाऊँ, तभी किवाड़ खुले और भाई साहब पसीना पोंछते हुए बाहर निकले। मुझे सामने पाकर हतप्रभ हुए और आँखें चुराकर बगल से बाहर निकल गए। कोठरी के अन्दर से बाहर आते हुए मेरी पत्नी की नजर मुझ पर पड़ी तो वह पथरा गई। मैंने स्पष्ट देखा, उसके गालों पर अधरों के नीचे दाँत काटने के निशान थे। कपड़े अस्त-व्यस्त थे। साँस तेज थी। देखते-देखते मुझे उसकी आँखों का पानी बदलता नजर आया। अब वह मुझे घूर रही थी। मेरी समझ में नहीं आया कि मुझे क्या करना चाहिए। मैं

बाहर निकल गया और रात देर तक परती खेतों में टहलता रहा। कई दिनों बाद पत्नी ने स्वीकार किया, "उनकी कोई गलती नहीं है। मैं ही उनका हाथ पकड़कर मँड़हे से लिवा लाई थी, बेटा पाने के लिए।"

इस तरह के छिटपुट यौन-सम्बन्धों को मैं गम्भीरता से नहीं लेता। इसे मेरा दमित पुंसत्व कहिए या लिबरल आउटलुक। मैं पाप-पुण्य, जायज-नाजायज, पवित्र-अपवित्र और सतीत्व-असतीत्व के मानदंडों से भी सहमत नहीं हूँ। माँगकर रोटी खा ली या कामतुष्टि पा ली, एक ही बात है। प्राचीन काल की नियोग प्रथा को मैं आज के युग में भी उतना ही उपयोगी मानता हूँ। मैं भयभीत हुआ था तो सिर्फ इस बात से कि इन दिनों जिस हताशा और निपट एकाकीपन की अँधेरी गुफा में फँसा हूँ, वहाँ पत्नी ही एकमात्र ऐसा आलम्ब है, जिसके आँचल में मुँह छिपा लेने पर घड़ी-दो घड़ी सुकून मिल जाता है। यह आलम्ब भी छूट गया तो झेल नहीं पाऊँगा। पैर उखड़ जाएँगे और मैं डूब जाऊँगा।

दो सौ रुपए जेब में हैं। मैं बाजार से पत्नी के लिए दो ब्रेजियर, नायलान के दो ब्लाउज, पाउडर और क्रीम की डिबिया, रिबन, साबुन, लिपस्टिक, नेलपॉलिश, हेयर ऑयल और एक साड़ी खरीदता हूँ। बेटी के लिए 'प्रवेशिका' और 'पहाड़ा' लेता हूँ। एक डिब्बे में मिठाई बँधवाता हूँ और इक्का पकड़कर वापस लौट पड़ता हूँ। सारे रास्ते निश्चय करता आता हूँ कि आदर्शवाद का मैल अपने मन से रगड़-रगड़कर छुड़ा दूँगा। हर महीने तीन-चौथाई चीनी ब्लैक करूँगा और पत्नी को गहनों कपड़ों से लाद दूँगा। कदर पाने के लिए कदर करनी होगी। आज तक उसने शहर नहीं देखा, सनीमा नहीं देखा, रेलगाड़ी पर नहीं चढ़ी, उसका पायल टूटा पड़ा है, फोंकी की कील नहीं है, सब कुछ बनवाऊँगा, सब कुछ पहनाऊँगा, सब कुछ दिखाऊँगा।

अड्डे पर इक्के से उतरकर आगे बढ़ता हूँ। तभी कोई नाम लेकर पुकारता है। गाँव के टीड़ी सिंह हैं। मैं राम-राम करता हूँ। वे लाइसेंस के बारे में पूछते हैं। मैं बताता हूँ, "मिल गया।" वे मेरे गले से लग जाते हैं, "बस, आज तो बिना पिए छोड़ नहीं सकता। ऐसा मौका फिर कब मिलेगा?" वे मुझे जबर्दस्ती 'देशी' के ठेके के अन्दर खींच ले जाते हैं।

मैंने आज तक कभी शराब नहीं पी, पर आज दिल कह रहा है—देख भी लूँ, कैसी लगती है? पहला घूँट अन्दर जाता है तो मुँह कड़वा हो जाता है, कै हो जाएगी, पर नहीं, कै नहीं होने दूँगा। आज इसकी तासीर देखूँगा।

थोड़ी ही देर में मुझे उसका असर स्पष्ट होने लगता है। मैं ठेकेदार से एक पौवा और लेकर पैंट की जेब में डाल लेता हूँ—आज रात पत्नी को भी पिलाऊँगा, अपने हाथ से। टीड़ी सिंह दुकान में अन्दर ही बेंच पर पसर गए हैं। मैं घर की तरफ चल पड़ता हूँ।

मँड़हे में जलती हुई लालटेन दूर से ही दिखाई देती है। पिताजी सन्ध्या कर रहे होंगे। पिताजी की याद आते ही गुस्सा आने लगता है। मैं यहाँ से चिल्लाकर बता देना चाहता हूँ कि आज से मेरी चारपाई पत्नी की कोठरी में बिछेगी। उसे अपने हाथों दुल्हन की तरह सजाऊँगा और कल शहर ले जाकर एक ग्रुप फोटो खिंचवाऊँगा। पाँच- छ: साल से साथ है, लेकिन अभी तक उसकी एक फोटो तक मेरे पास नहीं है।

ऐं, मेरे घर के सामने इतनी भीड़ क्यों है? कौन हैं ये लोग? कुएँ के गौखे में जल रही ढिबरी की रोशनी से दीवार पर उनकी लहीम-सहीम परछाइयाँ रेंग रही हैं। नजदीक पहुँचने पर खुसुर-फुसुर की आवाज सुनाई पड़ती है। मैं आतंकित होता हूँ। तभी कोई औरत आगे आकर बताती है, "तेरी मेहरारू तो भाग गई कलकत्ता, खलील दर्जी के साथ।"

ऐं! सरूर गायब। पूर्ण चैतन्य। आँखों में खलील का छोटी-छोटी दाढ़ी वाला बलिष्ठ चेहरा और पत्नी का सबेरे खुला हुआ बक्सा घूम जाता है। अभी तक कभी ध्यान ही नहीं गया। खलील का आवागमन इधर काफी बढ़ गया था। पहले ब्लाउज-फ्रॉक की नाप लेने कभी-कभी आता था, पर इधर तो पिताजी को गाँजा पिलाने के बहाने लगभग रोज ही आने लगा था। आज पता चला कि उसका असली मकसद क्या था। मुझे देखकर लोग अतिरिक्त रूप से उत्साहित हो गए हैं। वे इस उम्मीद में हैं कि अब मैं कुछ बोलूँगा, कुछ करूँगा। उन्हें कुछ अप्रत्याशित देखने और सुनने को मिलेगा। मुझे चुप देखकर उन लोगों का धीरज जवाब देता जा रहा है।

मैं मँड़हे में घुसता हूँ। पिताजी रौद्र रूप में बैठे हैं। मैं बताता हूँ, "लाइसेंस मिल गया।" लेकिन वे कुछ सुनने के लिए नहीं, कुछ कहने

के लिए बेताब हो रहे हैं। दाँत पीसते हुए कहते हैं, "क्यों रे कुत्ते! नाक कटवा ली न!"

'अब कुछ होगा' की सम्भावना से लोग मँड़हे को घेर लेते हैं। "नाक है आपके?" मैं पिताजी की आँखों में आँखें डालकर निर्भय और शान्त प्रश्न करता हूँ।

"नाक नहीं है रे मेरे! मेरे नाक नहीं है!" वे चौंचियाते हुए लपककर मेरे मुँह पर झापड़ मारते हैं। देर से ही सही, लेकिन कुछ शुरू तो हुआ, लोगों को तसल्ली होती है।

"पता नहीं, मेरे तो नहीं है।"

"हिजड़े, जनखे! बूत नहीं था तो मुझसे कहा होता। मुझे भी नामर्द समझ लिया था क्या?"

पहली बार पिताजी के आगे चीखता हूँ, "मैंने आपको मना किया था क्या?" वे बुझ जाते हैं, पस्त! शान्त!

मैं बाहर निकलकर खेत में गड़े माचे की तरफ बढ़ने लगता हूँ। भाई साहब लोगों से अपने-अपने घर जाने का अनुरोध कर रहे हैं। लोग खिसक रहे हैं, निराश मन! क्या कुछ देखने की उम्मीद लेकर आए थे, लेकिन...

मैं माचे पर लेट जाता हूँ...चली गई, चलो, जहाँ भी रहे, सुखी रहे... लेकिन भागना ही था तो एक दिन पहले भाग जाती। मैं टूटने से बच जाता...घूस देने से...पथभ्रष्ट होने से...पता मालूम होता तो ये ब्रेजियर, ब्लाउज वगैरह पार्सल कर देता...लिखता कि बेटा होने पर खबर करे। मैं खिलौने लेकर आऊँगा।

हवा कुछ ठंडी और तेज है। नींद नहीं आ रही है। दूर कहीं सियार रो रहे हैं...खेत से पके हुए खरबूजों की गन्ध आ रही है। कई दिनों से सोच रहा था। आज फुरसत मिली है। भरपेट खरबूजे खाऊँगा।

मैं माचे से उतरकर खरबूजे के खेत की तरफ चल पड़ता हूँ...ऐं! पैर लड़खड़ा क्यों रहे हैं?...शरीर इतना हल्का-हल्का-सा क्यों लग रहा है?... विचार अस्त-व्यस्त क्यों हैं?...आदमी में पागलपन की शुरुआत कैसे होती होगी?...मेरे कपड़े क्या हुए?...मैं नंगा कैसे हो गया?

मैं खेत के बीचोंबीच खड़ा हूँ। कुछ गाने का दिल कर रहा है...

इस भरी दुनिया में कोई भी हमारा न हुआ-ऽ-ऽ...बेटियाँ तीन हैं, बेटे का सहारा न हुआ-ऽ-ऽ...

न...न...न...! सिर्फ गाने से काम नहीं चलने का। और मैं खरबूजे के खेत में भरतनाट्यम शुरू कर देता हूँ।

[1975 में लिखित और 'सारिका' अगस्त 1981 में प्रकाशित]

सिरी उपमा जोग

किर्र-किर्र...घंटी बजती है।

एक आदमी पर्दा उठाकर कमरे से बाहर निकलता है। अर्दली बाहर प्रतीक्षारत लोगों में से एक आदमी को इशारा करता है। वह आदमी जल्दी-जल्दी अन्दर जाता है।

सबेरे आठ बजे से यही क्रम जारी है। अभी दस बजे ए.डी.एम. साहब को दौरे पर भी जाना है लेकिन भीड़ है कि कम होने का नाम नहीं ले रही। किसी की खेत की समस्या है तो किसी की सीमेंट की। किसी की चीनी की, तो किसी की लाइसेंस की। समस्याएँ-ही-समस्याएँ।

पौने दस बजे एक लम्बी घंटी बजती है। प्रत्युत्तर में अर्दली भागा-भागा भीतर जाता है।

"कितने मुलाकाती हैं अभी?"

"हुजूर, सात-आठ होंगे।"

"सबको एक साथ भेज दो।"

अगले क्षण कई लोगों का झुंड अन्दर घुसता है लेकिन दस-ग्यारह साल का एक लड़का अभी भी बाहर बरामदे में खड़ा है। अर्दली झुँझलाता है, "जा-जा, तू भी जा।"

"मुझे अकेले में मिला दो।" लड़का फिर मिनमिनाता है।

इस बार अर्दली भड़क जाता है, "आखिर ऐसा क्या है, जो तू सबेरे से अकेले-अकेले की रट लगा रहा है। क्या है इस चिट्ठी में? बोल क्या चाहिए—चीनी, सीमेंट, मिट्टी का तेल?"

लड़का चुप रह जाता है। चिट्ठी वापस जेब में डाल लेता है।

अर्दली लड़के को ध्यान से देख रहा है। मटमैली-सी सूती कमीज और पायजामा, गले में लाल रंग का गमछा, छोटे-कड़े-खड़े-रूखे बाल, नंगे पाँव। धूल-धूसरित चेहरा, मुरझाया हुआ। अपरिचित माहौल में किंचित सम्भ्रमित, अविश्वासी और कठोर। दूर देहात से आया हुआ लगता है।

कुछ सोचकर अर्दली आश्वासन देता है, "अच्छा, इस बार तू अकेले में मिल ले।" लेकिन जब तक अन्दर के लोग बाहर आएँ, साहब ऑफिस-रूम से बेड-रूम में चले जाते हैं।

ड्राइवर आकर जीप पोंछने लगता है। फिर इंजन स्टार्ट करके पानी डालता है। लड़का जीप के आगे-पीछे हो रहा है।

थोड़ी देर में अर्दली निकलता है। साहब की मैगजीन, रूल, पान का डिब्बा, सिगरेट का पैकेट और माचिस लेकर। फिर निकलते हैं साहब, धूप-छाँही चश्मा लगाए। चेहरे पर आभिजात्य और गम्भीरता ओढ़े हुए।

लड़के पर नजर पड़ते ही पूछते हैं, "हाँ, बोलो बेटे, कैसे?"

लड़का सहसा कुछ बोल नहीं पा रहा है। वह सम्भ्रम नमस्कार करता है।

"ठीक है, ठीक है।" साहब जीप में बैठते हुए पूछते हैं, "काम बोलो अपना, जल्दी, क्या चाहिए?"

अर्दली बोलता है, "हुजूर, मैंने लाख पूछा कि क्या काम है, बताता ही नहीं। कहता है, साहब से अकेले में बताना है।"

"अकेले में बताना है तो कल मिलना, कल।"

जीप रेंगने लगती है। लड़का एक क्षण असमंजस में रहता है फिर जीप के बगल में दौड़ते हुए जेब से एक चिट्ठी निकालकर साहब की गोद में फेंक देता है।

"ठीक है, कल सबेरे मिलना।" साहब एक चालू आश्वासन देते

हैं। तब तक लड़का पीछे छूट जाता है। लेकिन चिट्ठी की गँवारू शक्ल उनकी उत्सुकता बढ़ा देती है। उसे आटे की लेई से चिपकाया गया है।

चिट्ठी खोलकर वे पढ़ना शुरू करते हैं—'सरब सिरी उपमा जोग, खत लिखा लालू की माई की तरफ से, लालू के बप्पा को पाँव छूना पहुँचे..."

अचानक जैसे करेंट लग जाता है उनको। लालू की माई की चिट्ठी! इतने दिनों बाद। पसीना चुहचुहा आया है उनके माथे पर। सन्न!

बड़ी देर बाद प्रकृतस्थ होते हैं वे। तिरछी आँखों और बैक मिरर से देखते हैं—ड्राइवर निर्विकार जीप चलाए जा रहा है। अर्दली ऊँघते हुए झूलने लगा है।

वे फिर चिट्ठी खोलते हैं—"आगे समाचार मालूम हो कि हम लोग यहाँ पर राजी-खुशी से हैं और आपकी राजी-खुशी भगवान से नेक मनाया करते हैं। आगे, लालू के बप्पा को मालूम हो कि हम अपनी याद दिलाकर आपको दुखी नहीं करना चाहते लेकिन कुछ ऐसी मुसीबत आ गई है कि लालू को आपके पास भेजना जरूरी हो गया है। लालू दस महीने का था, तब आप आखिरी बार गाँव आए थे। उस बात को दस साल होने जा रहे हैं। इधर दो-तीन साल से आपके चाचा जी ने हम लोगों को सताना शुरू कर दिया है। किसी-न-किसी बहाने से हमको, लालू को और कभी-कभी कमला को भी मारते-पीटते रहते हैं। जानते हैं कि आपने हम लोगों को छोड़ दिया है, इसलिए गाँव-भर में कहते हैं कि 'लालू' आपका बेटा नहीं है।

वे चाहते हैं कि हम लोग गाँव छोड़कर भाग जाएँ तो सारी खेती-बारी, घर-दुवार पर उनका कब्जा हो जाए। आज आठ दिन हुए, आपके चाचा जी हमें बड़ी मार मारे। मेरा एक दाँत टूट गया। हाथ-पाँव सूज गए हैं। कहते हैं, गाँव छोड़कर भाग जाओ, नहीं तो महतारी-बेटे का मूँड़ काट लेंगे। अपने हिस्से का महुए का पेड़ वे जबर्दस्ती कटवा लिये। कमला अब सत्तरह वर्ष की हो गई है। मैंने बहुत दौड़-धूप कर एक जगह उसकी शादी पक्की की है। अगर आपके चाचा जी मेरी झूठी बदनामी लड़केवालों तक पहुँचा देंगे तो मेरी बिटिया की शादी टूट जाएगी। इसलिए आपसे हाथ जोड़कर विनती है कि एक बार घर आकर अपने चाचा जी को समझा दीजिए। नहीं तो लालू को एक चिट्ठी ही दे दीजिए, अपने चाचा जी के नाम। नहीं तो

आपके आँख फेरने से तो हम भीगी बिलार बने ही हैं, अब यह गाँव-डीह भी छूट जाएगा। राम खेलावन मास्टर ने अखबार देखकर बताया था कि अब आप इस जिले में हैं। इसी जगह पर लालू को भेज रही हूँ।"

चिट्ठी पढ़कर वे लम्बी साँस लेते हैं। उन्हें याद आता है कि लड़का पीछे बँगले पर छूट गया है। कहीं किसी को अपना परिचय दे दिया तो? लेकिन अब इतनी दूर आ गए हैं कि वापस लौटना उचित नहीं लग रहा है। फिर वापस चलकर सबके सामने उससे बात भी तो नहीं की जा सकती है। उन्हें प्यास लग आई है। ड्राइवर से कहते हैं, "जीप रोकना, प्यास लग आई है।" पानी और चाय पीकर सिगरेट सुलगाया उन्होंने। तब धीरे-धीरे प्रकृतस्थ हो रहे हैं।

जीप आगे बढ़ रही है।

उनके मस्तिष्क में दस साल पुराना गाँव उभर रहा है। गाँव, जहाँ उनका प्रिय साथी था—महुए का पेड़, जो अब नहीं रहा। उसी की जड़ पर बैठकर सबेरे से शाम तक 'कम्पटीशन' की तैयारी करते थे वे। गाँव, जहाँ उनकी उस समय की प्रिय बेटी कमला थी। जिसके लाल-लाल नरम होंठ कितने सुन्दर लगते थे। महुए के पेड़ पर बैठकर कौआ जब 'काँ-काँ!' बोलता तो जमीन पर बैठी नन्ही कमला दुहराती—काँ! काँ! कौआ थक-हारकर उड़ जाता तो वह ताली पीटती थी। वह अब सयानी हो गई है। उसकी शादी होनेवाली है। एक दिन हो भी जाएगी। विदा होते समय अपने छोटे भाई का पाँव पकड़कर रोएगी। बाप का पाँव नहीं रहेगा पकड़कर रोने के लिए। भाई आश्वासन देगा कन्धा पकड़कर, आफत-बिपत में साथ देने का। बाप की शायद कोई धुँधली-सी तस्वीर उभरे उसके दिमाग में।

फिर उनके दिमाग में पत्नी के टूटे दाँतवाला चेहरा घूम गया। दीनता की मूर्ति, अति परिश्रम-कुपोषण और पति की निष्ठुरता से कृश, सूखा शरीर, हाथ-पाँव सूजे हुए, मार से। बहुत गरीबी के दिन थे, जब उनका गौना हुआ था। इंटर पास किया था उस साल। लालू की माई बलिष्ठ कद-काठी की हिम्मत और जीवट वाली महिला थी, निरक्षर लेकिन आशा और आत्मविश्वास की मूर्ति। उसे देखकर उनके मन में श्रद्धा होती थी उसके

प्रति। इतनी आस्था हो जिन्दगी और परिश्रम में तो संसार की कोई भी वस्तु अलभ्य नहीं रह सकती। बी.ए. पास करते-करते कमला पैदा हो गई थी। उसके बाद बेरोजगारी के वर्षों में लगातार हिम्मत बँधाती रहती थी। अपने गहने बेचकर प्रतियोगिता परीक्षा के शुल्क और पुस्तकों की व्यवस्था की थी उसने। खेती-बारी का सारा काम अपने जिम्मे लेकर उन्हें परीक्षा की तैयारी के लिए मुक्त कर दिया था। रबी की सिंचाई के दिनों में सारे दिन बच्ची को पेड़ के नीचे लिटाकर कुएँ पर पुर हाँका करती थी। बाजार से हरी सब्जी खरीदना सम्भव नहीं था लेकिन छप्पर पर चढ़ी हुई नेनुआ की लताओं को वह अगहन-पूस तक बाल्टी भर-भरकर सींचती रहती थी, जिससे उन्हें हरी सब्जी मिलती रहे। रोज सबेरे ताजी रोटी बनाकर उन्हें खिला देती और खुद बासी खाकर लड़की को लेकर खेत पर चली जाती थी। एक बकरी लाई थी वह अपने मायके से, जिससे उन्हें सबेरे थोड़ा दूध या चाय मिल सके। रात को सोते समय पूछती, "अभी कितनी किताब और पढ़ना बाकी है, साहबी वाली नौकरी पाने के लिए।"

वे उसके प्रश्न पर मुस्करा देते, "कुछ कहा नहीं जा सकता। सारी किताबें पढ़ लेने के बाद भी जरूरी नहीं कि साहब बन ही जाएँ।"

"ऐसा मत सोचा करिए," वह कहती, "मेहनत करेंगे तो भगवान उसका फल जरूर देंगे।"

यह उसी के त्याग, तपस्या और आस्था का परिणाम था कि एक ही बार में उनका सेलेक्शन हो गया था। परिणाम निकला तो वह खुद आश्चर्यचकित थे। घर आकर एकान्त में पत्नी को गले से लगा लिया था। वाणी अवरुद्ध हो गई थी। उसको पता लगा तो वह बड़ी देर तक निस्पन्द रोती रही, बेआवाज। सिर्फ आँसू झरते रहे। पूछने पर बताया, खुशी के आँसू हैं ये। गाँव की औरतें ताना मारती थीं कि खुद ढोएगी गोबर और भतार को बनाएगी कप्तान लेकिन अब कोई कुछ नहीं कहेगा, मेरी पत बच गई।

वे भी रोने लगे थे उसका कन्धा पकड़कर।

जाने कितनी मनौतियाँ माने हुए थी वह। सत्यनारायण...सन्तोषी... शुक्रवार...विन्ध्याचल...सब एक-एक करके पूरा किया था। जरा-जीर्ण साड़ी में पुलकती घूमती उसकी छवि, जिसे कहते हैं, राजपाट पा जाने की खुशी।

सर्विस ज्वाइन करने के बाद एक-डेढ़ साल तक वे हर माह के द्वितीय शनिवार और रविवार को गाँव जाते रहे थे। पिता, पत्नी, पुत्री सबके लिए कपड़े-लत्ते तथा घर की अन्य छोटी-मोटी चीजें, जो अभी तक पैसे के अभाव के कारण नहीं थीं, वे एक-एक करके लाने लगे थे। पत्नी को पढ़ाने के लिए एक ट्यूटर लगा दिया था। पत्नी की देहाती ढंग से पहनी गई साड़ी और घिसे-पिटे कपड़े उनकी आँखों में चुभने लगे थे। एक-दो बार शहर ले जाकर फिल्म वगैरह दिखा लाए थे, जिसका अनुसरण कर वह अपने में आवश्यक सुधार ले आए। खड़ी बोली बोलने का अभ्यास कराया करते थे लेकिन घर-गृहस्थी के अथाह काम और बीमार ससुर की सेवा से इतना समय वह न निकाल पाती, जिससे पति की इच्छा के अनुसार परिवर्तन ला पाती। वह महसूस करती थी कि उसके गँवारपने के कारण वे अकसर खीज उठते और कभी-कभी तो रात में कहते कि उठकर नहा लो और कपड़े बदलो, तब आकर सोओ। भूसे जैसी गन्ध आ रही है तुम्हारे शरीर से। उस समय वह कुछ न बोलती। चुपचाप आदेश का पालन करती, लेकिन जब मनोनुकूल वातावरण पाती तो मुस्कराकर कहती, "अब मैं आपके 'जोग' नहीं रह गई हूँ, कोई शहराती 'मेम' ढूँढ़िए अपने लिए।"

"क्यों, तुम कहाँ जाओगी?"

"जाऊँगी कहाँ, यहाँ रहकर ससुर जी की सेवा करूँगी। आपका घर-दुवार सँभालूँगी। जब कभी आप गाँव आएँगे, आपकी सेवा करूँगी।"

"तुमने मेरे लिए इतना दुख झेला है, तुम्हारे ही पुण्य-प्रताप से आज मैं धूल से आसमान पर पहुँचा हूँ, गाढ़े समय में सहारा दिया है। तुम्हें छोड़ दूँगा तो नरक में भी जगह न मिलेगी मुझे?"

लेकिन उनके अन्दर उस समय भी कहीं कोई चोर छिपा बैठा था, जिसे वे पहचान नहीं पाए थे।

जिस साल लालू पैदा हुआ, उसी साल पिताजी का देहान्त हो गया। क्रिया-कर्म करके वापस गए तो मन गाँव से थोड़ा-थोड़ा उचटने लगा था। दो बच्चों की प्रसूति और कुपोषण से पत्नी का स्वास्थ्य उखड़ गया था। शहर की आबोहवा तथा साथी अधिकारियों के घर-परिवार का वातावरण

हीन भावना पैदा करने लगा था। जिन्दगी के प्रति दृष्टिकोण बदलने लगा था। गाँव कई-कई महीनों बाद आने लगे थे। और आने पर पत्नी जब घर की समस्याएँ बताती तो लगता, ये किसी और की समस्याएँ हैं। इनसे उन्हें कुछ लेना-देना नहीं है। वह शहर में अपने को 'अनमैरिड' बताते थे। इस समय तक उनकी जान-पहचान जिला न्यायाधीश की लड़की ममता से हो चुकी थी। और उसके सान्निध्य के कारण पत्नी से जुड़ा रहा-सहा रागात्मक सम्बन्ध भी अत्यन्त क्षीण हो चला था।

तीन-चार महीने बाद फिर गाँव आए तो पत्नी ने टोका था, "इस बार काफी दुबले हो गए हैं। लगता है, काफी काम रहता है। बहुत गुमसुम रहने लगे हैं, क्या सोचते रहते हैं?"

वे टाल गए थे। रात में उसने कहा, "इस बार मैं भी चलूँगी साथ में। अकेले तो आपकी देह गल जाएगी।"

वे चौंक गए थे, "लेकिन यहाँ की खेती-बारी, घर-दुवार कौन देखेगा? अब तो पिताजी भी नहीं रहे।"

"तो खेती-बारी के लिए अपना शरीर सुखाइएगा?"

"तुम तो फालतू में चिन्ता करती हो," लेकिन वह कुछ और सुनना चाहती थी, बोली थी, "फिर आप शादी क्यों नहीं कर लेते वहाँ किसी पढ़ी-लिखी लड़की से? मैं तो शहर में आपके साथ रहने लायक भी नहीं हूँ।"

"कौन सिखाता है तुम्हें इतनी बातें?"

"सिखाएगा कौन? यह तो सनातन से होता आया है। मैं तो आपकी सीता हूँ। जब तक वनवास में रहना पड़ा, साथ रही लेकिन राजपाट मिल जाने के बाद तो सोने की सीता ही साथ में सोहेगी। लालू के बाबू, सीता को तो आगे भी वनवास ही लिखा रहता है।"

"चुपचाप सो जाओ।" उन्होंने कहा। लेकिन सोई नहीं वह। बड़ी देर तक छाती पर सिर रखकर पड़ी रही। फिर बोली, "एक गीत सुनाऊँगी आपको। मेरी माँ कभी-कभी गाया करती थी।" फिर बड़े करुण स्वर में गाती रही, जिसकी एकाध पंक्ति ही अब उन्हें याद है—"सौतनिया संग रास रचावत, मों संग रास भुलान, यह बतिया कोऊ कहत बटोही, त लगत करेजवा में बान, सँवरिया भूले हमें..."

वे अन्दर से हिल गए और उसे दिलासा देते रहे कि वह भ्रम में पड़ गई है, पर वह तो जैसे भविष्यद्रष्टा थी। आगत, जो अभी उनके सामने भी बहुत स्पष्ट नहीं था, उसने साफ देख लिया था। उनके सीने में उसने कहीं 'ममता' की गन्ध पा ली थी।

उस बार गाँव से आए तो फिर पाँच-छह महीने तक वापस जाने का मौका नहीं लग पाया। इसी बीच ममता से उनका विवाह हो गया। शादी के दूसरे या तीसरे महीने गाँव से पत्नी का पत्र आया कि कमला को चेचक निकल आई है। लालू भी बहुत बीमार है। मौका निकालकर चले आइए। लेकिन गाँव वे पत्र मिलने के दो हफ्ते बाद ही जा सके। कोई बहाना ही समझ में नहीं आ रहा था, जो ममता से किया जा सकता। दोनों बच्चे तब तक ठीक हो चुके थे लेकिन उनके पहुँचने के साथ ही उसकी आँखें झरने-सी झरनी शुरू हो गई। कुछ बोली नहीं। रात में फिर वही गीत बड़ी देर तक गाती रही। उनका हाथ पकड़कर कहा, "लगता है, आप मेरे हाथों से फिसले जा रहे हैं और मैं आपको सँभाल नहीं पा रही हूँ।"

वे इस बार कोई आश्वासन नहीं दे पाए। उसका रोना-धोना उन्हें काफी अन्यमनस्क बना रहा था। वे उकताए हुए से थे। अगले ही दिन वे वापस जाने को तैयार हो गए। घर से निकलने लगे तो वह आधे घंटे तक पाँव पकड़कर रोती रही। फिर लड़की को पैरों पर झुकाया, नन्हे लालू को पैरों पर लिटा दिया। जैसे सब कुछ लुट गया हो, ऐसी लग रही थी वह, दीन-हीन मलिन।

वे जान छुड़ाकर बाहर निकल आए थे। वही उनका अन्तिम मिलन था। तब से दस साल के करीब होने को आए, वे न कभी गाँव गए, न ही कोई चिट्ठी-पत्री लिखी।

हाँ करीब साल-भर बाद पत्नी की चिट्ठी जरूर आई थी। न जाने कैसे उसे पता लग गया था, लिखा था—कमला नई अम्मा के बारे में पूछती है। कभी ले आइए उनको गाँव। दिखा-बता जाइए कि गाँव में भी उनकी खेती-बारी, घर-दुवार है। लालू अब दौड़ लेता है। तेवारी बाबा उसका हाथ देखकर बता रहे थे कि लड़का भी बाप की तरह तोता-चश्म होगा। जैसे तोते को पालिए-पोसिए, खिलाइए-पिलाइए, लेकिन मौका पाते ही उड़ जाता है। पोस नहीं मानता। वैसे ही यह भी...तो मैंने कहा, 'बाबा,

तोता पंछी होता है, फिर भी अपनी आन नहीं छोड़ता, जरूर उड़ जाता है, तो आदमी होकर भला कोई कैसे अपनी आन छोड़ दे? पोसना कैसे छोड़ दे? मैं तो इसे इसके बापू से भी बड़ा साहब बनाऊँगी...'

उन्होंने पत्र का कोई उत्तर नहीं भेजा था। हाँ, वह पत्र ममता के हाथों में जरूर पड़ गया था, जिसके कारण महीनों घर में रोना-धोना और तनाव व्याप्त रहा था।...और करीब नौ साल बाद आज यह दूसरा पत्र है।

पत्र उनके हाथों में बड़ी देर तक काँपता रहा और फिर उसे उन्होंने जेब में रख लिया। मन में सवाल उठने लगे—क्या मिला उसको उन्हें आगे बढ़ाकर? वे बेरोजगार रहते, गाँव में खेती-बारी करते। वह कन्धे-से-कन्धा भिड़ाकर खेत में मेहनत करती। रात में दोनों सुख की नींद सोते। तीनों लोकों का सुख उसकी मुट्ठी में रहता। छोटे-से संसार में आत्मतुष्ट हो जीवन काट देती। उन्हें आगे बढ़ाकर वह पीछे छूट गई। माथे का सिन्दूर और हाथ की चूड़ियाँ निरन्तर दुख दे रही हैं उसे।

सारे दिन किसी कार्यक्रम में उनका मन नहीं लगता।

शाम को जीप वापस लौट रही है। उनके मस्तिष्क में लड़के का चेहरा उभर आया है—जैसे मरुभूमि में खड़ा अशेष जिजीविषा वाला बबूल का कोई शिशुझाड़ जिसे कोई झंझावात डिगा नहीं सकता, कोई तपिश सुखा नहीं सकती। उपेक्षा की धूप में जो हरा-भरा रह लेगा, अनुग्रह की बाढ़ में जो गल जाएगा।

जीप गेट के अन्दर मुड़ती है तो गेट से सटे चबूतरे पर लड़का औंधा लेटा दिखाई देता है। अँगोछे से उसने सारा शरीर ढक लिया था। जीप आगे बढ़ जाती है।

अन्दर उनकी चार साल की बेटी टी.वी. देख रही है। आहट पाकर दौड़ी आती है और पैरों से लिपट जाती है। फिर महत्त्वपूर्ण सूचना देती है। तर्जनी उठाकर, "पापा-पापा, ओ बदमाश लड़का, बरामदे तक घुस आया था। मम्मी पूछती, तो बोलता नहीं था। भगाती तो भागता नहीं था। मैंने अपनी मोटर फेंककर मारा, उसका माथा कट गया। खून बहकर मुँह में जाने लगा तो थू-थू करता हुआ भागा। और पापा, वह जरूर बदमाश

था। जरा भी नहीं रोया। बस, घूर रहा था। बाहर चपरासियों के लड़के मार रहे थे, लेकिन मम्मी ने मना करवा दिया।"

वाश-बेसिन की तरफ बढ़ते हुए वे ममता से पूछते हैं, "कौन था?"

"शायद आपके गाँव से आया है। भेंट नहीं हुई क्या?"

"मैं तो अभी चला आ रहा हूँ। कहाँ गया?"

"नाम नहीं बताता था, काम नहीं बताता था, कहता था सिर्फ साहब को बताऊँगा। फिर लड़के तंग करने लगे तो बाहर चला गया।"

"कुछ खाना-पीना?"

"पहले यह बताइए, वह है कौन?" एकाएक ममता का स्वर कर्कश और तेज हो गया, "उस चुड़ैल की औलाद तो नहीं, जिसे आप गाँव का राज-पाट दे आए हैं? ऐसा हुआ तो खबरदार, जो उसे गेट के अन्दर भी लाए, खून पी जाऊँगी।"

वे चुपचाप ड्राइंग-रूम में आकर सोफे पर निढाल पड़ गए हैं। चक्कर आने लगा है। शायद रक्तचाप बढ़ गया है।

बाहर फागुनी जाड़ा बढ़ता जा रहा है।

सबेरे उठकर देखते हैं—चबूतरे पर 'गाँव' नहीं है।

वे चैन की साँस लेते हैं।

[1984 में लिखित और 'सारिका' दिसम्बर 1984 में प्रकाशित]

■

तिरिया चरित्तर

"विमली! ए विमली!...एकदम्मै मर गई का रे..."

जोर लगाते ही बुढ़िया को खाँसी आ जाती है।

"यह हरजाई तो खटिया पर गिरते ही मर जाती है।" बुढ़िया खटिया के पास जाकर विमली को झिंझोड़ने लगी, "मरघट ले चलौं का रे?"

हड़बड़ाकर उठती है विमली और आँख मींजते हुए झोंपड़ी के बाहर चली जाती है।

लौटती है तो चूल्हे पर 'चाह' का पानी चढ़ाकर बकरी दुहने लगती है।

सात साल पहले, जब पहली बार उसने भट्ठे पर मजूरी करना शुरू किया था, नौ-दस साल की उमर में, तो कमाई के शुरुआत के पैसों से इस बकरी की माँ को खरीदकर लाई थी। बाप के लिए 'चाह' का इन्तजाम! और अब तो उसके बाप को चाह की ऐसी आदत पड़ गई है कि बिना 'चाह' के उसका लोटा ही नहीं उठता। इसी चाह के चलते बाप-बेटी को बुढ़िया की 'बोली' सुननी पड़ती है।

माँ-बाप को चाह का गिलास पकड़ाकर जल्दी-जल्दी नहाती है वह। रोटी सेंकती है। माँ-बाप के लिए ढँककर और अपनी रोटी बाँधकर निमरी बकरी का कान पकड़कर बाहर निकल जाती है।

आज भी निकलते-निकलते देर हो गई। रोज रात में सोते समय सोचती है कि सबेरे चार बजे ही उठेगी। लेकिन दिन-भर ईंट ढोने से थका शरीर! आँखों की पलकें जैसे चिपक जाती हैं आपस में। रोज पाँच-छह बज जाते हैं। माँ को रोटी-पानी के काम में वह लगाना नहीं चाहती...

दरअसल माँ-बाप के लिए लड़का बनकर रहती है विमली! क्या-क्या नहीं सहा-सुना उसके माँ-बाप ने उसके लिए! वह नहीं चाहती कि उसके माँ-बाप लड़के के अभाव को लेकर दुखी हों। किस लड़के से कम है वह? 15-16 रुपए रोज कमाती है, बाप को जाँगर पेरनेवाला काम क्यों करने दे? बाप का मन होता है तो गाँव के किसी किसान के गाय-भैंस का पगहा 'बर' देता है। टोना झाड़-फूँक देता है। किसी की बहन-बेटी, नाते-रिश्तेदारों के हालचाल लेने चला जाता है, बस! हल्का-फुल्का काम!

गाँव के पश्चिम आधा किलोमीटर पर बहती है बिसुई नदी! अर्ध चन्द्राकार! और नदी के उस पार खान साहब का भट्ठा! काला धुआँ फेंकती दोनों चिमनियाँ दूर से ही दीखती हैं।

नदी के दोनों किनारों पर कठजामुनों का जंगल दूर-दूर तक चला गया है। धारा की ओर, झुकी झाड़ियाँ! और उस पार दूर-दूर तक फैला है बाँस और सरपत! पहले लोग दिन में भी इस खादर में घुसने से डरते थे।

खासकर औरतें!...साही, सियार, नीलगाय, लकड़बग्घे, भेड़िए!...और यदा-कदा गाँव के कच्चे मांस पर नजर गड़ाए गाँव के भेड़िए!

पर जब से भट्ठा खुला, यह खादर गुलजार हो गया है। आधे से अधिक गाँववालों की जीविका अब इसी भट्ठे के सहारे चल रही है।

विमली 'निमरी' बकरी को कठजामुनों के जंगल में हाँकती है और तेज कदम बढ़ाती भट्ठे की ओर चल पड़ती है।

कुइसा बोझवा का मन काम में लग नहीं रहा है। एक 'झुकान' में दस हजार ईंटों की बोझाई करके मूँड़ी उठानेवाला बोझवा है कुइसा! लेकिन आज!

वह रह-रहकर 'कनमनाता' है और गाँव की ओर से आनेवाली पगडंडी पर नजर दौड़ाकर जँभाई लेता है।

गनेशी टोकता है, "का बात है कुइसा भाई? मन नाहीं लागत का?"

कुछ जवाब नहीं देता कुइसा। बंडी की जेब से चुनौटी निकालकर तम्बाकू मलने लगता है।

ट्रैक्टर पर ईंट लदवाता बिल्लर कूट करता है, "कुछ लाल-पीयर नाहीं देखात का हो काका?"

लाल! पीयर! यानी लाल-पीला!

सुनकर सचमुच लाल-पीला होने लगता है कुइसा! तम्बाकू फटककर बिना किसी को दिए चुपचाप मुँह में दबा लेता है। ऐं!

बिल्लर की बात हमेशा चिढ़ानेवाली होती है।

लेकिन नहीं! सचमुच लाल साड़ी नजर आ जाती है कुइसा को।

विमली भट्ठे के पास पहुँच गई है।

कुइसा की आँखों में चमक आ जाती है।

मुँह में रस या राल? तम्बाकू की या...?

पास आते ही कुइसा आँख तरेरता है, "अब तेरा आने का टैम हुआ है? दस बजनेवाले हैं। चलते समय घड़ी देखा था?"

विमली कुइसा की आदत जानती है। बिना मसखरी किए उसका खाना हजम नहीं हो सकता। वह भी आँख तरेरती है, "जेतना काम करेंगे ओतने न मजूरी मिलैगी। तब काहें तोहार छाती फाटत है? और घड़ी देखै अपनी बहिनी क सिखाओ।"

सभी हँसने लगते हैं। कुइसा मुस्कराता है।

कुइसा कहता है कि विमली के आने से भट्ठे पर 'उजियार' हो जाता है। उसके जाते ही अँधियार!

...और अँधियार होते ही 'रतौंधी' शुरू हो जाती है कुइसा को। विमली अगर रात में भट्ठे पर रहे तो कुइसा रात में भी बोझाई कर सकता है।

पहला खेप लेकर आती है विमली। एक पल खड़ी रहती है। कुइसा जान-बूझकर उसके सिर से ईंट नहीं उतारता।

"लेव पकरौ? गरुआत अहीं!"

कुइसा की नजरें उठती हैं। वह मुस्कराता है।

अब यह कुछ 'मुराही' करेगा। विमली ताड़ती है और कुइसा के पैरों के पास ईंटें गिराकर मुस्कराती मिठऊ गाली देती भागती है।

बस इतने का ही तो भूखा है कुइसा।

अपनी-अपनी पसन्द! कुइसा को औरतों की गालियाँ, और मिल जाए तो धक्का खाना पसन्द है। अगर चार औरतें मिलकर उसे नदी में डुबोने लगें तो भी वह इनकार नहीं कर सकता।

कुइसा की इस आदत से परिचित हैं भट्ठे की मजदूरनें। सब मिलकर ऐसा कुछ करती-कहती रहती हैं कि कुइसा का मन लगा रहे।

पचास के पेटे में पहुँच रहा है कुइसा। दर्जनों भट्ठों पर बोझवा मिस्त्री रह चुका है। भट्ठे का काम हाथ में लेने के पहले देख लेता है—कौड़िहा मजदूर सिर्फ राँची के ही हैं या लोकल भी। सिर्फ राँची-विलासपुर के लेबरोंवाले भट्ठे पर एक दिन नहीं रह सकता कुइसा। दस-पाँच लोकल मजदूरनें जरूरी हैं—देखने लायक!

सिर से ईंट उतारते हुए गरम साँस और तन का परस!

कुइसा के इस 'लोभ' से वाकिफ हैं खान साहब। तभी तो इस भट्ठे पर वह तीसरा सीजन बिता रहा है।

दरअसल भट्ठे को ही कुइसा घर-द्वार मानता है। जोरू न जाँता! गौना आया तो कुइसा पर भट्ठा मिस्त्री बनने का भूत सवार था। पूरा-का-पूरा सीजन भट्ठे पर बिताता। आखिर दो साल इन्तजार करने के बाद उसकी औरत चली गई किसी और का घर बसाने। तब से हर साल 'लगन' के

महीनों में कुइसा बरदेखुओं का इन्तजार करता है। भट्ठे का नशा तो प्राण के साथ ही जाएगा।

कुछ देर बाद विमली के सिर से ईंट उतारते हुए फिर मुस्कराता है कुइसा, "बहुत दिन हुए डरेवर बाबू नहीं आए!"

"बड़ी याद आवत है डरेवर बाबू की?" एक लड़की बोलती है।

सभी जानते हैं कि कुइसा विमली को चिढ़ा रहा है।

"इनके बहनोई हैं डरेवर बाबू! याद काहे न आए।" विमली जाते-जाते बोलती है।

कुइसा की सुस्ती फिर दूर हो जाती है।

लेकिन दोपहर में औरतों के झुंड के साथ नदी किनारे पीपल के पेड़ के नीचे सुस्ताते-खाते हुए विमली को सचमुच डरेवर बाबू की याद आती है। लगता है एक युग बीत गया डरेवर बाबू को देखे हुए।

कुइसा मिस्त्री झोंपड़ी में लेटा बारहमासा गा रहा है दुपहरिया काटने के लिए। औरतों-लड़कियों का झुंड नाना प्रकार की कथाओं-उपकथाओं, अफवाहों और गोपनीय कृत्यों-कुकृत्यों का पिटारा खोलकर बैठा है। उन सबकी सम्मिलित हँसी-खिलखिलाहट कुइसा के कानों में पहुँचती है तो वह बारहमासा का पद भूल जाता है।

जाड़े की दोपहर कितनी जल्दी-जल्दी उतरती है। विमली को आज अपनी माँ को लेकर बाजार जाना है—डॉक्टर के पास। 'अधकपारी' की दवा कराने। इसलिए दोपहर ढलते ही उसने काम बन्द कर दिया है। निमरी बकरी का कान पकड़कर वापस लौटती विमली नदी के पेटे में उतरती है तो सामने बिल्लर ट्रैक्टर धोता हुआ दिखाई पड़ता है।

विमली को आता देखकर खीस निकालने लगता है।

हमेशा हँसता-हँसाता रहनेवाला लड़का है बिल्लर। अट्ठारह-उन्नीस की उमर। महतारी न बाप। इस गाँव में अपनी बहन के घर रहता है और खान साहब के ट्रैक्टर की कलिंजरी करते-करते ड्राइवर बन गया है। दुख-तकलीफ की झाँईं पास नहीं फटकने देता। फक्कड़ और मसखरा।

ऐसे आदमी की हँसी का साथ देने में कोई बुराई नहीं समझती विमली। वह भी मुस्कराती है।

"आज हाफ-डे काहे कर दिया डरेवराइन?"

बिल्लर के बात करने के ढंग से थोड़ा चिढ़ती है विमली। अकेले में थोड़ा डरती भी है। पाजी है। इसकी आँखों में शैतानी चमकती है।

"तोहार जीभ बहुत चलै लाग बिलरू! हम डरेवराइन हैं?"

फिर हँसता है बिल्लर! और जब विमली ट्रैक्टर की सीध में पहुँचती है तो एक बाल्टी पानी ट्रैक्टर के मडगार्ड पर इस अन्दाज से फेंकता है कि आधा पानी उछलकर विमली के ऊपर पड़ता है जाकर।

"तनी देखि के बिलराहू! अँखियाँ फूटि गई हैं का?" विमली मुड़कर आँख तरेरती है तो वह खी-खी करके हँसने लगता है।

पानी का छींटा पड़ने से भड़की बकरी उथले पानी में कूदती उस पार चली गई है। विमली थोड़ा-सा धोती ऊपर उठाए धार पार करने लगती है।

"परदेसी का 'टरक' बहुत मन भाया है। जाति-बिरादरी का एकदम खियाल नहीं। ट्रैक्टर की ताकत टरक से 'बेसी' होती है विम्मल; कहो तो कौनो दिन लड़ा के दिखाइ देई।"

उस पार पहुँचकर पीछे मुड़कर मुस्कराती है विमली तो बिल्लर बोनट से उछलकर नदी के दह में कूद पड़ता है।

ऊपर टीले पर चढ़ते-चढ़ते विमली को बिल्लर का गीत सुनाई पड़ता है।

...अरे, टुटही मँड़इया के हम हैं राजा
करीला गुजार थोरे मा,
तोर मन लागै न लागै पतरकी,
मोर मन लागल बा तोरे मा,...

यानी राजा तो हम भी हैं भाई! लेकिन टूटी-फूटी झोंपड़ी के राजा! थोड़े में गुजारा करनेवाले। डरेवर बाबू की तरह भारी मुँह-देखाई तो नहीं दे सकते...लेकिन ऐ पतरकी! पतली कमरवाली तिरिया! तेरा मन मेरे पर आए न आए, मेरा मन तो तेरे पर ही लगा हुआ है।

आय-हाय! क्या गोली दागी है बिलराहे ने! वह फिर मुड़कर देखती है। बिल्लर हँस रहा है और ट्रैक्टर के बोनट पर पैर से ताल दे-देकर नाच रहा है।

ह...राऽऽऽऽऽऽमी!

बिजली का तेल!

माई की 'अधकपारी' के लिए बिजली का तेल मँगाया है विमली ने। कलुआ का मामा बिजली विभाग में काम करता है, उसी से।

मामा कहता है, "ट्रांसफार्मर का तेल! तेल से होकर बिजली गुजरती है तो तेल में बिजली जैसा गुन भर जाता है।"

सचमुच बिजली जैसा असर करता है—विमली की माई कहती है—बाजार के डॉक्टर तो पानी का पैसा लेते हैं। जेब काटने को तैयार! विमली की माई को डॉक्टरी दवाई नहीं 'सहती'।

महतारी-बाप का जितना ध्यान विमली रखती है, उतना तो इस गाँव में किसी का लड़का भी नहीं रखता। लड़के का ध्यान आते ही उसकी माँ पतोहू को और गाँव की कुटनी-घरफोड़नी औरतों को सरापने लगती है। उसका बेटा विमली से दस साल बड़ा था। लेकिन पतोहू ने आते ही उसे अपने बस में कर लिया। गाँव की औरतों ने आग में पलीता लगाया था और आने के छह माह के अन्दर पतोहू लड़के को लेकर अलग हो गई थी। उसी साल दीवार के नीचे दबने से विमली के बाप के दोनों हाथ बेकार हो गए थे। घर में खाने के लिए अन्न का एक दाना नहीं था। बाप की दवाई के लिए पैसा कहाँ से आता! पतोहू के जेवर सास के पास ही रखे थे। जमीन में दबाए हुए। उसी में से एक थान गिरवी रखना चाहती थी बुढ़िया। सुनते ही अगियाबैताल हो गई थी पतोहू। बिना पानी पिए तीन दिन तक इसी बात पर लड़ती रही थी। सात पुस्त को गरियाती रही थी। लड़के ने सिर उठाकर एक बार भी उसे मना नहीं किया। तीसरी रात झोंपड़ी खोदकर गहने ढूँढ़ निकाले थे पतोहू ने और उसके बेटे को लेकर अपने मायके चली गई थी, जैसे बकरे को गले में पगहा लगाकर ले जाए कोई।

तीन दिन तक घर में चूल्हा नहीं जला था। बूढ़े के हाथों पर 'पलस्तर' चढ़वाना तो बहुत ही जरूरी था लेकिन पूरे गाँव में खोजने पर भी कोई दस रुपया या एक मन अनाज देने को तैयार नहीं था। सरपंच जी की घरवाली पर ज्यादा जोर समझती थी विमली की माई। विमली दो साल से उन्हीं के

घर पर रहकर चौका-बासन, गोबर-झाड़ू कर रही थी। मजूरी के नाम पर दोनों टेम की रोटी और सरपंच जी की बिटिया का उतारन फराक, चड्ढी।

लाख पैर पकड़े विमली की माई ने कि बिना पेट में कुछ गए सबेरे दोनों बूढ़ा-बूढ़ी उठने लायक नहीं रहेंगे—सरपंच की औरत ने साफ कह दिया—बिना कोई चीज गिरवी रखे कानी कौड़ी नहीं दे सकती वह! ...और गिरवी रखने की चीजें लेकर पतोहू मायके जा चुकी थी...विमली टुकुर-टुकुर माँ का रोना देख रही थी।

रोते-रोते खाली हाथ वापस लौट आई थी विमली की माई—एक घंटा रात बीते। दोनों बूढ़ा-बूढ़ी तीसरी रात को भी खाली पेट लेटे।

लेकिन पहर रात बीते आई थी विमली। नौ साल की बच्ची! फराक में दोपहर की बनी दो मोटी रोटियाँ छिपाए हुए। एक विमली का हिस्सा और एक सरपंच जी की दोनों भैंसों का। भैंसों के हौदे में न डालकर वह रोटियाँ लेकर माँ के पास दौड़ी आई थी और किसी को सन्देह न हो इसलिए उसे दौड़ते हुए ही वापस भाग जाना था।

रात-भर लगा था निर्णय लेने में विमली को। और सवेरे वह अपनी झोंपड़ी में लौट आई थी, "नहीं करना उसे ऐसी जगह गोबर-झाड़ू, जहाँ माँगने पर भीख भी नहीं मिल सकती।"

"नहीं करना? फिर क्या करेगी? गरीबी में आटा गीला करेगी? कम-से-कम अपना पेट तो पाल रही है! यहाँ तो तीन दिन से चूल्हा रो रहा है!"

"अपना ही क्यों? सबका पेट पालेगी वह! भाई भाग गया तो क्या? वह लड़का बनकर रहेगी। नया-नया भट्ठा खुला है गाँव में। काम की अब क्या कमी है?...कौन कहता है कि आदमी-लड़के ही काम कर सकते हैं भट्ठे पर? राँची की मजदूरनें औरतें नहीं हैं? वे किसी से कम काम करती हैं? तब वह क्यों नहीं कर सकती? कितनी बार तो बुलाने आ चुका है भट्ठे का मुंशी गाँव की औरतों-लड़कियों को। वह कल से ही भट्ठे पर नाम लिखा देगी...जितनी ईंट ढोओ उतना पैसा। ठेके पर!"

कुछ अटपटा-सा लगा विमली की माई को। दुनिया की बात वह नहीं जानती लेकिन यहाँ पर तो अभी तक आदमी लोग ही जाते हैं भट्ठे पर। औरतों का जाना...

लेकिन विमली की माई चुप भी हो जाए तो क्या सारा गाँव चुप रह जाएगा! सबसे पहले सरपंच की घरवाली ने ही मुँह बिचकाना शुरू किया, "हुँह! सठिया गई है क्या बुढ़िया? अच्छे भले खाते-पीते घर में पड़ गई थी लड़की। जूठा-कूठा खाकर, घूरे पर सोकर भी चार साल में बाछी से गाय हो जाती। अब भट्ठे पर 'टरेनिंग' देगी बिटिया को। सयानी हो रही है ना। इस घर का गल्ला खा-खाकर उमर से पहले ही मस्ती चढ़ रही है। ले 'टरेनिंग'। बहुत लोग 'टरेनिंग' देने के लिए 'लोक' लेने को बैठे हैं वहाँ।"

विमली के बाप को चढ़ाया सबने, "दुनिया-भर के चोर-चाई का अड्डा है भट्ठा। लौंडे-लपाड़े! गुंडा-बदमाश! रात-बिरात आते-जाते रहते हैं। नौ-दस साल की लड़की छोटी नहीं होती, आन्हर हो गई है बुढ़िया। ईंट पथवाएगी। 'पाथेगा' कोई ढंग से? तब समझ में आएगा।"

विमली के बाप का तो दिमाग ही गरम हो गया था 'बोली' सुन-सुनकर। नाक कटवाने पर तुल गई हैं दोनों माँ-बेटी...नहीं करवाना उसे हाथ पर पलस्तर। खुला ही रहेगा। भूखों ही मरेगा लेकिन..., हाथ ठीक होता तो गला दबा देता माँ-बेटी दोनों का।

लेकिन विमली की माई ने शाम को हुक्का गुड़गुड़ाते हुए थिर मन से समझाया था, "जलती हैं तो जलें सब। सारा गाँव जले। वह सबके जले पर नमक छिड़कवाने का इन्तजाम कर देगी। इस बार हफ्ता बँटने पर वह एक बोरा नमक लाएगी खरीदकर। जिसको अपने जले पर नमक छिड़कवाना हो, आकर छिड़कवा जाए...मेरी बिटिया जनम-भर दूसरे की कुटौनी-पिसौनी, गोबर-सानी करे। फटा-उतारा पहिरे। तब इनकी छाती ठंडी रहेगी...एक टूका रोटी के लिए दूसरे का लरिका सौंचाए...भट्ठे पर कौन बिगवा (भेड़िया) बैठा है। सबेरे से साँझ तक काम करो। फिर अपने घर। एहमा कौन बेइज्जती? ई गाँव के लोग केहू के चूल्हा की आग बरदास नहीं कर सकते। जैसे इनकी छाती पर जलती है। इन्हीं लोगन के चलते हमार सोना जैसन बेटवा हाथ से निकरि गवा। तू लूल तो भवै हो, अन्हरौ होइ गए हौ का? कुछ सोचौ-समझौ!"

विमली का बाप तो एक-दो दिन में चुप हो गया लेकिन पन्द्रह-बीस दिन बाद विमली का ससुर दौड़ा आया। साल-भर पहले ही तो विमली

का 'विवाह' हुआ था। उसके ससुर को पतोहू के भट्ठे पर काम करने पर सख्त एतराज था। अभी तो खैर लड़की छोटी है लेकिन चार साल में सयानी हो जाएगी तब...विमली की माँ ने किसी तरह समधी को भी समझा-बुझाकर वापस किया था।

और अब आकर देखे कोई! आधे गाँव की बिटिया-पतोहू भट्ठे पर मजूरी कर रही हैं। शुरुआत किया था विमली ने।

बाप के गुस्से से बचपन से परिचित है विमली। उसका गुस्सा ठंडा होता है 'मछरी' या 'कलिया' से। विमली जानती है, और तीसरे-चौथे उसका इन्तजाम कर देती है।

झोंपड़ी में था क्या पहले! टूटी चारपाई तक नहीं थी। बासन के नाम पर फूटा तवा! टूटी कड़ाही! एक कठौता! दो कठौती! दस जगह से पिचकी अलमुनिया की भदेली। विमली ने धीरे-धीरे पूरी गृहस्थी जोड़ी है। उसके बाप-भाई पाँच साल में भी झोंपड़ी पर नई छाजन नहीं डाल पाए थे। वह हर तीसरे साल छाजन बदलवाती है। विमली की ही कमाई से उसका बाप फिर से हाथवाला हुआ है।

बाप की रजाई अलग। माई की अलग। कहीं आने-जाने के लिए कमरी! बाजार में हुई नीलामी से बाप के लिए मलेटरी वाली जर्सी लाई खरीदकर। माई का तम्बाकू और खैनी कभी घटने नहीं पाती। बाप की धोती! कुरता! अँगोछा!

छह-सात साल क्या होते हैं? लेकिन इतने ही समय में एक-एक करके तीन-चार थान गहने बनवा लिये हैं विमली ने। उसका बाप चुपचाप अंटी में रुपया लेकर शहर जाता है और कभी पायल, कभी ऐरन, कभी कमर-करधनी!

सचमुच लक्ष्मी है उसकी बेटी।

आज फिर विमली को नहाने में देर हो रही है। राबिस से फटे पैर। आधा घंटा तो एड़ियाँ रगड़ने में लग जाता है। लाख तेल मले। दवा लगाए।

आज फिर डरेवर बाबू आनेवाले हैं।

आज फिर लाल साड़ी पहनकर जाएगी विमली।

डरेवर बाबू को लाल साड़ी बहुत पसन्द है।

लाल साड़ी पहनते हुए विमली मुस्कराती है। उसके हाथ का बना मुर्गा तो अब सारी दुनिया खाना चाहती है। लेकिन वह इतनी फालतू तो नहीं।

शुरू-शुरू में डरेवर जी के लिए भट्ठे पर खाना बनाने का जिम्मा उस पर पड़ा तो बड़ी खुश हुई थी वह लेकिन उसका 'कारन' दूसरा था। तब वह बहुत छोटी थी। खाना बनाने, खिलाने, बर्तन माँजने, चौका लगाने आदि में वह आराम से चार घंटे गुजार देती थी। खान साहब खाना बनाने की मजूरी पाँच रुपए अलग से देते थे। पाँच रुपए तब दिन-भर की दिहाड़ी के बराबर होते थे। लेकिन खुशी का असली कारण था चार घंटे के लिए ईंट ढोने से फुरसत! एक खेप में बारह ईंट की लदनी। दोपहर-भर में ही गरदन अकड़ जाती थी।

खान साहब होशियार आदमी हैं। उनके भट्ठे से कोई नाराज होकर नहीं जा सकता। कहाँ 'खान' का भट्ठा और कहाँ डरेवर बाबू का उतना मोटा जनेऊ! उससे तो उसकी निमरी बकरी बाँधी जा सकती है। तो हर ऐरी-गैरी जगह तो वे खा नहीं सकते। बड़ी सफाई चाहते हैं।

और जितनी देर में मीट-मुर्गा तैयार होता है, खान साहब कोयले का दाम जुटाने के जुगाड़ में लग जाते हैं। बिना कोल-एजेंट का पिछला बकाया दिए, बिना ब्याज के, आधा-पूरा दाम देकर कोयला लेना कम जीवट का काम तो है नहीं!

वह भट्ठे पर पहुँची तो अभी डरेवर जी का टरक नहीं आया था। कुइसा मिस्त्री दूर से ही देखता है और काम छोड़कर खड़ा हो जाता है। कमर सीधी कर ले थोड़ा।

विमली के पहुँचते ही टोकता है, "आज तू फिर माँग टीका लगाकर आई! लाख बार कहा कि इसका 'चोन्हा' हमें 'बरदास' नहीं होता।"

"बरदास नहीं होता तो आँख फोड़ लो।" वह आँख उलटकर मुस्कराती है।

बिल्लर कहता है, विमली खान साहब के भट्ठे की 'हेड-लाइट' है।

हाथ-पैर धोकर वह भंडारे में घुसती है।

लहसुन, धनिया, अदरक, प्याज, मिर्च, हल्दी! भले खुद कलिया-मुर्गा नहीं खाती लेकिन कौन-सा मसाला कितना डालना है, कैसे पकाना है इसे कोई विमली से सीखे।

मसाला तैयार करते-करते मुंशी जी मुर्गा कटवाकर दे जाते हैं।

डरेवर बाबू की याद से ही सारे शरीर में गुदगुदी लगती है। पहले वह डरेवर बाबू से ज्यादा बात नहीं करती थी। खाना बनाकर बाहर निकल जाती थी और पाँड़े खलासी परोसकर खिलाता था। एक साल पहले उस बार आए डरेवर जी तो दाहिनी कलाई में कसकर रूमाल बाँधे थे—तेल में भीगा हुआ। पाँड़े खलासी चलाकर लाया था टरक। हाथ में मोच था या कहीं दब गया था। अन्दर-अन्दर खून जम गया था।

"थोड़ी-सी पिसी हल्दी तेल में गरम कर देना विमला। मालिस करना पड़ेगा।" डरेवर बाबू ने कराहते हुए कहा था।

हल्दी-तेल की कटोरी पकड़ते हुए पता नहीं क्या था डरेवर बाबू की आँखों में कि वह बोल पड़ी थी, "लाइए, मैं कर दूँ मालिस।"

डरेवर बाबू बच्चों की तरह चुपचाप मालिस कराने लगे थे।

"पंजे को जरा जोर से दबाइए जमीन पर। हाँ, ऐसे।"

"अरे एतना सी-सी काहे करते हैं? बहुत 'दरद' होता है?"

वह फिर से हँसी तो डरेवर बाबू का सारा 'दरद' दूर हो गया था।

पुराने रूमाल की पट्टी बाँधते-बाँधते कहीं कुछ अपने मन के कोने में भी बाँध लिया था विमली ने उस दिन।

इंजन की आवाज कानों में पड़ती है तो उसका दिल धक-धक करने लगता है।

छी-ई-ई-छक्क!

इंजन बन्द होने से पहले जोर से छींकता है ट्रक! सब लड़कियाँ कहती हैं—छिंकनहवा टरक! बहुत पहले शुरू-शुरू में बगल से ईंट लेकर गुजरते हुए ऐसे ही छींका था तो चौंकने से दो ईंटें उसके पंजे पर गिर पड़ी थीं। बड़ी देर तक रोती रही थी वह।

ऐसे क्यों छींकते हैं सारे टरक? एक दिन वह डरेवर जी से पूछेगी।

दाहिना फाटक खोलकर उतरते हैं डरेवर जी!

फूल छाप लुंगी? लम्बी नोकवाला जूता। बड़ी-बड़ी काली मूँछें! नीली बनियान! काला शरीर! भरा हुआ! गले में पतली-सी सोने की सिकड़ी।

भंडारे में झाँककर हँसते हैं, "राम-राम भाई।"

"राम-राम!" वह धीरे से जवाब देती है। हँसती है। कितनी हँसी छूटती है! बेबात की हँसी। आगे के दोनों दाँतों में सोना मँढ़वाया है डरेवर जी ने। हँसते हुए कितना अच्छा लगता है।

डरेवर जी कुछ कागज-पत्तर लेकर खान साहब के पास चले जाते हैं।

टरक को दुल्हन की तरह सजाकर रखते हैं डरेवर जी। एक बार बहुत पहले उसने झाँककर देखा था अन्दर। गोरी-गोरी खूबसूरत मेमों की छापी चारों तरफ! बीच में बैठते हैं डरेवर जी।

पाँड़े खलासी अन्दर झाँककर सूँघता है, "मुर्गा तैयार!" फिर हँसता है।

"कहौ पाँड़े भाय?"

भाय कहने से बहुत खुश होता है पाँड़े। भाय माने भाई नहीं। दोस्त? यार? साथी? गुइयाँ? नहीं। इसके अलावा कुछ। इससे थोड़ा बारीक।

पाँड़े भाय मुँह फैलाकर हँसता है। सुर्ती से काले दाँत! डरेवर बाबू के आगे के जिन दोनों दाँतों में सोना मँढ़ा है, पाँड़े के वही दोनों दाँत टूटे हुए हैं—झरोखा।

पहले वह कहती थी पाँड़े चाचा! 'चाचा' सुनकर पाँड़े का मुँह लटक जाता था।

उल्टी रीति है इस टरक की भी। बाकी टरकों के खलासी लौंडे होते हैं, डरेवर बूढ़े! और इस टरक के...

नहाकर रसोई में घुसते हैं डरेवर बाबू—उघारे बदन! विमली चूल्हे से सटाकर पीढ़ा और पानी रखती है।

खाना और तपाना साथ-साथ।

छाती के बाल कितने लम्बे, घने और काले हैं डरेवर बाबू के। शरीर से पके कैथ की महक आ रही है। वह जोर से साँस खींचकर पके कैथ की महक सूँघती है।

खाने की थाली आगे सरकाती हुई वह पूछती है, "चमरौधा जूता टरक के आगे काहे लटकाए हैं? अन्दर रखने की जगह नहीं है?"

हँसते हैं डरेवर जी, "ई जूता नहीं, पनही है। ट्रक में नजर लगानेवालों के लिए। चौराहे के मामा के लिए।"

मामा की बात तो उसे नहीं पता लेकिन नजर-टोना!

"तब तो घरवाली को नजर से बचाने के लिए घर के सामने भी पनही टाँगते होंगे?"

"पहले घरवाली का जुगाड़ लगाओ तब न जूता-पनही टाँगेंगे।"

ऐं! भिटहुर जैसे हो गए और घरवाली का जुगाड़ नहीं। उसे जाने कैसा लगा। तकलीफ हुई? अच्छा लगा? कुछ ठीक पता नहीं। लेकिन डरेवर बाबू को उसने ज्यादा ध्यान से देखा और एक साथ दो-तीन रोटियाँ निकालकर थाली में डाल दीं।

कहते हैं, पहले घरवाली का जुगाड़ लगाओ। जैसे मुझे ही लगाना है जुगाड़।

"मुर्गा बहुत मारू बनाती हो विम्मल! खाती नहीं हो तो इतना अच्छा बना कैसे लेती हो?"

विमली कोई जवाब नहीं देती। चबुरी बाँधकर चुपचाप सुरुआ उड़ेलने लगती है कटोरी में।

"खाली मसाले का कमाल नहीं हो सकता यह! जरूर तुम अपने पास का कुछ डालती हो इसमें।"

विमली जोर से हँसती है। खुलकर।

"बात बनाना बहुत आता है आपको।" विमली डरेवर जी की आँखों में झाँकती है।

यह आदमी तो आँखों से ही हँसता है, धत्त!

डरेवर जी लुंगी के अन्दर से एक पैकेट निकालकर विमली की तरफ बढ़ाते हैं। वह हाथ नहीं बढ़ाती तो उसके बगल में रख देते हैं।

"ई का है?"

"घर ले जाकर देखना।"

"कुछ लाया मत करिए। माई नाराज होती है।"

"माई कैसे देखेगी इसे। अन्दर पहनने की चीज," डरेवर जी इशारे से बताते हैं तो विमली का मुँह लाल हो जाता है—भक्क!

“हर बात माई से बताने की आदत रहेगी तब तो आगे चलकर बड़ी परेशानी होगी।” डरेवर जी हँसते हैं।

“अच्छा, अब चुपचाप खाकर भागिए। अभी पाँड़े जी अगोर रहे हैं।”

“झरिया-धनबाद घूमने कब चल रही हो? इस बार बिना साथ लिये नहीं जाऊँगा।”

विमली भौंहों में हँसती है और पाँड़े के खाने की थाली लेकर बाहर निकल जाती है।

खाने के बाद विमली के आँचल में ही हाथ-मुँह पोंछने का मन करता है डरेवर बाबू का। लेकिन...

झरिया! धनबाद!

डरेवर जी हर बार उसे झरिया-धनबाद चलने का न्यौता देते हैं। गाँव और बाजार छोड़कर कभी बाहर नहीं गई है विमली! बनारस! झरिया! धनबाद! सबके बारे में सिर्फ सुनती है। लेकिन कल्पना की आँखों से जो झरिया दिखाई पड़ता है वह कम सुन्दर नहीं! झर! झर! झरता हुआ झरिया। बनारस। कितना रसदार! गन्ने जैसा और धनबाद में उतना धन न होता तो कैसे अपनी टरक दुल्हन की तरह सजाते डरेवर जी?

विमली को लगता है कि थक जाने पर 'टरक' का हाथ-गोड़ भी मींजते होंगे डरेवर जी और पाँड़े खलासी मिलकर। धत्त!

जाने के पहले एक लोटा पानी माँगकर पीते हैं डरेवरजी। प्यास उनकी आँखों में बसी है।

धूल उड़ाते जाते ट्रक को बड़ी देर तक खड़ी देखती रहती है विमली। ट्रक के आगे दोनों ओर काली लम्बी चोटी-सी लटकती रहती है। जैसे हाथ हिलाकर बुलाती हो, चलो विमला, झरिया-धनबाद!

'चीज' लाकर परेशानी में डाल गए डरेवर बाबू। अगली बार पूछकर दाम दे देगी जरूर।

जूठे बर्तन धोते हुए उसकी आँखों में एक बार फिर डरेवर जी की प्यासी आँखें कौंध जाती हैं। सूखे होंठ चाटते हुए डरेवर जी।

...टोपी वलवा पियासा चला जाय,
हमारे लगे दुइ गगरी...

प्यासा ही चला जा रहा है टोपीवाला छैला!
जबकि मेरे पास दो-दो घड़े हैं—व्यर्थ!

मकर संक्रान्ति!

अघोरी बाबा के मठ का मेला। कई कोस दूर से लोग आज के दिन 'खिचड़ी' चढ़ाने आते हैं मठ पर।

झोंकाई के अलावा आज भट्ठे का सारा काम बन्द है। सारे मजदूर, स्त्रियाँ, बच्चे ट्रैक्टर-ट्रॉली पर लदकर जा रहे हैं मेला देखने।

बिसुई के बिलकुल कंठ पर है बाबा का मठ।

मकर-असनान! खिचड़ी-दान और मेले की मौज।

पीपल के पेड़ के नीचे, काली मन्दिर के सामने बकरा कटेगा। काली का परसाद। भट्ठे के मजदूरों ने ही बनाया है यह काली मन्दिर। ईंट लादकर जानेवाला हर गाड़ीवान या ट्रैक्टरवाला हर खेप में दो ईंटें गिराता है मन्दिर के नाम पर। दो-दो ईंट के दान से बना मन्दिर। मेहनत भट्ठा-मजूदरों की और सीमेंट-सरिया खान साहब का। बालू का दान दिया है बिसुई नदी ने।

काली की मूर्ति देखा। कितना विकराल रूप। खान साहब ने ही मँगाया है। 'खान' साहब के पड़दादा जब 'सिंह' साहब से 'खान' साहब हुए तो उनकी कुलदेवी यह काली उनके गर्भ-गृह में भूमिगत हो गई थीं। उन्हीं की पुनर्स्थापना।

बहुत जाग्रत देवी हैं। बड़ा 'जस' है। कुइसा मिस्त्री भी इस साल होली पर बकरा चढ़ाएँगे—कहीं से एक घरवाली का जुगाड़।

खाना तैयार करने और बलि के कर्मकांड के लिए पाँच-छह औरत-मर्द रुके हैं मन्दिर पर! बाकी सभी मेला!

मजदूरनों की मेठ है विमली। वह ट्रॉली के बीच में गोल बनाकर बैठी है।

गोरे, साँवले, काले, आबनूसी चेहरे। जूड़े में फूल और लाल रिबन। बेवजह हँसती हैं सब। सफेद दाँतों की पंक्तियाँ।

ट्रैक्टर पर बैठा कोई बोलता है, "ऐ! गाना शुरू करो।"

कितने गीत, भजन, कीर्तन, सोहर, नटका, दादरा, खेमटा याद हैं विमली को, कोई हिसाब नहीं।

विमली के गीत का तुरन्त असर होता है। राँचीवाली दो-तीन लड़कियाँ उठकर नाचने लगती हैं। चलती हुई ट्रैक्टर-ट्रॉली में घेरा बनाकर नाचती लड़कियाँ! क्या बात है!

लेबरों ने ढोल-कनस्तर सँभाल लिया है। गाने की आवाज ढोल-कनस्तर और ट्रैक्टर के शोर में डूब जाती है। सिर्फ कोलाहल! हँसी!

कुइसा भी ट्रॉली में ही बैठना चाहते थे। लेकिन बिल्लर ने उन्हें ट्रैक्टर के मडगार्ड पर बैठा दिया—उनके पद के अनुसार। वे बार-बार मुड़कर ट्रॉली की ओर देखते हैं। तभी कोई कूट करता है—"काका! झुलनी लिये हो?"

झुलनी! पता नहीं इस शब्द से कितनी चिढ़ है कुइसा को। और कैसे हैं लोग कि हँसने-बोलने के मौके पर भी डंक मारने से नहीं चूकते!

दरअसल खान साहब के भट्ठे पर आए थे कुइसा तो कुछ आस लेकर आए थे। खान साहब के मुंशी ने झाँसा दिया था कि आपकी जाति-बिरादरी बहुत है हमारी तरफ। लड़कियों की कौन कमी! एक छोड़ दस घरवालियाँ रखो।

इसी विश्वास पर पहले साल कुइसा 'लगन' भर गाँव-गाँव घूमे। दिन-भर भट्ठे पर बोझाई और रात किसी गाँव में। बहुत गाँजा-बीड़ी तम्बाकू बर्बाद कराया लोगों ने। सबसे बताते—पतोहू के लिए झुलनी तो मेरी माँ ही गढ़ा गई थी मरने के पहले।

जेब में ही रखते थे झुलनी। प्लास्टिक की डिबिया में, लाल मखमल में लपेटकर। निकालकर दिखाते। इसके अलावा पाँच बिगहा जमीन है। पाँच सौ की पगार। घरवाली हो जाए तो भैंस लाते कितनी देर लगेगी?

आखिर मिली एक घरवाली। उसका जीजा साली के लिए दूसरा वर खोज रहा था। बहुत छुपाकर सारा मामला तय हुआ क्योंकि 'साली' के 'बियहा' को पता लगने से सारा मामला खराब हो सकता था।

कई थान गहना, साड़ी, चादर, चप्पल। सिंगार-पटार का सामान...

सब लेकर गए कुइसा। तय था कि लड़की का जीजा बाजार में लेकर आएगा लड़की को और वहीं से पहना-ओढ़ाकर विदा कर दिया जाएगा।

विदा कराते-कराते शाम हो गई। अघोरी बाबा की मठिया पर नदी पार करते-करते अँधेरा हो गया। कितना धीरे-धीरे चलती है दुल्हन! ज्यों-ज्यों अँधेरा घिरता जा रहा है, पीछे की ओर पिछड़ती जा रही है।

इस पार आकर इन्तजार करने लगे कुइसा...कहाँ गई दुल्हन! थोड़ी देर बाद वापस नदी के पेटे में खोजने के लिए लौटे। कहीं कोई नहीं। किनारे, पानी की धार के पास रेत पर एक पोटली-सी पड़ी थी। उठाकर देखा—नाच में जनाना का 'पाठ' करनेवाले नचनिया लड़के सीने पर ब्लाउज के नीचे दो छोटी-छोटी गेंद-सी बाँध लेते हैं—वही। इस धोखे में सारी जमा-थमा निकल गई थी कुइसा की।

तब से झुलनी कहने पर आग लग जाती है उनके बदन में।

एक पेड़ के नीचे ट्रैक्टर खड़ा कर देता है बिल्लर।

चारों तरफ भीड़-ही-भीड़। रंग-बिरंगे लोग, रंग-बिरंगे कपड़े। कपड़े जो सालों-साल मेले के इन्तजार में गगरी या गठरी में कैद रहते हैं।

दूर-दूर के बिछड़े लोग, बिछड़े दिल मिलेंगे मेले में। जो उस तरह खुल्लम-खुल्ला नहीं मिल सकते। कितने मिलनेवाले रात आठ बजे की रेलगाड़ी पकड़कर भाग जाएँगे दिल्ली-लुधियाना।

जितने लोग उतने सपने। उतनी चीजें...क्या लें, क्या छोड़ें?

विमली ने ठुड्डी पर 'तिल' गोदाया है और कलाई पर—सीताराम!

सीताराम? भगतिन हो गई?

किसी को क्या पता कि सीताराम उसके आदमी का नाम है। कितने जतन से पता लगाया है उसने अपने आदमी का नाम?

अनजाने-अनदेखे आदमी का नाम? सीताराम!

वापस भट्ठे पर पहुँचते-पहुँचते एक घंटा रात बीत जाती है। फिर काली मन्दिर की पूजा! नाच-गाना! भोज! आधी रात तक। खान साहब ने बिल्लर को सौंपा—जिन औरतों-लड़कियों के साथ उनके घर का कोई आदमी नहीं है उन्हें घर तक छोड़ना उसके जिम्मे।

आखिर में पड़ती है विमली की झोंपड़ी। थोड़ी हटकर। अकेली रह जाने पर बोलती है, "अब तू जा रे! मैं चली जाऊँगी अकेले।"

"चल-चल। अभी कुछ हो-हवा जाए तो?"

"हो-हवा क्या! कोई बिगवा बैठा है रास्ते में?"

"तेरे लिए बिगवों की कमी है? तू जहाँ रहेगी वहीं बिगवा पैदा हो जाएँगे।"

"बिगवा आएगा तो टाँग पकड़कर चीर न डालूँगी।"

"तेरा बाप बैठा अगोरता होगा। कनकनाता होगा। उसका वश चले तो झोंपड़ी के सामने से सबका आना-जाना बन्द कर दे। साइकिल की घंटी बजाने से चिढ़ता है।"

सहसा सरपताही से कोई जानवर निकलकर भागा। आगे-आगे चलती विमली चौंककर ठिठकी तो बिल्लर उसकी पीठ से सट गया आकर।

पूस-माघ का जाड़ा। बादल छाए हुए हैं। बदली के चाँद की उजास।

"ए बिलरू! बड़ी बदमाशी सूझती है—हट!"

"अरे-अरे। मनई जैसा चल।"

'बदमाशी' पर उतर आया है बिल्लरवा। पहले से शंका थी विमली को।

"डरेवर बाबू की देह महकती है और मेरी गन्धाती है?"

"रमकल्ली के भतार! न तू हमार बियहा हो न डरेवर बाबू! खबरदार!"

अरे एकदम 'सनक' गया है?

विमली के दाँत कलाई में धँस गए हैं बिल्लरवा की। बाप रे! बिल्लर की चीख निकल जाती है।

अकिल गुम हो गई है बिल्लर की—एक पल में हँसती-खिलखिलाती अगले ही पल एकदम 'कटही'! सोचती क्या है! और बोलती क्या है!

आँखें कुछ और बोलती हैं! जीभ कुछ और!

'मूढ़' जैसा आगे-आगे चलने लगा है बिल्लर! विमली पीछे-पीछे। मुड़ते ही सावधान हो सकती है!

उदास हो गया है बिल्लर! एकदम चुप!

कुछ देर बाद बेवजह हँसती है विमली! खनखनाती हुई हँसी, "नाराज न हो बिल्लर! बदमाशी नहीं करनी चाहिए रे।"

जादूगरनी! बिल्लर सोचता है—कोई जादू सिद्ध है इसको!

विमली का बाप उसके इन्तजार में झोंपड़ी के बाहर चिलम-पर-चिलम फूँकता आग तापता बैठा बुढ़िया को गालियाँ दे रहा है। इतनी रात में उसे बिल्लर के साथ आया देख भड़क उठता है—"अब जाकर तेरा लौटने का 'टेम' हुआ है? खबरदार जो कल से घर से बाहर कदम रखा। हाथ-गोड़ तोड़ दूँगा। इतनी-इतनी रात तक मेला देखेगी तू?"

बिल्लर 'तप्ता' पर हाथ सेंकते हुए बोली बोलता है, "गोदना गोदवाने गई थी बुढ़ऊ! एक पहर बीतते ही 'परान' निकल रहे हैं। विदा कर दोगे तो कैसे चैन पड़ेगा?"

वह बोली बोल सकता है। इस गाँव का साला जो है।

विमली का मन होता है—झाड़ू लेकर मुँह पीट डाले इस बिल्लरवा का। लेकिन बाप के गुस्से को देखकर चुपचाप झोंपड़ी में घुस जाती है।

माँ की रजाई में घुसकर बताती है, "रतौंधी की गोली लाई हूँ माई, तेरे लिए मेले से। अँधेरा होने के एक घंटा पहले एक गोली रोज..."

अभी तक माँ से ही चिपककर सोती है विमली रात में! अकेले उसे नींद नहीं आती।

माँ बड़ी देर तक बेटी को तमाम ऊँच-नीच, इज्जत-आबरू की बात समझाती है। इतनी-इतनी रात तक घूमना! उसके बाप का बिगड़ना अकारण थोड़े है।

"सुनते हैं कोई डरेवर जी आते हैं। कोई सर-सामान, रुपया-पैसा नहीं छूना! खबरदार! परदेशी की प्रीत! नहीं लगाना!"

विमली को बच्चा क्यों समझती है उसकी माँ! दुनिया-भर की भूखी नजरों की भाखा पढ़-पढ़कर वह कब की पंडित हो गई है—बुढ़िया को कौन बताए!

जिस बात की लोग चर्चा करें, शंका करें, बस उसी से बचना चाहिए, यह समझ तो अपने-आप आ जाती है। कब आ जाती है, खुद विमली को भी नहीं पता। माँ क्यों इतना डरती है?

जो बात जितनी अच्छी लगे उसमें उतना ही खतरा! बस इतनी-सी बात!

बुढ़िया चुप होती है, जब विमली का हुंकारी भरना बन्द हो जाता है।

रतौंधी होने से क्या हुआ? बुढ़िया विमली को मन की आँखों से देखती है। मन की आँखें बहुत तेज हैं बुढ़िया की। वह विमली के एक-एक अंग के बाढ़ का हिसाब रखती है। पराया धन। जब तक जिसकी अमानत उसको न सौंप दिया जाए...

सो गई लड़की! खटिया पर गिरते ही मरती है। अब बुढ़िया विमली के एक-एक अंग को टटोल-टटोलकर पढ़ रही है—सीना! पेट! कूल्हे! आखिर दुनिया-भर के लौंडे-लपाड़ों के बीच दिन काटती है उसकी बेटी!...

विमली साँस खींचे माँ के हाथ का स्पर्श अनुभव करती है—चुपचाप! गुदगुदी रोके नहीं रुक रही है।

दूसरे दिन ही खबर फैलती है—बिल्लर ने विमली को जलेबी खिलाई है मेले में। और जलेबी का दाम?

बिल्लरवा रात में अकेले गया था विमली को पहुँचाने।

सुना है बिल्लर ने भी विमली से कलाई पर पट्टी बँधवा ली रात में। जैसे पारसाल डरेवर बाबू ने बँधवाई थी।

विमली को आता देख नदी के दह में कँटिया लगाए बैठा दस-बारह साल का कलुआ गाने लगता है...अब ना खाबै ठोंगा की जलेबी मोरी माई रे!

तब भी वह नहीं समझती।

भट्ठे पर सभी कूट हँसी हँसते हैं। दोपहर में कुइसा निरगुन गाता है—

नैहर में दाग पड़ा हो मोरी चुनरी...नैहर मा...।

पता नहीं क्या आग लगाई है बिल्लरवा ने? या किसी और ने। जाने कैसे मेले की खबर उसकी ससुराल तक पहुँच गई। उसका ससुर दौड़ा आया है...सुनते हैं उसकी पतोहू ट्रैक्टर पर बैठकर मेला देखने जाती है... जलेबी!...आधी रात तक बाहर! कोई 'धर्मशाला' है उसकी पतोहू? कि पंचायती हंडा? जो चाहे 'खिचड़ी' पका ले। बिना गौने का 'दिन धराए' वापस नहीं जाएगा वह?

"देखिए समधी भाई? बात को समझिए! ना-नुकुर करने में इज्जत नहीं है। चावल 'सिरजा' जाता है, 'भात' नहीं। चावल भात बना नहीं कि

दूसरे दिन ही सड़ने लगता है। लड़की 'सयानी' हुई तो भात हो गई। उसे तो ससुराल भेजने में ही इज्जत है।"

सीझा-सुलझा आदमी मालूम होता है विमली का ससुर! पाँच-पंच के बीच में बोलना आता है। चावल! भात! कायल होने के अलावा रास्ता क्या है?

लेकिन पहले 'टेवा' में ही हामी नहीं भर सकती किसी लड़की की माँ। लोग कहेंगे लड़की माँ-बाप पर भारी पड़ रही थी। किवाड़ की आड़ से बात कर रही है विमली की माँ, "एक बार तो समधी को लौटना ही पड़ेगा।"

समधिन की बात है तब तो मानना ही पड़ेगा। ठीक है, जल्दी ही वह दुबारा टेवा लेकर आएगा।

माघ बीतते-बीतते सूरज का रोब-दाब बढ़ने लगता है।

दोपहर तक ईंट ढोने के बाद सारी औरतें-लड़कियाँ नदी के दह में 'बोह' ले रही हैं।

गौने की चर्चा चल जाने के बाद विमली को रोज एक-दो बार ससुराल का सपना आता है। बात करते-करते अचानक कहीं खो जाती है। जगाने पर जागती है, बात-बात पर हँसने-खिलखिलाने की आदत कहाँ गई?

अपने आदमी को देखने की कौन कहे, उसके बारे में कुछ सुना भी नहीं है विमली ने। ज्यादा नहीं, कुल तीन कोस है उसकी ससुराल। अघोरी बाबा के मठ से तो दो ही कोस। लेकिन कभी मेला देखने या बाजार-हाट के बहाने भी नहीं आया उसका दुलहा इस तरफ! सुनती है—कलकत्ता गया है, कमाने-धमाने! उसका हाथ अनायास कलाई सहलाने लगता है—सीताराम! लेकिन जब भी कल्पना में सीताराम की कोई छवि देखना चाहती है विमली, डरेवर बाबू के सोने मढ़े दाँतों से फूटती हँसी छा जाती है सामने! पके कैथ की गन्ध!

धत्त!

सहसा वह जागती है—डरेवर जी इन्तजार में बैठे होंगे। खाना बनाकर नहाने आई तो नहाती ही रह गई।

वह पानी से निकलकर जल्दी-जल्दी कपड़े बदलती है।

पीढ़े पर बैठते हुए मुस्कराते हैं डरेवर जी, "हम तो समझे, नदी से सीधे अपने घर चली गई तुम?"

"भूल गई! बड़ी देर हो गई?"

डरेवर जी उसे ध्यान से देखते हैं—चेहरे का तेज दिनोंदिन बढ़ता जा रहा है, शरीर गदराता जा रहा है। कितनी चमकती है देह!

डरेवर जी फिर एक बंडल बढ़ाते हैं विमला की तरफ—साड़ी, बिलाउज, पेटीकोट!

"ई का है?"

"पहना जाता है।"

"सो तो ठीक है लेकिन ई सब काहे लाते हैं आप? कौने पद से?"

"अब पद-वद तो तुम्हीं समझौ।"

"हम समझते हैं तबै न कहते हैं डरेवरजी, हमारा-आपका नाता साहेब-सलामत का है। हँसी-ठिठोली का! चीज-बतुस के लेन-देन मा तो कमरी भीज जाएगी। बहुत गुरु, बहुत गाढ़ पकड़ लेगी। हल्का बोझ ही अच्छा होता है डरेवर बाबू, जेतना आसानी से उठ जाए। इसको रखिए अपनी घरवाली के लिए।"

"तुम तो कभी-कभी पुरखिन बन जाती हो—" डरेवर जी बात को रसेदार बनाए रखना चाहते हैं।

रसेदार बात और रसेदार मुर्गा, दोनों बहुत पसन्द हैं डरेवर जी को।

"ई हमारा 'चीन्ह' है विमला! 'चीन्ह' को लौटाने का 'मतलब' समझती हो?"

बड़ी-बड़ी आँखों से सीधे आँखों में ताक रही है विमली। उसको एकदम बुद्धू समझते हैं क्या? 'मतलब' की बात समझाते हैं? खूब समझती है वह 'मतलब' की बात! 'मतलबी' कहीं के! वह बात बदलना चाहती है, "आज खान साहेब से काहे झक-झक कर रहे थे कोयला उतरवाते समय?"

"खान साहेब हेला के सार हैं। रुपए में तीन अठन्नी भँजना चाहते हैं। कोई कितने दिन घाटा-उधारी सहेगा?"

"इतना खाने-पीने का इन्तजाम करते हैं—मुर्गा-मछली!"

"मुर्गा-मछली से भट्ठा चलता है कि कोयले से! सच तो यह है कि मैं तुम्हारा मुँह देखने की लालच में चला आता हूँ इतनी दूर, पन्द्रह-सोलह

हजार का कोयला लादकर। वरना इधर मुँह करके तो मैं...! बस तुम्हारे कारन! तुम्हारे कारन यह आदमी मुझे चूना लगाता जा रहा है।"

"हमारे कारन काहे?" विमली की जबान ऐंठ जाती है—"हमारा-आपका कौन नाता? जेतना दिन यहाँ आ रहे हैं, भेंट-मुलाकात बदी है, हो रही है! नहीं तो आप अपने रास्ते चले जाएँगे, हम अपने।"

कितनी 'बेदरदी' बात कह दी विमली ने। डरेवर जी बिसूरते रह गए बड़ी देर तक।

"एतना 'गोस्सा' काहे करती हो विमला! एक दिन तुम्हारे बप्पा के पास चलना है।"

"ऊ काहे?"

"कुछ माँगना है।"

"क्या?"

"तुम्हें!"

जोर से हँसी विमली! सुनकर सारा घाटा, सारी उधारी बिसर गई डरेवर बाबू की।

बहुत-बहुत लड़कियाँ देखी हैं डरेवर बाबू ने। बंगाल, बिहार, यू.पी. में। लेकिन ऐसी लड़की! जितनी नजदीक उतनी ही दूर! दूर-नजदीक साथ-साथ। हत्तेरे की!

डरेवर जी कुछ सोचते हुए लोटा लेकर बाहर निकलते हैं।

कितने भरम में पड़ जाती है आदमी की जाति! दो बात हँस-बोल लेने से। कलकत्ते वाले उसके आदमी को क्या पता कि कितने 'जतन' से सँभालकर रखा है विमली ने उसकी अमानत! पके आम के पेड़ की रखवाली जैसा कठिन काम! कितनी निगाहें हैं, पके आम के पेड़ पर!

बिल्लर की बहन रमकल्ली आज दोपहर से ही घुसी है विमली की झोंपड़ी में। एक 'बात' लेकर आई है वह। बिल्लर और विमली दोनों के फायदे की। विमली के महतारी-बाप के तो और भी फायदे की।

सुनते हैं विमली का आदमी तीन साल से घर नहीं आया कलकत्ते से। रुपया-पैसा भी नहीं भेजता बाप के पास। दिहाड़ी मजदूरी करता है। गुन का न सहूर का। अगर विमली की माई विमली को बिल्लर के साथ विदा कर

दे...उन लोगों की जाति में यह कोई अनोखी बात नहीं है। महतारी-बाप के मर जाने से बचपन में शादी नहीं हो सकी वरना सौ लड़कों में एक लड़का है बिल्लर। डरेवरी करता है। चार पैसा कमाता है। राम-जानकी जैसी जोड़ी रहेगी दोनों की। गाँव में ही झोंपड़ी खड़ी कर दी जाएगी। आँख के सामने रहेंगे दोनों। विमली के माँ-बाप चाहें तो घर-जमाई बनकर रहने के लिए भी तैयार हो जाएगा बिल्लर। लड़के की कमी भी नहीं खलेगी। नहीं तो विमली के जाने के बाद कौन है एक रोटी बनाकर देनेवाला दोनों को? विमली का बियहा चाहेगा तो बिल्लर 'लगत' का हरजाना भी देने को तैयार है।

सोचने लायक सलाह देकर चली गई रामकली! दोनों बूढ़े-बूढ़ी शाम तक सलाह करते रहे। किसी तरह की कोई बुराई तो नजर नहीं आती इसमें। लड़केवाले चाहेंगे तो पंचायत में जो 'जुरमाना' 'लगत' के रूप में देना पड़ेगा, उसे भी दे देगा बिल्लर। उन दोनों के दिमाग में पहले क्यों नहीं आई इतनी अच्छी बात?

"लेकिन विमली मानेगी तभी न!"

"विमली से पूछने की क्या बात है इसमें?" विमली का बाप बिगड़ता है, "उसे अपने दूल्हे की सूरत भी याद नहीं होगी। बचपन की शादी! बच्चों का खेल जैसी!"

रात में खा-पीकर सोते समय बात का मुँह पूरी सावधानी से धीरे-धीरे खोलती है बुढ़िया।

"लेकिन मेरा बियाह तो तू पहले ही कर चुकी है रे! फिर दूसरा घर करने की काहे सोच रही है?"

"वह लड़का तो कई साल से घर नहीं आया बेटी!"

"लेकिन जिन्दा तो है। चिट्ठी-पत्री लिखने पर, वक्त-जरूरत क्यों नहीं लौटेगा? मेरा 'बियहा' है वह। क्या सोचेगा?"

"बिल्लर जाना-सुना, अच्छा लड़का है। अच्छा कमाता-धमाता है।"

"तो क्या मेरा आदमी लूला-लँगड़ा-काना है?"

"सो तो नहीं। लेकिन सुनते हैं नौकरी-चाकरी ठीक नहीं है। घर भी पैसा-कौड़ी नहीं भेज पाता।"

"हो सकता है अपने खाने-भर को ही कमाता हो!"

"तब तुझे क्या खिलाएगा? क्या सुख देगा?"

"यह आज सोच रही है! पहले क्यों नहीं सोचा? क्या जरूरत थी बचपन में ही किसी के गले से बाँध देने की?"

"आज सोचने में क्या हर्ज है?"

"आज सोच सकती है अगर उसमें कोई खराबी हो। कम पैसे से ही कोई खराब हो जाता है, छोटा हो जाता है। बियाह तूने लड़के से किया था कि पैसे से? मेहनत करेगा आदमी तो एक रोटी कहीं भी मिलेगी। आदमी को अपनी मेहनत पर रीझना चाहिए कि दूसरे के पैसे पर रे?"

विमली उठकर बैठ जाती है खटिया पर, "कल को कोई दस बीघे वाला लड़का आ जाएगा तो तू कहेगी कि मैं उसी के साथ बैठ जाऊँ।"

सहसा उसे याद आता है—झोंपड़ी के कोने में नया हुक्का और तम्बाकू से भरी हाँड़ी रखी देखी है उसने। तम्बाकू में सने चोटे की गन्ध पूरी झोंपड़ी में फैल रही है।

बिल्लरवा की बहन दे गई है यह सौगात? उसके बदन में आग लग जाती है। वह माँ को पकड़कर झिंझोड़ने लगती है, "दस रुपए के हुक्के-तम्बाकू पर तूने अपनी बिटिया को राँड़ समझ लिया रे? बोल! कैसे सोच लिया ऐसा? जिसकी औरत उसे पता भी नहीं और तू उसे दूसरे को सौंप देगी? गाय-बकरी समझ लिया है?"

"चुप-चुप-चुप! हल्ला मत कर राँड़!"

इस बार आया विमली का ससुर तो गौने का दिन तय करके ही वापस गया। दो दिन तक रुका था।

कुइसा मिस्त्री ने सुना तो अबोला रह गया। अँधियार करके चली जाएगी विमली भट्ठे पर। पाँच सौ रुपए तनखाह पाता है वह। पाँच बिगहा खेत! विमली का आदमी तो सुनते हैं झल्ली ढोता है कलकत्ते में। क्या सुख देगा जनाना को? दो-तीन बार वह गया विमली के बाप के पास, चिलम पीने के बहाने। कुछ मन-मुँह मिले तो बात आगे बढ़ाए। लेकिन कितनी जलती हुई आँखें हैं बूढ़े की। बात करने जाइए तो घायल होकर लौटिए। आँखों से ही दाग देता है।

काम से मन उखड़ने लगा है कुइसा का। कभी 'लचारी' गाते हैं कभी बारहमासा :

लागै मास अगहन
जाय गौरी कै गवन
काटैं सैंया संग चयन
मोरे बालमुआ...

"लेकिन गोरी का 'गवन' तो माघ में पड़ा है कुइसा भाई?"

"माघ-फागुन का जाड़ा तो और भी गुलाबी होता है गनेशी भाय?"

ठाठ-बाट से गौना लेने आया है विमली का ससुर! बाजा, तमाशा! आतिशबाजी! चनुवाडीह की नाच-पार्टी। सौ-सौ ग्राम की गाँजे की पुड़िया! बक्सा भरकर दारू की बोतलें।

फिरी है सबके लिए, घराती हो चाहे बराती!

दोनों नशे इकट्ठे हुए तो बाजे के ताल पर बूढ़ा खुद घंटे-भर नाचता रहा।

ए भाई! बूढ़ा काहे कहते हैं? चालीस-बयालीस से ज्यादा की उमर नहीं। पहलौठी का लड़का था सीताराम। बीस की उमर में पैदा हुआ था। घरवाली नहीं गुजरी होती तो अभी तक बेधड़क बाल-बच्चे होते रहते।

बीस साल तक खुद चूल्हा फूँकता रहा। अब जाकर तवा-कलछुल से फुरसत का समय आया है। नाचेगा नहीं?

गाँव-भर की औरतें झोंपड़ी के अन्दर घेरा बनाकर ससुराल से आई एक-एक चीज की पड़ताल कर रही हैं। हाथ की अँगूठी! नाक की नथ! दो थान सोने के? पायल! बिछुए और हबेल! तीन थान चाँदी के। विमली की जाति में इतना जेवर कम ही लोगों को मिलता है। दुलहिन के कपड़े-लत्ते के साथ समधी-समधिन की पियरी धोती अलग से।

औरतें विमली के 'भाग' को 'सिहा' रही हैं।

बस एक साध रह गई। दूल्हा नहीं देख पाईं विमली का। उसे नौकरी से छुट्टी नहीं मिली...गाँव की औरतों को नाच भी बहुत पसन्द आया।

बिल्लर कल से ही मेहमानों की सेवा में लगा है।

सबेरे विदाई के समय खान साहब ने भी साड़ी भिजवाया। डरेवर जी ने एक चादर और इक्यावन रुपए नगद दिए। पाँड़े खलासी ने ग्यारह रुपए।

लेने-देने में विमली का बाप भी समधी से उन्नीस नहीं रहा। घड़ी, साइकिल, रेडियो, पाँच कूँड़ा बतासा, एक बोरा लाई, पाँच मन सीधा (राशन), एक बोरा आलू, एक बोरिया नमक, दो किलो तेल, एक किलो घी, रजाई, गद्दा, पलँग। गिरते-पड़ते दो ऊँट की लदनी।

पहले माई का पैर पकड़कर रोती है विमली! फिर बप्पा का! फिर सखियाँ! पड़ोसिनें! भट्ठे की मजदूरनें!

निमरी बकरी आज सबेरे से ही पूँछ हिला-हिलाकर चिल्ला रही है। डोली में बैठने से पहले उसे भी पकड़कर भेंटती है विमली। डोली उठती है तो वह चीत्कार कर उठती है—

आपन देसवा छोड़ाया मोरे बपई...
आपन दुअरिया छोड़ाइउ मोरी माई...

यह गाँव! यह देश! यह ढकुलाही, ये भीटे! कठ-जामुनों का जंगल। कल तक जिसे अपना समझती थी, आज हमेशा-हमेशा के लिए पराया कर दिया आपने बप्पा! अब कौन सबेरे आपको 'चाह' बनाकर देगा?

मेरा दुआर! मेरा मोहार! मेरा चूल्हा! मेरी चक्की! सबसे नाता टूट रहा है। कौन उसकी बकरी को चारा देगा? रोज सबेरे उठते ही मैं तेरी 'दुआरी' लीपती थी माई! उसे काहे छुड़ा दे रही है बिना कसूर?

सारे सपने, सारा पुरुषार्थ! छोड़ देने के लिए?

तिरिया जनम काहे देहु रे विधाता?

डोली पर पड़े 'ओहार' की फाँक से झाँककर देखती है विमली। यह छूटी बिसुई! यह बुढ़वा पीपल! काली जी का मन्दिर! खान साहब का भट्ठा! दोनों चिमनियाँ रोज की तरह धुआँ उगल रही हैं।

डोली देखकर राँची वाली औरतों का दल पल-भर को रुक जाता है—विमली की डोली!

ट्रक खड़ा है। खलासी पाँड़े उघारे बदन घुटने तक लम्बा अंडरवियर

पहने हाथ में बाल्टी लिये ट्रक धोने को तैयार खड़े डोली को देख रहे हैं। डरेवर बाबू उठे हुए बोनट के आगे खड़े देख रहे हैं।

अरे या मोरे चाचा?
आपन छँहिया छोड़ाया मोरे चाचा।

खान चाचा अपने ऑफिस से बाहर निकल आए हैं। आँखें भर आई हैं, जैसे उनकी अपनी लड़की विदा हो रही हो। जहाँ भी रहे, सुखी रहे।

विमली उतरकर भट्ठे की मिट्टी को माथे से लगाना चाहती है।

लड़के और लड़की का 'फरक' आज ही मालूम पड़ा है विमली के बाप को। डोली की दिशा में ताकते हुए उसकी आँखों से झर-झर आँसू झर रहे हैं।

आज अचानक आया बुढ़ापा, बिना बताए।

दूर तक जाकर, विमली के रोने की आवाज के साथ ही डोली भी अदृश्य हो जाती है।

जब से पतोहू का गौना लाया है, बिसराम का भाव बढ़ गया है।

चाल, ढाल, पहनावा-ओढ़ावा, दाढ़ी-मोछ, सब टिच्च! दो कट्ठा जमीन रेहन रखकर बादशाही खर्चा शुरू किया है। दिन-भर झोंपड़ी के सामने गाँजे की महफिल लगा रहा है। एतना ठाट! काहे भाई? देखनेवालों को अजगुत-अजगुत लग रहा है। कहीं कोई भेद? अभी तक तो यही चर्चा थी कि लड़के को गौने में क्यों नहीं बुलाकर लाया बिसराम। लाख बाप से झगड़कर गया था लेकिन यह तो उसी का गौना था...फिर पतोहू के आने के तीसरे दिन ही बहन को क्यों विदा कर दिया? क्या इस डर से कि पतोहू को बिगाड़ देगी। 'बोलका' बना देगी।

इस टोले की औरतों की सूँघने की ताकत अभी इतनी कमजोर नहीं हुई है। लत्ता आग पर पड़ता है पीछे और चिरायन्ध औरतों की नाक में पहले पहुँच जाती है।

यहाँ तो सीधे आग लगी हुई है।

सुबह-शाम 'मैदान' आने-जाने के दौरान ही निर्विघ्न चर्चा का मौका मिलता है। इस बीच मनतोरिया की माई ने लाख कोशिश की, घुमा-फिराकर

कोई 'सुराग' निकालने की, लेकिन पतोहू कुछ बोलती ही न थी। एकदम गूँगी। बोलती थीं उसकी आँखें। लाल सूजी आँखें। टुकुर-टुकुर ताकती हुई। उतरा मुँह! थका चेहरा! कसाई की गाय!

तब मनतोरिया की माई ने तह तक जाकर भेद खोलने का निश्चय किया। बिसराम के इधर-उधर होने पर वह घुसी झोंपड़ी में। दारू की गन्ध से डूबी झोंपड़ी। खटिया के आस-पास बिखरे जली बीड़ी के टोंटे।

पतोहू तो बीड़ी पीती नहीं!

अचानक चीख निकल गई मनतोरिया की माई की। पैर पकड़कर बैठ गई। तल-तल बहता खून? बिसरमवा दाढ़ीजार ने टूटी बोतल का काँच बटोरकर रख दिया था कोने में। दो अंगुल का घाव हो गया उसके पैर में। चोरी से न घुसी होती तो लाख-लाख गालियाँ सुनाती।

"नई-नई लालटेन खरीदकर लाया है भाई। जब चाहे धीमी करो, जब चाहे तेज। ढिबरी की बत्ती तो हुचक-हुचककर जलती है।"

"पूरा विषधर है बिसरमवा।" मनतोरिया की माई ने टोले की औरतों में ऐलान कर दिया है—'घमासान' मचाए हुए है।

लेकिन मरदों का मामला तो मरद लोग ही खुलेआम निपटा सकते हैं। औरतें क्या करेंगी?

और उसी रात सारा भेद औरतों के बीच से मरदों के कानों तक पहुँच जाता है।

मरदों के लिए यह खबर इतनी खास नहीं। औरतों का तो काम है इधर से उधर लबर-लबर करना। और यदि बात में कुछ सच्चाई भी है तो इतनी 'अनहोनी' जैसा क्या है इसमें? गुनी आदमी है बिसराम। जानवरों की चोट, मोच, हारी-बेमारी में उसकी जरूरत पड़ती है हर घर को। फिर छोटे-बड़े की इज्जत करनेवाला। एकदम से तो उसके ऊपर उँगली उठाना ठीक नहीं...लेकिन बिलकुल चुप रहना भी सम्भव नहीं है। रात में हर 'घरवाली' जानना चाहेगी—क्या कर रहे हैं टोले के 'मरद' लोग?

गाँजा-दारू का 'चानस' हाथ से बिलकुल ही न निकल जाए इसका ध्यान रखते हुए शाम की बैठक में 'मरद' लोग बिसराम को तंग कर रहे हैं :

"बिसराम भाई, आपकी खटिया रात में नहीं दीखती बाहर। एकाध बार मैं इधर से गुजरा तो देखा दरवाजा सूना था।"

"काहे! तोहे पता नहीं कि आजकल बिगवा (भेड़िया) का कितना जोर है। आए दिन सुनाई पड़ता है किसी की बकरी ले गया! किसी का बच्चा! रमवापुर में महतारी के कोरा से तीन साल का लड़का छीनकर ले गया। राजा पट्टी में एक औरत से लड़की छीन रहा था...ऐसे में बाहर सोने लायक है? ...तुम बाहरै सो रहे हो? आया किसी दिन तो..."

अब क्या बोला जाए? बात करने में बिसराम को 'दाब' पाना आसान नहीं। और बिगवा का आतंक तो सचमुच चारों तरफ फैला हुआ है। औरतों ने अँधेरा होने के बाद छोटे बच्चों को लेकर बाहर निकलना बन्द कर दिया है। दिशा-मैदान जाना है तो झुंड बनाकर जाओ। हाथ में हँसिया या कुल्हाड़ी लेकर। सुनते हैं औरतों या बच्चों पर ही ज्यादा जोर मारता है।

जब बच्चों को हाथ से छीन रहा है तो रात-बिरात सोते में हमला कर दे तो क्या अचरज? आदमी का खून अगर एक बार मुँह में लग गया तो...सुनते हैं, आदमी का मांस नमकीन होता है...आदत लगी तो छूट नहीं सकती।

लेकिन 'बात' के जोर पर कोई 'पाप' पचा ले जाएगा?

"झोंपड़ी में तो पतोहू सोती है बिसराम भाई! उसमें तुम्हारा सोना!"

"झोंपड़ी में तो बीस साल से सोता आ रहा हूँ।"

"लेकिन अब बात दूसरी है। पतोहू के पास रात में, अकेले में...हम लोगों के कहने का मतलब...लड़के को भी नहीं बुला सके गौने में...तुम्हें अपने लिए झोंपड़ी खड़ी करनी चाहिए। हम लोग भी आते हैं तो यहाँ पेड़ के नीचे बैठना पड़ता है..."

बिसराम गाँजे की चिलम एक 'खींच' में जलाता है—'लप्प!' नंगा करने पर आमादा हैं सारे-के-सारे लोग उसे।

"और लड़के को भी चिट्ठी लिखकर बुला लो। नहीं तो गाँव में तरह-तरह की बातें..."

"क्या तरह-तरह की बातें?" बिसराम को गाँजा चढ़ चुका है। उसी का गाँजा पीकर उसी की जड़ खोदेगा कोई? वह दहाड़ना चाहता है—लड़का आए साला, चाहे उमर-भर न आए। पतोहू को 'खोराकी'

से मतलब। और ऐसी-ऐसी चार पतोहुओं की खोराकी तो बिसराम अभी अकेले 'पूर' सकता है।

लेकिन गाँजा उसका गियान नहीं हर सकता। वह चौधरी है। बात सँभालना जानता है, "हम खुद इसकी फिकर में हैं भाई। बहुत जल्दी जा रहे हैं लड़के को लाने और दूसरी झोंपड़ी की बात तो मैं खुद अगहन से सोच रहा हूँ, अब गन्ने की नई 'पाती' हो गई है तो दस-पाँच दिन में...दस आदमी के बीच में 'नक्कू' बनानेवाला काम खुद मुझे नहीं सोहाता। लेकिन मुँह से ऐसी-वैसी बात निकालने से पहले लोगों को सोचना चाहिए कि..."

"लोगों का मुँह कोई बन्द नहीं कर सकता बिसराम भाई! पूरे टोले में चर्चा है कि बिसराम अन्धेर मचा रहा है। बेटवा आएगा तो हाथ-पैर तोड़ेगा।"

फिर लगनेवाली बात। कलेजे में लपक उठती है बिसराम के। बेटवा के लिए पतोहुओं की कमी है उसे? अभी तीन मंडा खेत बाकी है। रेहन रख दे तो तीन हजार मिलेंगे। तीन पतोहुएँ! लेकिन...

"दूसरे के फटे में दुनिया पैर डालने को दौड़ती है भाई! कोई सीना चीरकर तो दिखा नहीं सकता! लेकिन कहा गया है। बात करै जानि कै, पानी पियै छानि कै। हर मर्द की 'मोछ' होती है। इज्जत होती है।"

बात में वजन डालना जानता है बिसराम। और जहाँ 'मर्द' की 'मोछ' का, 'इज्जत' का सवाल हो, जब तक कोई रँगे हाथ न पकड़ ले या जब तक 'जनाना' खुद मुँह न खोले, सुबह-शाम की 'चिलम' दाँव पर रखकर कोई कितना नंगा करे किसी को।

मोछें अभी तक काली हैं बिसराम की। वह 'मोछ' ऐंठता है।

लेकिन मोछ ऐंठने से क्या होगा? बिसराम का दर्द तो बिसराम ही जानता है!

शुरू-शुरू में तो नई पतोहू जैसा शरम-लिहाज था। रीं-रीं करके रोना—हम बिटिया बराबर अही। आप बाप बराबर। रो-रोकर पैर छान लेती थी दोनों हाथों से। लगता था अब ढीली पड़ी कि तब। लेकिन बाद में तो बिल्ली जैसी खूँखार। वैसी ही गुर्राहट! पंजे मारना। हाथ झटकना। बिल्ली जैसे नाखून! सारा मुँह, नाक, कान, नोंच लिया है। पूरा चेहरा 'परपरा' रहा है। जलन!

ईंट-पत्थर ढोते-ढोते सारा शरीर लोहे का हो गया है ससुरी का। तीन दिन में तीन करम कर दिया। दोनों पैर सिकोड़कर ऐसा सधा वार किया छाती पर कि बिसराम उताने दूर जा गिरा खटिया से। तब से छाती और सिर में भयानक दर्द! अपने शरीर पर बड़ा गुमान था बिसराम को। क्या सचमुच 'जाँगर' घट गया है।

जानवरों का बिना डिगरी का डॉक्टर है बिसराम। बड़े-बड़े बैल-साँड़ रीढ़ की हड्डी दबाकर बैठा देता है। काबू में करता है। आज तक कोई जानवर बेकाबू नहीं हुआ...और यह 'उदन्त' बछिया पुट्ठे पर हाथ नहीं रखने दे रही है...यह अन्दर का दर्द किससे कहने जाए बिसराम? 'मोछ' ऐंठने से क्या होगा? झूठी बदनामी हो रही है, सो अलग। लात खाकर उसके मन में भय समा गया है। आज की रात वह दूर से ही भौंकेगा।

"बड़ी सती सवित्री बनती है? सारा गाँव नहीं गन्धवा दिया था तूने?"

"सारा नखड़ा घर में ही दिखाएगी तू?"

बोलना बन्द कर दिया है विमली ने। रोना भी। जैसे गूँगी हो गई है।

"डरेवरवा के साथ गुलछर्रे नहीं उड़ाती थी तू?"

"झरिया-धनबाद की सैर करने मैं गया था?"

"और बनारस की ठंडाई? हुँह ठंडई! बड़ी ठंडाई पिलाई है साले ने, एकदम ठंडा कर दिया है।"

"एतना कपड़ा-लत्ता, साड़ी-बिलाउज, गहना-गुरिया? सब बाप की कमाई है? लूले साले की? वह करेगा बेटी की दुकानदारी और तू यहाँ आकर..."

"अच्छा बता, कुइसा मिस्त्री से दो हजार रुपए में तेरी बिदाई का सौदा नहीं तय किया था तेरे बाप ने? उठा गंगा मैं अन्धा हूँ कि बहरा?"

"मेला देखेगी? जलेबी खाएगी? गंगा असनान करेगी?"

"डरेवरवा की दारू महकती है और मेरी गन्धाती है? नाक बन्द करती है? क्या-क्या बन्द करेगी?"

"गुलछर्रा उड़ाएगा दूसरा और खेत रेहन रखा जाएगा बिसराम का?"

"मुझसे बोलने में भी पाप लग रहा है रे? तिरिया चरित्तर फैलाने से जान बचेगी? साली! कातिक की कुतिया!"

जैसे-जैसे छाती का दर्द बढ़ रहा है बिसराम का क्रोध भी बढ़ रहा है। मुँह में फिचकुर आ गया है। सारा शरीर काँप रहा है। पैर सिकोड़कर घुटने को अँकवार में बाँधकर, उसी में सिर गड़ाए बैठी है विमली। जैसे कोई साही दुश्मन के आक्रमण की आशंका में बैठी हो काँटा फुलाकर! दूर से ही भूँक रहा है बिसराम। पास जाते ही एक काँटा तीर की तरह छूटेगा—सन्न!

जान साँसत में पड़ी है विमली की। किसी तरह पत-पानी के साथ मायके पहुँच पाती अगर...या उसका आदमी आ पहुँचता अचानक। नहीं तो हर रात—जंगल की रात! एक रात—एक जुग। किसी से कहे भी तो क्या? क्या करेगा कोई सुनकर हँसने के सिवा? भरी पंचायत में खड़ा होना पड़ेगा अलग। और ऐसे-ऐसे नंगा कर देनेवाले सवाल पंचायत के चौधरी लोग, रस ले-लेकर पूछते हैं कि...उसे खूब पता है। नैहर तक बदनामी अलग से।

हाँ, मनतोरिया की माई से अपने आदमी का 'पता' मालूम करवाया है उसने। चिट्ठी भी लिखवा दिया है। चौथे दिन चिट्ठी पहुँचेगी कलकत्ता। मायके भी खबर भिजवाया है—बप्पा को मालूम हो कि खबर पाते ही आकर लिवा चलें, देर हुई तो बिटिया की लहास ही देखेंगे।

बप्पा और 'आदमी' की राह देखती विमली।

कुइसा मिस्त्री अपने गाँव चले गए—जिला बलिया।

हिसाब-किताब करने में आना-कानी किया खान साहब ने तो बिना हिसाब किए चल पड़े। बोलते थे अब गया-जगन्नाथ जी दर्शन करने जाएँगे इस साल। अगले सीजन में आएँगे कि नहीं? कह नहीं सकते। आदमी की जिनगी का कौन ठिकाना! दाढ़ी-मोछ के बाल पकड़ने लगे। गठिया-बतास जोड़ पकड़ने लगा। माया का फन्दा धीरे-धीरे काटना होगा...

माया केरी पूतरी, तन तरकस मन बान!
तिरिया धावै रथ चढ़ी, पुरुखहिं करै निसान!

बिसराम के सुभाव में इधर काफी फरक आ गया है। उधर दो-तीन दिन बाहर पेड़ के नीचे खटिया बिछाकर सोया। फिर बाँस-पाती आदि का जुगाड़ करके अलग मँड़ई खड़ी कर लिया, छोटी-सी। अब उसी में सोता है। दिन का ज्यादा समय शिवाले पर गुजारता है। गँजेड़ियों की भीड़ जो बीच में उसके दरवाजे पर जमने लगी थी, अब फिर पहले की तरह शिवाले पर जमने लगी है।

पहले दिन बिसराम ने बाहर खटिया बिछाई तो अचरज के मारे विमली को सारी रात नींद नहीं आई। किवाड़ के अन्दर से बिलारी बन्द करके मूसल की टेक लगा दिया था फिर भी दिल धड़क रहा था। बुढ़वा की मति का क्या ठिकाना! कोई नई चाल! जरा सी आहट पाते ही चौंककर उठ बैठती।

बड़े सबेरे उठते ही खरहरा लेकर दुआर-मोहार बुहारता है। पहले दिन झाड़ू लगाकर जाने कहाँ से एक गिलास दूध लाया था और उसके हाथों में थमाते हुए बोला था, "जरा एक गिलास 'चाह' बनाना बहू! सुनते हैं तेरे हाथ की चाह पिए बिना समधी लोटा नहीं उठाता था।"

कितनी मिठास थी आवाज में! कितना दुलार!

चाय का गिलास पकड़ाते हुए हाथ काँप रहे थे विमली के। आँखों में पानी। गिलास पकड़ते हुए बिसराम की आँखें नीची थीं—इतना बदलाव। कई दिन बाद एक दिन शाम का खाना खाते हुए खुद कहने लगा, "मैं बहुत शर्मिन्दा हूँ बहू! अगर तूने माफ नहीं किया तो नरक में भी जगह नहीं मिलेगी मुझे। किसुनवा ओझा ने गाँजे में कोई बूटी मिलाकर पिला दिया था। मति भरिष्ट कर देनेवाली बूटी। उसी से हफ्ते-भर सिर पर पाप सवार था और हफ्ते-भर में मेरी मरजादा का नाश हो गया बिटिया! शिवाले के पुजारी बाबा ने विचारकर नाम खोला। कई दिन से मैं उनकी 'सरन' में बैठ रहा हूँ। किसुनवा को मैंने तीन साल में कितना गाँजा पिलाया होगा और उसकी बदी इस तरह दिया बेईमान ने। मुँह में कालिख लगाने का इन्तजाम कर दिया था घटियारे ने। तेरी जैसी लक्ष्मी बहू न होती तो कहाँ मुँह दिखाते हम लोग। कल को मेरा बेटा लौटता तो किस घाट लगता? लक्ष्मी है बहू, तू लक्ष्मी है, जो अपना पानी और मेरी पगड़ी, दोनों बचा ले गई। मैं पापी..."

आँखें भरभरा गई थीं बिसराम की। गला रुँध गया था। विमली को भी लगा कि वह 'भोंकार' छोड़कर रो पड़ेगी। किस जनम का बदला लेना चाहता था वह ओझा? विमली बड़ी देर तक बिसूरती रही थी। उसे लग रहा था जैसे जुगों की तपन के बाद धीरे-धीरे कलेजे में ठंडक पैठ रही है।

रात लेटे-लेटे देर तक सोचती रही वह। खान साहब कहते थे—सच्चाई को कोई छिपा नहीं सकता। सच्चाई को कोई दबा नहीं सकता। सच्चाई को कोई हरा नहीं सकता। सच्चाई आखिर सच्चाई होती है।

पास-पड़ोस के लोगों को भी देखकर अचरज होता है कि सचमुच पानीदार आदमी है बिसराम। जरा-सा मजाक-मजाक में टोका-टाकी हुई और उसे बात लग गई! मरजादा वाला आदमी! चार दिन में अलग मँड़ई खड़ी कर दिया। ऐसे ही तो जात-बिरादरी किसी को चौधरी नहीं मान लेती। किसी के खिलाफ मुँह खोलने के पहले हजार बार सोचना चाहिए और औरतों के कहने में आकर लोग उसे बेइज्जत करने पर आमादा थे। ठीक ही कहते हैं—नाक न हो तो औरतें मैला खा लें।

दुआर-मोहार बुहारने के बाद बिसराम ने बाहर से ही ऊँची आवाज में बताया, "दोपहर में खाने नहीं आएगा वह आज। शिवाले पर सत्यनारायण की कथा कहवा रहा है। तब तक 'बरत' रहेगा। बहू अपना खाना-पीना कर ले। वह एक ही 'टेम' शाम को खाएगा। गंगाजल का छिड़काव करके झोंपड़ी 'पवित्तर' करने और 'चरनामरित' ग्रहण करने के बाद।"

तब तो विमली भी रहेगी बरत! इतने बड़े संकट से उबार लिया सत्यनारायण सामी ने। उसके ससुर का दिमाग सही कर दिया। पहले पता होता तो वह चाह भी न पीती...सत्यनारायण जी की कथा घर में होनी चाहिए थी। पहले याद पड़ा होता तो जरूर कहती। अब तो जा चुका ससुर! उसका मन, शरीर थिर हो रहा है—ठंडा!

दोपहर तक मेहनत करके विमली ने पूरी झोंपड़ी को लीपा है अन्दर-बाहर। हफ्तों बाद चैन आया है उसके मन में। लग रहा है वह मालकिन है इस झोंपड़ी की, अपनी ससुराल की। उसका आदमी 'कमाने गया है' परदेस। बूढ़े ससुर के रोटी-पानी का इन्तजाम तो उसी के जिम्मे है। शाम होते ही वह खाना बनाने में लग जाती है।

कल ही उसका बाप आनने आएगा। मनतोरिया की माई ने बताया है। खबर न भेजती तो क्या करती? लेकिन अब तो न आए बाप तो भी कोई बात नहीं। चार दिन बना-खिला दे ससुर को। उसके जाने के बाद तो फिर अपने ही हाथ से 'पाथना' होगा मोटा-महीन!

...जल्दी ही लौटेगी मायके से। अब तो यही उसका घर-दुआर है। उसका आदमी भी किसी समय आ सकता है। चिट्ठी पहुँच गई होगी।

एक घंटा रात बीतते आता है बिसराम। एक हाथ में 'चरनामरित' की हाँड़ी और दूसरे में पंजीरी का दोना।

ऐं! झोंपड़ी लिपी-पुती शुद्ध!

"मैं तो लक्ष्मी ही कहकर पुकारूँगा अब तुझे बहू। मना मत करना। ए ले गंगाजल की बोतल! हाथ-पाँव धोकर पूरी झोंपड़ी में छिड़क दे। फिर परसाद 'ग्रहन' कर ले। हाँ! मैं तो वहीं ग्रहन कर चुका। भूख के मारे हालत खराब थी। यह परसाद तो तेरे लिए ही है।"

"ज्यादा है? एक लोटा चरनामरित ज्यादा है? सबेरे से ही बासी मुँह पड़ी है तू! और यह जरा सी पंजीरी!"

"अच्छा ज्यादा है तो थोड़ा-सा ढँककर रख दे अपने बप्पा के लिए। हाँ, मैं तो बताना ही भूल गया। कल ही तेरे बप्पा आ रहे हैं लेकिन 'चरनामरित' तो पूरा पी ले। कल तक तो उसका दूध फट जाएगा।"

"नहीं खाने की अब जगह ही नहीं रह गई बिलकुल। मैं जरा एक चिलम...सबेरे से हाथ नहीं लगाया है चिलम को।"

बिसराम के बाहर जाने के बाद विमली परसाद को झोंपड़ी के बीचोंबीच जमीन पर रखती है। जमीन से छुआकर माथा टेकती है—हे प्रभु!

पंजीरी कितनी मीठी लग रही है। भगवान का बास जो हो जाता है। और 'चरनामरित' तो सचमुच ही अमरित। एक गिलास अमरित!

'धक्का' जैसा लगता है विमली को। कहते हैं खाली पेट में अन्न पहुँचता है तो...अन्न में भी नशा होता है...लेकिन इतनी सुस्ती। हाथ-पाँव ढीले पड़ते जा रहे हैं। वह खटिया पर लुढ़क जाती है—बस दो पल लेट ले।

गाँजे की चिलम चटकाकर झोंपड़ी में घुसता है बिसराम! लालटेन की रोशनी में देखता है। कुतवा 'चरनामरित' की हाँड़ी चाटकर वहीं जमीन पर फैल

गया है। बिसराम धीरे से लात मारता है, कुतवा आँख खोलकर बेगाने ढंग से ताकता है। लड़खड़ाता हुआ बाहर तक जाता है। और फिर लुढ़क जाता है।

'चरनामरित' और कुत्ता पीए? बदे-बदे की बात!

खटिया पर चित्त पड़ी है विमली, बेसुध!

बिसराम धीरे-धीरे हिला-डुलाकर देखता है। कोई हरकत नहीं। असर कर गई है। गुरु ने बताया था—जो जानवर किसी तरह काबू में न आए उसके लिए अफीम!

अफीम का चरनामरित या दूध का? पहचान सकते हैं आप—देखकर? सूँघकर? चखकर?

बिसराम के हाथ-पैर में सनसनाहट होने लगी है। वह झोले से तली हुई मछलियों की पोटली और बोतल निकालता है। दिल इतनी तेजी से क्यों 'धड़धड़ा' रहा है? जैसे डाकगाड़ी का इंजन!

बत्ती तेज करके लालटेन सिरहाने टाँग लेता है बिसराम!

अचानक विमली को लगता है उसके सीने पर वजनी पत्थर रख दिया है। लेकिन लाख कोशिश के बावजूद पलकें उठतीं नहीं। जैसे मनों बोझ लद गया हो।

ऐ! क्या हो रहा है? झोंपड़ी हिल रही है या खटिया? मुँह नोच लेगी वह। आँखें फोड़ देगी। लेकिन हाथ-पैर में जुम्बिस क्यों नहीं होती?

बिसराम के शरीर में बाघ की ताकत आ गई है। डाकगाड़ी का इंजन—झक! झक! झक! झक!

बप्पा रे ए-ए! वह चीखना चाहती है लेकिन सिर्फ गों-गों करके रह जाती है। कोई वश नहीं। जैसे अतल समन्दर में डूबी जा रही हो।

एक युग बीत गया हो जैसे। विमली को ठंडक लगती है। आँखें खुल जाती हैं। शरीर अभी पूरी तरह वश में नहीं है। रजाई नीचे गिरी है। सिरहाने लालटेन जलती जा रही है। कपड़े अस्त-व्यस्त! पूरा शरीर टूट रहा है।

खटिया से नीचे उतरती है वह। पैर सीधे नहीं पड़ रहे हैं। वह कपड़े ठीक करती है।

खाली बोतल नीचे लुढ़की पड़ी है। मछली के काँटे! बीड़ी के टोंटे! पूरा बंडल खतम किया है शायद! दीवार पर थूकी गई पान की चार-पाँच पीकें!

कुत्ते की चाटी 'चरनामरित' की हाँड़ी औंधी पड़ी है, लालटेन रह-रहकर भभक रही है।

चेतना आते ही उसे रुलाई छूटने लगी है—धोखा! छल! कहाँ-कहाँ से किन-किन खतरों से बचाती आई थी वह परायी अमानत! कितने बीहड़? कितने जंगल? कितने जानवर? कितने शिकारी! और मुकाम तक सुरक्षित पहुँचकर भी लुट गई वह! मेंड़ ही खेत खा गई छल से! ऐसी बेहोश कर देनेवाली नींद आई कैसे? उसकी खुद समझ में नहीं आ रहा है।

अपनी आन-बान से जीनेवाली 'मादा' यहाँ 'मिट्टी' कर दी गई जबरन! लाड़-प्यार से नाकाम, छुई-मुई, पढ़वैया लड़की है वह? कि चुपचाप जला दी जाएगी? मार दी जाएगी? उसके खून में मेहनत की आँच है। उसे कोई 'दासी' बनाकर रख पाएगा?

सहसा रुलाई गायब हो जाती है। बुझी-बुझी आँखों में चमक उभरती है। क्रमश: दीप्त होती चमक! बिल्ली की आँखों की चमक देखी है कभी अँधेरे में? नीली चमक! जलती आँखें!

झोंपड़ी के एक कोने में खूँटी पर मिट्टी के तेल की बोतल लटक रही है। बोतल उतारकर वह ताखे से माचिस उठाती है और बिसराम की मँड़ई की तरफ लपकती है। उसकी आँखों में मँड़ई के अन्दर खटिया पर बेसुध पड़ा बिसराम का काला अधनंगा शरीर नाच रहा है। युगों की भूख मिटाकर बेखबर सोया पड़ा तृप्त-सन्तृप्त दैत्य! खुले मुँह से बहती पीक की धार? गन्दा तन-गन्दा मन!

सारी गन्दगी, बदबू, छल और धोखा जलाकर राख कर देगी वह। और कोई राह नहीं।

अँधेरी मँड़ई! बाध पर गिरते तेल की आवाज ने बताया—खटिया सूनी है। छूकर देखती है। कोई नहीं। कथरी सिरहाने रखी हुई है। कहाँ गया? निराश हाथों से बोतल और माचिस छूट जाते हैं। अब?

पौ फटने लगी है। रुलाई बार-बार उमड़कर गले में फँस रही है। तो क्या इसी नरक में आगे भी? न, अब एक पल भी नहीं रुक सकती वह यहाँ। अपने आदमी का पता उसके पास है और गौने में साथ लाए टिन के बक्से में उसकी गिरस्थी। झोंपड़े में लौटकर वह जल्दी-जल्दी सब

कुछ समेटती है और बाहर निकल पड़ती है। कैसा होगा कलकत्ता शहर! उस शहर में उसका आदमी? उसने तो कभी यहाँ का रेलवे स्टेशन तक नहीं देखा। गाड़ी की सीटी और गड़गड़ाहट से केवल दिशा का अन्दाजा लगाती थी।

शिव हो! शिव हो!

इस बार आवाज ज्यादा साफ है।

पुजारी जी उठकर झरोखे से झाँकते हैं। सामने शिवाले की सीढ़ियों पर कोई छाया लेटी है। 'पट' खोलने के पहले वे आश्वस्त हो जाना चाहते हैं। इस गाँव के लोगों का विश्वास नहीं। मौका पाने पर दिन में ही टाठी-लोटा तक पचा जाने को तैयार! रात की तो बात ही दूसरी है।

"कौन?"

जय शंकर! जय शंकर!

जानी-पहचानी आवाज! पट खोल देते हैं। टॉर्च की रोशनी में देखते हैं—साष्टांग लेटा भक्त बिसराम! बिसराम उठकर पुजारी जी के चरण छूता है।

गद्गद हैं पुजारी जी! लंका में विभीषण! इस आदमी में भक्ति-भाव कितनी जल्दी कितने गहरे पैठ रहा है। साँझ को भी बार-बार भेजने पर 'परसाद' लेकर घर जाते-जाते नौ बजा दिया था। फिर लगता है आधी रात से ही 'चरनों' में हाजिर हो गया। बड़ी देर से उनके उनींदे कानों में आवाज पड़ रही थी।

पुजारी जी बिसराम को उठाकर गले से लगा लेते हैं। फिर आकाश की तरफ देखकर रात का अन्दाजा लगाने की कोशिश करते हैं। पौ फटने में अभी कुछ कसर है।

वे बाती जलाकर उजाला करते हैं।

बिसराम पुजारी जी की आसनी के पैताने बैठकर अपने मन की दशा बताता है। शंकर भगवान के चरणों को छोड़कर और कहीं मन नहीं लग रहा है बाबा! बड़ी बेचैनी है। बहू को परसाद देकर सोने की कोशिश की। लेकिन बड़ी देर तक नींद नहीं आई। जरा सी झपकी लगी थी तो बड़ा खराब सपना! देखा कि मेरी झोंपड़ी के बीचोंबीच जमीन पर लक्ष्मी जी बिराज

रही हैं। सोने के गहनों से लदी काया! कि अचानक कहीं से एक काली डरावनी-सी राक्षसी काया आकर उन्हें घेर लेती है। लक्ष्मी जी 'अलोप' हो जाती हैं। बचता है खाली अन्धकार! हड़बड़ाकर आँख खुली तो लगा कोई काली-सी छाया मेरी झोंपड़ी से निकलकर अँधेरे में समा गई है। तब से चित्त 'थिर' नहीं हो रहा है। लक्ष्मी का इस तरह घर छोड़कर जाना। क्या मतलब है इस सपने का?

पुजारी जी मन्द-मन्द मुस्कराते हैं, "लगता है साँझ के गाँजे का नशा भक्त बिसराम के 'बरम्हांड' तक चढ़ गया है। तभी ऐसी बेचैनी होती है। घबड़ाने की बात नहीं। धूनी-आरती के बाद 'जोग-मुद्रा' में बैठूँगा तो 'विचार' लगाऊँगा।"

आरती की घड़ी-घंटा, डमरू और शंख सम्मिलित ध्वनि शिवाले पर गूँजी तो गाँव की सीमा छोड़ती विमली ने बक्सा नीचे रखकर दोनों हाथ जोड़कर सिर झुकाया—आगे तुम्हीं साथी-सहारे हो प्रभु!

आरती के बाद उपस्थित भक्तों के सामने आज पहली बार भक्ति-भाव में तन्मय होकर दोहे-कवित्त-भजन सुनाया बिसराम ने—

बकरी पाती खाती है, ताकी खैंची खाल।
जे नर बकरी खात है, ताकी कौन हवाल॥

पुजारी ने भविष्यवाणी की कि साधना जारी रही तो भक्त बिसराम अच्छा 'भजनीक' बनेगा।

शिवाले पर बैठे-बैठे काफी समय तक किसी 'अनहोनी' का इन्तजार करता रहा बिसराम! अफीम का नशा टूटते ही कोहराम मचा सकती है। लेकिन एक घंटा दिन चढ़ने के बाद भी कहीं कुछ सुनाई नहीं पड़ता तो उसे अपना भय बेमानी लगने लगता है। घर लौटने में कोई हर्ज नहीं।

लेकिन झोंपड़ी के पास पहुँचते-पहुँचते कदम अपने-आप धीमे पड़ने लगते हैं। जाने पतोहू का कौन-सा रूप देखने को मिले? दिल धड़क रहा है...लेकिन क्यों? वह तो करीब-करीब सारी रात शिवाले पर बिताकर लौट रहा है। शाम को आया तो परसाद देकर फिर लौट गया बिना खाए-पिए। अगर कोई ऐसी-वैसी बात हुई है तो इसका मतलब पतोहू की मरजी से ही

कोई घुसा होगा झोंपड़ी में! जब तक यह अन्दर से दरवाजा नहीं खोलती, कोई कैसे घुस सकता है! मायके से ही इस मायने में बदनाम रही है।

झोंपड़ी का दरवाजा तो चौपट खुला है। सन्नाटा! चूड़ी तक की आवाज नहीं। वह अन्दर झाँकता है। कोई नहीं! ऐं! बक्सा गायब है बहू का। कहाँ गई? वह बाहर निकलकर अगल-बगल और पिछवाड़े का एक चक्कर लगाता है। भाग गई? कहाँ गई होगी?

उसका आत्मविश्वास पूरा-पूरा लौट आया है। जोर से साँस खींचकर फेफड़ों में हवा भरता है। पतोहू का भागना तो गुस्सा करने की बात है। रात झोंपड़ी में कुछ खटर-पटर तो सुना था उसने। किसी को निकलते भी देखा था। पर इतनी दूर तक नहीं सोच पाया...ओ! खाली हाथ नहीं, उसकी मेहरारू का गहना-गीठी भी खोदकर ले गई है। डेढ़ किलो चाँदी के गहने, दस चाँदी के रुपए महारानी विक्टोरिया के जमाने के। एक सोने की मुहर! सब कुछ हाँड़ी में रखकर जमीन में गाड़ा गया था...वह दौड़कर अपनी मँड़ई से कुदाल लाता है और झोंपड़ी का एक कोना तेजी से खोदने लगता है। यहीं से ले गई खोदकर।

फिर कुदाल छोड़कर वह हाथ-पैर की धूल झाड़ता है और बाहर जाकर 'हल्ला' करने लगता है—दौड़ो रे भइया! अरे जगेसर भाई! ललई काका! ई तो हरजइया निरधन करके भाग गई हो। हे भगवान! कहाँ दौड़ी? केका गोहराई?

का भवा? का भवा? एक-एक करके इकट्ठा होने लगे हैं टोले के औरत-मर्द-बच्चे! थोड़ी देर में पूरे गाँव में हल्ला हो जाता है।

"बिसराम की पतोहू भाग गई, किसी के साथ!"

"हाँ, बिसराम ने रात किसी को झोंपड़ी से निकलते देखा था। सोचा बहू दिशा-मैदान के लिए निकली होगी।"

बिसराम लोगों को वह जगह दिखा रहा है जहाँ से गहना खोदकर ले गई है पतोहू! कुदाल अभी तक वहीं पड़ी है। गहने के अलावा दस चाँदी के रुपए और एक सोने की मुहर! तब तक लोगों की नजर दूसरे कोने पर जाती है। लालटेन अभी भी धीमी लौ में जल रही है...एक औरत के पैर में मछली का काँटा गड़ गया। खटिया के नीचे दारू की खाली बोतल। जली

बीड़ी के अँजुरी-भर टोंटे। पान की पीक से रँगी हुई दीवार। अब किसी को और कुछ बताने की जरूरत है? खुला खेल हुआ है रात-भर! बिसराम ससुर शिवाला रखा रहे हैं और कथा सुन रहे हैं, यहाँ असली कथा हुई है रात-भर। इसकी खबर नहीं।

पूरा गाँव झोंपड़ी के अन्दर का दृश्य देख लेना चाहता है। एक निकलता है तो दस घुसना चाहते हैं।

दुआर पर रखे पुआल की गँजहर से टेक लेकर, दोनों हाथों से सिर थामे बैठा है बिसराम। सैकड़ों सवाल! जो भी आता है, नए सवालों के जवाब चाहता है।

टुकड़े-टुकड़े में किस्से के सिरे निकलते हैं दुखिया बिसराम के मुँह से। एक किस्सा हो तो बताए कोई! नैहर में तो इसके पीछे रोज एक किस्सा तैयार होता था। इतने किस्से पीछे छोड़कर आई थी कि बताने लगे तो पूरी रामायण बन जाएगी। अब तक तो इज्जत का खयाल करके चुप रहता था बिसराम। अब क्या रह गया छिपाने को। एक डरेवर था टरक का। उसके साथ कई बार गई थी झरिया-धनबाद घूमने। एक और छोकरा था। मेला घुमाने ले जाता था। एक मिस्त्री था, गहने गढ़ा-गढ़ाकर पहनाता था। बिसराम ने सोचा था, आँख ओट पहाड़ ओट। साथ छूट जाएगा तो सारा किस्सा अपने-आप खत्म हो जाएगा। सपने में भी नहीं सोचा था कि लोग यहाँ तक धावा बोलेंगे। भगवान जाने कौन-कौन कब से आता था! नैहर से भाग जाती तो कम-से-कम बिसराम की और इस गाँव की नाक तो न कटती!

गाँव की नाक! इस तरफ तो किसी ने ध्यान ही नहीं दिया। गाँव की नाक काटकर भाग जाएगा कोई और गाँव के लोग चुपचाप देखते रह जाएँगे?

किधर गई होगी? नैहर? किसी के साथ भागेगी तो नैहर क्यों जाएगी? गाड़ी पकड़ेंगे लोग, या बस। रेलवे स्टेशन और बाजार की बसों की तलाश होनी चाहिए। अगर रात वाली गाड़ी से निकल गए होंगे तब तो गए हाथ से। अगर दस-बजिया गाड़ी पकड़ने की ताक में होंगे तो बचके नहीं जा सकते।

बात की बात में आठ-दस साइकिलें निकल आती हैं। दो गोल बन गई

है। एक गोल बसों और टैक्सियों में खोजेगी, बाजार में। दूसरी गोल रेलवे स्टेशन देखेगी। एक-एक साइकिल पर दो-दो, तीन-तीन लोग।

तब तक एक औरत की नजर बिसराम की मँड़ई के नीचे लुढ़की मिट्टी तेल की बोतल और तेल से गीले माचिस पर पड़ती है। खटिया के बाध और सिरहाने रखी कथरी पर मिट्टी का तेल गिरा है। एक बार फिर पूरी भीड़ मँड़ई को घेरती है।

बिसराम भी उठकर आ जाता है। इसका मतलब शंकर भगवान ने ही उसके प्राण बचाए! भोर में ही वह शिवाले पर नहीं गया होता 'आरती' करने तो इस समय उसकी जली हुई लहास ही दुनिया देख रही होती। शिव हो! शिव हो!

ऐसी खतरनाक जनाना तो आज तक इस गाँव में नहीं आई थी भाई!

औरतों में चरित-चर्चा चल रही है, किस-किस औरत ने कब-कब गाँव की नाक काटनेवाला काम किया था। किसको सन्देह था इस औरत की बदचलनी पर।

गायें-भैंसे खूँटे पर रम्भा रही हैं। उन्हें खोलकर चराने ले जानेवाला कोई नहीं है। छोटे बच्चों को इस तमाशे में कोई रुचि नहीं, लेकिन उन्हें रोटी-पानी देनेवाला कोई नहीं है। गाँव में तरकारी-भाजी सिर पर लादकर बेचनेवाली मुराइनों का सौदा लेनेवाला कोई नहीं है। सभी बिसराम के दरवाजे पर। दूर-दराज घरों की औरतें बिसराम के टोले की औरतों की 'बकलेली' पर तरस खा रही हैं। इतनी बड़ी बात सूँघ नहीं सकी कोई। उल्टे बिसराम को ही बदनाम करनेवाली उल्टी-सीधी खबर उड़ाती थी मनतोरिया की माई।

"अरे, मनतोरिया की माई भी तो अपनी भरी जवानी में पूरे गाँव को न्योतती घूमती थी। अपना 'पच्छ' सभी को भाता है।" डीजल की महतारी हाथ फेंककर अचानक आवाज ऊँची कर देती है।

"टोलेवालों के ताने सुनते-सुनते बिसराम के दिल में घाव हो गया था। झूठा अकलंक। बेचारे ने रात-दिन एक करके अपने सोने के लिए अलग मँड़ई तैयार किया।" बाल-विधवा बिरजा कहती है।

"वही तो गलती हुई!" डीजल की महतारी चीख-चीखकर बोलती है, "न झूठा अकलंक मनतोरिया की माई लगाती, न बिसराम दूसरी मँड़ई

छवाता, न बहू को खुलकर खेलने का मौका मिलता, न आज गाँव की नाक आधे पर से कटती!"

डीजल की महतारी मनतोरिया की माई का नाम 'साानना' नहीं भूलेगी। जहाँ पिछले साल मनतोरिया के छोटे भाई का बियाह हुआ है वहाँ डीजल की शादी दो साल पहले से तय थी। इसी औरत ने डीजल का रिस्ता कटवाकर अपने लड़के का रिस्ता जोड़ लिया। बियाह में मिली मुर्रा भैंस जब तक मनतोरिया की माई के खूँटे पर रहेगी डीजल की माई का कलेजा ठंडा कैसे हो सकता है? दस किलो दूध देनेवाली भैंस। वह पूरे विश्वास के साथ दावा करती है कि बिसराम की पतोहू को भगाने में मनतोरिया की माई का हाथ है। अभी खाना-तलासी ली जाए तो पतोहू गहना और 'गुंडा' समेत इसी के घर से बरामद हो सकती है। लोग झूठ-मूठ टेशन-बाजार खोजने गए हैं।

मनतोरिया की माई अभी-अभी ही बिसराम के दरवाजे से गई है बहुत जरूरी-जरूरी काम निपटाने। पहुँचानेवालियाँ तुरन्त उसके कानों में सारी बात पहुँचाती हैं। वह काम-धाम छोड़कर दौड़ती है। लेकिन डीजल की माई को भी झगड़ने का पुराना अनुभव है। आमने-सामने लड़ने का कायदा नहीं। वह खिसक जाती है।

बिसराम थोड़ी-थोड़ी देर बाद सिर उठाकर 'शिव हो, शिव हो', कहता है और फिर झुका लेता है। अब तमाशे में कोई दम नजर नहीं आता। लोग एक-एक करके खिसकने लगे हैं!

सहसा हवा के झोंके पर चढ़कर खबर आती है—पकड़ी गई पतोहिया रेलवे-टेशन पर। जाने कहाँ छिपी बैठी थी। गाड़ी आते ही लपककर चढ़ी। गाड़ी से उतारकर ला रहे हैं लोग। खबर मिलते ही चौंककर खड़ा हो जाता है बिसराम, "खबरदार! जो मेरी डेहरी के अन्दर कदम रखा हरामजादी ने।"

आगे-आगे मरी चाल से सिर झुकाए, हाथ में बक्सा लटकाए चलती पतोहिया और तीन तरफ से घेरकर चलते खोजी दल के सूरमा। पीछे-पीछे आधा गाँव। याद नहीं पड़ता कि ऐसा तमाशा पिछले कई बरसों में गाँववालों को देखने को मिला हो।

झोंपड़ी के दरवाजे पर हाथ-पैर फैलाकर खड़ा हो गया है बिसराम। अन्दर का रास्ता हमेशा के लिए बन्द। ससुर-पतोहू का नाता खतम!

“जुठारी हुई चीज। दागी जिन्स। बाहर बैठाओ।”

“इसका भतार नहीं पकड़ में आया?” बिसराम पूछता है, “दूसरा कौन था साथ में?”

“और तो कोई नहीं था।”

“रहा कैसे नहीं। बगल में या सामने साँवला-सा नौजवान, मूँछ वाला?”

“हाँ-हाँ। सामने की सीट पर एक नौजवान बैठा था। मूँछ भी थी। पूछता था, क्यों पकड़ रहे हो औरत को?”

“वही-वही!” बिसराम बताता है, “वही डरेवर। पुराना यार इसका। उसको साले को काहे छोड़ दिया? इसके साथ उसका मूँड़ भी मुँड़ाकर गधे की सवारी...”

पतोहू बीच दुआर पर बैठ गई है। गाँव की औरतें उसके गिर्द घेरा बनाकर बैठ रही हैं। एक बार फिर से मेला लग गया है। बिसराम हाथ जोड़कर गाँववालों के सामने सवाल रखता है। पाँच पंच बताएँ कि उसके लिए क्या हुकुम होता है। चार-चार अधेड़ बुजुर्ग सलाह करते हैं। फिर तय होता है कि शाम को बिसराम के दरवाजे पर पंचायत बैठेगी पूरे गाँव की। उसी में तय होगा कि गाँव की नाक काटनेवाली जनाना को क्या सजा दी जाए।

सहसा बिसराम को कुछ याद पड़ता है। वह लपककर पतोहू के बक्से की साँकल झटककर उखाड़ देता है, “मेरी मेहरारू के गहने?” अन्दर की चीजें उलट-पलट डालता है, “गहने कहाँ गए मेरे? रुपए? मुहर?” वह पतोहू के बाल झिंझोड़ने लगता है।

पतोहू झटके से उठकर खड़ी होती है, “खबरदार! कुत्ता, दाढ़ीजार, जो दुबारा हाथ लगाया मेरी देह पर। कच्चा चबा जाऊँगी।”

बाप रे! सहमकर पीछे हट जाता है बिसराम। औरतों का झुंड पतोहू को खींचकर बैठा लेता है, “जरा तेहा देखो! इतने में भी लाज-शरम का लेश नहीं।” पतोहू पागलों की तरह आँख फाड़कर ताक रही है। बिखरे-खुले बालों को सँभालने की जरूरत नहीं समझती।

बिसराम हटकर अपनी जगह पर बैठ गया है। पतोहू को ढूँढ़कर लानेवाले लोग जीतकर भी हारा हुआ महसूस करने लगे हैं। गहना, रुपया

तो ले गया डरेवर सार! 'इज्जत' रात में ही ले लिया...उस समय किसी के दिमाग में आई नहीं यह बात। सारे-के-सारे नए लौंडे। लड़की पाकर ही 'बोहाल' हो गए।

गाँव की औरतें पतोहिया के मुँह से सारा 'असली किस्सा' सुनना चाहती हैं। कब से आता था डरेवर यहाँ? कहाँ छिपाकर रखती थी दिन में? एक औरत ने आँचल के खूँट में बँधा टिकस ढूँढ़ लिया। किसी पढ़वैया लड़के को बुलाओ तो पढ़कर बताए।

पतोहू की तरफ से कोई जवाब न पाकर औरतों को चिढ़ हो रही है। आजकल की लड़कियों को महीना-खाँड़ भी सबर नहीं। पैदा होते ही भतार चाहिए। इसी को कहते हैं कलजुग, बहिनी।

विमली को आनने के लिए आता उसका बाप साँझ का झुटपुट होते-होते गाँव की सिंवार में पहुँचता है। खेतों में काम करनेवाले एक छोड़ दस लोग उसकी बेटी की कलंक-गाथा सुनाने के लिए घेर लेते हैं। सुनकर कान बन्द कर लेता है विमली का बाप। विमली की माँ सामने होती तो लात-जूतों से हीक-भर मारने से शायद कलेजे की जलन कुछ ठंडी होती। विदाई से पहले वह इसी चिन्ता में रात-दिन डूबता-उतराता रहता था। विदा किया तो लगा छाती से पहाड़ टल गया। कौन जानता था कि भट्ठे पर सीखा 'गुन' यहाँ आकर दिखा देगी। डरेवर, साला, हरामजादा, एकरी बहिनी क...

अब क्या मुँह लेकर आगे बढ़े वह। कालिख पुता मुँह। ऐसी बेटी का मुँह देखने से भी 'महापाप' चढ़ेगा। अब कौन किसकी बेटी, कौन किसका बाप! पंच लोग पा गए पंचायत में तो सिर पर जूते रखवाएँगे।

अँधेरे का फायदा उठाकर वह उल्टे पैरों लौट पड़ता है।

अँधेरा होते ही गाँव के लोग पंचायत के लिए जुटना शुरू हो जाते हैं। तेरस की रात फरियाने के साथ पंचायत जम जाती है। यह पंचायत जातीय पंचायतों से अलग है। जातीय पंचायत एक जाति की होती है। उसी जाति के पंच, उसी के सरपंच। यह पंचायत समाजी है। पूरे गाँव-समाज की। इसमें सभी जाति के पंच हैं।

किसी और का मामला होता तो जातीय सरपंच बिसराम चुना जाता लेकिन आज तो वह फरियादी है। बोधन महतो—जो बिसराम के स्वजाति

हैं—सरपंच चुने गए हैं। डीजल का बाप खास पंच। शिवाले के पुजारी जी ने पंच बनना मंजूर नहीं किया। वे गृहस्थ नहीं हैं, बाल-ब्रह्मचारी हैं। लेकिन जरूरत पड़ने पर अपनी बात रख सकते हैं। इसके अलावा बाकी लोगों को भी सवाल उठाने और अपनी बात रखने की आजादी है।

बच्चे मर्दों के बीच में ही टाट पर इधर-उधर घुसे हैं। औरतें तनिक हटकर अलग गोल बनाकर बैठी हैं लेकिन इतना सटकर कि एक-एक सवाल जवाब साफ-साफ सुनाई पड़े।

चारों कोनों पर चार मशालची मशाल लेकर खड़े हैं। बीच में एक 'चलता' मशालची। जो भी बोलने के लिए उठता है, 'चलता' मशालची हाथ बढ़ाकर मशाल बोलनेवाले के चेहरे की तरफ कर देता है। पंचायत का मुद्दा जग जाहिर है फिर भी रिवाज के मुताबिक बिसराम पंचों के बीच में खड़ा होता है। कन्धे पर पड़ा अँगोछा माथे लगाकर पंचायत को 'शीश' झुकाता है और अरदास करता है, "पंचो! पंचायत के बीच में जो जनाना बैठी है, मेरी पतोहू है सो आप सभी जानते हैं। मेरा लड़का 'परदेस' है। गौना कराने की कोई जल्दी नहीं थी। लेकिन लड़की के बारे में इसके नैहर से जो खबर मिलती थी उसे सुन-सुनकर कान पक गए थे। यह सोचकर कि नैहर छूटेगा तो सब ठीक हो जाएगा, गौना करा लिया। यहाँ आने पर गलत-सही बात देखने पर टोका-टाकी शुरू की तो मेरे टोले के लोगों ने मेरी ही गलती निकालना शुरू कर दिया। सो भी आप लोग थोड़ा-बहुत सुने होंगे। पाँच पंच की बात सुनकर मैंने अलग मँड़ई तैयार किया। लेकिन यहीं गलती हो गई। नजर से दूर होने का नतीजा हुआ कि पतोहू हाथ से बेहाथ हो गई। डरेवर के साथ पहली बार नहीं भागी है यह। मेरी मरी मेहरारू का गहना-गुरिया हाथ से गया, इसकी चिन्ता नहीं है मुझको। जाँगर रहेगा तो फिर कमा लूँगा। लेकिन इज्जत पर बट्टा लगा दिया, मेरे साथ-साथ गाँव की इज्जत पर। उसका क्या होगा? अब सारा मामला पंच के सामने है। जो चाहे उसको सजा दें। जो चाहे मुझको। हाँ, मेरा कसूर है कि मैं कथा-कीर्तन में रमा रहा। इसे 'रखा' नहीं पाया। चौकीदारी नहीं कर पाया। वैसे हम ई जरूर कहेंगे कि कथा-कीर्तन के कारण ही मेरी जान बच गई। नहीं तो अब तक मेरी जली हुई लहास पंचों के बीच में होती।"

बिसराम हाथ जोड़कर अपनी जगह पर बैठ जाता है। थोड़ी देर के लिए सन्नाटा हो जाता है। सबकी नजर फिर एक बार औरतों की गोल में बैठी पतोहू की तरफ उठती है। लेकिन चाँदनी में ज्यादा साफ नहीं दीखता।

सरपंच बोधन महतो बोलते हैं, "पतोहू को पंच के बीच में खड़ा किया जाए।"

दो-दिन औरतें बाँह पकड़कर पतोहू को बीच में लाती हैं। मशालची मशाल आगे कर देता है। पतोहू सिर उठाकर खड़ी होती है, कोई लाज नहीं! कोई डर नहीं! सिर पर आँचल नहीं। पूरी पंचायत को ठोकर मारती नजरें। यह बात सबको खलती है।

"देखो लड़की! तुम पंच के बीच में खड़ी हो। पंच के बीच माने भगवान के बीच। यहाँ न कोई किसी का हितू है, न मुद्दई। यहाँ जो भी बोलना होगा, सच-सच बोलना होगा। भगवान को हाजिर-नाजिर जानकर बोलना होगा। मंजूर?"

स्वीकृति में सिर हिलाती है पतोहू।

"तुम घर से किसके साथ भागी? काहे भागी?"

"किसी के साथ नहीं। अकेली भागी। अपने आदमी के पास जा रही थी—कलकत्ता।"

"तब गहना-रुपया किसको दे दिया सास का?"

"मैंने कोई गहना-रुपया नहीं खोदा। यह सब झूठ है।"

"झूठ है? रात तेरे साथ कोई आदमी था झोंपड़ी में। दारू पी गई। मछली खाई गई। क्या यह भी झूठ है?"

"यह सच है?"

"तू मिट्टी के तेल की बोतल और माचिस लेकर बिसराम की मँड़ई में गई थी, यह सच है कि झूठ है?"

"सच है?"

"क्यों गई थी?"

"गई थी इसे मिट्टी का तेल डालकर फूँकने।"

"काहे?"

"क्योंकि रात मेरी झोंपड़ी में दारू पीनेवाला, मछली खानेवाला और

मेरे साथ मुँह काला करनेवाला जानवर यही था। मैं इसे जिन्दा जलाना चाहती थी लेकिन यह बच गया। अब मैं इसका कच्चा मांस खाऊँगी।"

पतोहू बिसराम की तरफ लपकती है। थोड़ा हो-हल्ला होता है। लोग उसे पकड़कर बैठा देते हैं। पंचायत में भनभनाहट होने लगती है।

बिसराम को अब डरने की जरूरत नहीं। वह हाथ जोड़कर खड़ा होता है—"पंचों से मेरी अरदास है। यहाँ पर शिवाले के पुजारी बैठे हैं। पंच उनसे पूछ सकते हैं। रात दस-ग्यारह बजे तक तो मैं 'कथा' में व्यस्त रहा शिवाले पर। फिर घर आया। खाना खाकर जरा कमर सीधा किया। ठीक से झपकी भी नहीं आई और फिर सीधे शिवाले की सीढ़ियों पर जाकर पड़ गया। आधी रात को बाबा जी उठे तो मुझे सीढ़ियों पर पड़ा पाया। मैंने इसके साथ मुँह काला कब कर लिया? मछरी कहाँ बैठकर पकाया? दरवाजा तो यह अन्दर से बन्द करके सोती है? उसे कब कैसे खोल लिया? और यह सब हुआ तो हल्ला-गुल्ला क्यों नहीं किया?"

पुजारी जी ने सिर हिलाकर समर्थन किया, "दो-तीन घंटे मुश्किल से शिवाले से हटा होगा बिसराम। बल्कि सपने की चर्चा भी उसने की थी। सबेरे आरती कराई, भजन सुनाया। पंचों के लिए सचमुच सोचने की बात है।"

"तू झोंपड़ी अन्दर से बन्द करके सोती है। बिसराम बाहर मँड़ई में सोता है। फिर वह अन्दर कैसे घुसा?"

"वह परसाद लेकर शाम को आया। मैंने परसाद 'ग्रहन' किया। फिर मुझे आलस आ गया। नींद आने लगी। मैं बिना दरवाजा बन्द किए लेट गई।"

"ताज्जुब की बात! लेकिन जब तेरे साथ गलत काम होने लगा तब भी तेरी नींद नहीं टूटी।"

"जरा-सी टूटी थी लेकिन आँख खुलती ही नहीं थी। जैसे नशा चढ़ा हुआ था।"

"हुँह! नशा चढ़ा था। तो इतनी जल्दी उतर गया नशा! बताइए भला! यह विश्वास की बात है! औरत के साथ ऐसा-वैसा काम हो और उसकी नींद न टूटे! ऐसा कलजुगी बयान!"

"और मछली कहाँ पा गया बिसराम? वह तो दिन-भर शिवाले पर था।" इसका क्या जवाब दे पतोहू?

बाल-विधवा बिरजा बैठी सोच रही थी अगर वह कह दे कि मछली का चिखना तो उसी से बनवाया था बिसराम ने। शिवाले से लौटते समय लेते हुए आया था—तो? अभी सारी पंचायत उलट जाएगी...लेकिन तब उससे भी पूछा जा सकता है, कितने साल से वह बिसराम का चिखना बनाती रही है? आगे से चिखना बनाना बन्द हो जाएगा सो अलग।

मनतोरिया की माई से नहीं रहा जाता। वह उठकर खड़ी हो जाती है—"एकदम ठीक बोलती है पतोहू! मैं गवाह हूँ। एक दिन मैं खुद गई थी इसकी झोंपड़ी में। वही दारू की बोतल। वही बीड़ी के टोंटे। पुराना पापी है बिसरमवा। महागीध। घटियारी शुरू से इसके मन में बसी है।"

"किसकी औरत है यह? जनाना की जात, बिना बुलाए कैसे कूद पड़ी बीच में? कौन है इसका आदमी?"

कुछ लोग मनतोरिया की माई को डाँटकर बैठा देते हैं। फिर विचार-विमर्श होने लगता है। अगर शुरू से घटियारी की बात मान लें तो आज तक पतोहू ने मुँह क्यों नहीं खोला कभी?

बिसराम फिर भयभीत होता है। वह हाथ जोड़कर खड़ा होता है।

"पंचो! मेरी पतोहू को बिगाड़ने में इसी औरत का हाथ है। मनतोरिया की माई का। पतोहू से सवाल किया जाए कि क्या डरेवर वाला किस्सा झूठा है? कुइसा मिस्त्री का गहना-गुरिया गढ़ाना झूठा है? टैक्ट्रर चलानेवाले लड़के के साथ मेला देखना झूठा है?"

फिर सवाल? सवाल पर सवाल।

पतोहू एक-एक सवाल का जवाब देती है। डरेवर भट्ठे पर आता है। वह उसे खाना बनाकर खिलाती थी। इसके आगे और कोई बात नहीं। बिल्लर ट्रैक्टर चलाता था। मेला देखने वह अकेले नहीं भट्ठे की सारी औरतों के साथ गई थी। कुइसा मिस्त्री की जनाना नहीं है। उसे जनाना की तलाश है। लेकिन उसके बाप के साथ कोई सौदा हुआ था इसकी जानकारी उसे नहीं है। गहना-गुरिया उसने अपनी कमाई से बनवाया है।

कुछ भी हो, लेकिन बदनाम रही है पतोहू मायके में, यह बात साबित होती है। फिर उसका बयान भी यकीन के काबिल नहीं कि नींद के मारे वह बिना किवाड़ बन्द किए सो गई और 'ऐसी-वैसी' बात होने पर भी उसकी

आँख नहीं खुली। और रात में ऐसी नींद में मतवारी हो रही थी तो सबेरे बताती। भागी काहे? बिसराम को मछरी कहाँ से मिल गई? गहने खोदे गए और पतोहू के पास नहीं मिले तो जरूर कोई साथ था जो लेकर भाग गया। गाड़ी में एक नौजवान ने टोका-टाकी भी किया था गाँववालों के साथ।

रात आधी से ज्यादा बीत गई है। चन्द्रमा सिर के ऊपर आ गया है। छोटे बच्चे महतारी के कोरे में सो रहे हैं। बड़े बच्चे टाट पर इधर-उधर पड़े हैं। सब इस लालच में जुटे थे कि पंचायत खत्म होने पर सबको गुड़ खाने को मिलेगा।

काफी देर बाद पंच इस नतीजे पर पहुँचते हैं कि पतोहू का ससुर पर लगाया गया आरोप बेबुनियाद है। पतोहू ने रात अपने यार को बुलाया था। उसके साथ दारू पिया। मछली खाई। मुँह काला करवाया। गहना खोदकर निकलवाया और सबेरे भागते-भागते ससुर को फूँक जाना चाहती थी कि पीछे कोई ढूँढ़नेवाला न बचे। अब इसकी क्या सजा दी जाए, यह सोचना है।

पुजारी जी बताते हैं—वेदों में कई तरह की सजाएँ लिखी गई हैं। लाल मिर्च की बुकनी भरने की सजा। लछिमन जी ने तो इससे छोटी गलती पर नाक-कान दोनों काट लिये थे। अभी-अभी एक वेद वे हरिद्वार से लाए हैं। उसमें लिखा है—बाल-ब्रह्मचारी की सेवा से भी 'परासचित' होता है।

सजा की तजवीज में हल्ला-गुल्ला तेज हो जाता है।

थोड़ी देर बाद पुजारी जी फिर कहते हैं कि अगर पहली गलती का ध्यान रखते हुए पंच सुधार का मौका देना चाहें तो छह महीने के लिए शिवाले पर झाड़ू लगाने की सजा देना काफी रहेगा।

लेकिन इधर किसी का ध्यान नहीं है। पुजारी जी को लगता है कि लोग जान-बूझकर उनकी सुझाई गई सजा की तरफ ध्यान नहीं देना चाहते।

काफी देर तक 'विचार' होता है। अन्त में बोधन महतो खड़े होकर फैसला सुनाते हैं, "गाँव की नाक कटानेवाली, गाँव की इज्जत में दाग लगानेवाली जनाना को बेदाग नहीं छोड़ा जा सकता। अगर आगे थाना-पुलिस तक बात जाती है तो भी गाँव के लोग उसे चन्दा करके झेलेंगे लेकिन दागी जनाना को 'दाग' करके ही नैहर भेजा जाएगा।"

चारों तरफ सन्नाटा! कुत्ते तक चुप हैं।

"अब सवाल है कि दागा कहाँ जाए? तो, इसने अपने 'बियहा', अपने 'सोहाग' के साथ दगा किया है। जिस धन की इच्छा जान देकर भी करना औरत का धरम माना गया है उसे चिखना और दारू के नशे में फिरी में लुटा दिया है इस बदकार ने—बाहरी आदमी को। इसकी कोई माफी नहीं। इसके लिए तो ऐसी जगह दागना चाहिए कि न कहीं दिखाने लायक रहे न बताने लायक। लेकिन जुग-जमाना बहुत बदल गया है। सड़ा हुआ मामला भी थाना-पुलिस में जाता है तो हजार से कम में बात नहीं होती। तो बदले जमाने में सोहाग से दगा की सजा है, सोहाग की निशानी, बिन्दी-टिकुली लगाने की जगह, बीचोबीच माथे पर दगनी। जिन्दगी-भर के लिए कलंक-टीका।"

एक पल के लिए रुकते हैं बोधन महतो, "किसी को एतराज हो तो बोलो। सबको मंजूर?"

"तो आज अभी इसी पंचायत के बीच लोहे की कलछुल की डाँड़ी लाल करके दागने का काम बिसराम के जिम्मे। पतोहू की निगरानी करने में चूक हुई, इसकी सजा।"

मनतोरिया की माई से फिर नहीं रहा जाता। वह फिर लपककर बीच में आती है—"ई अन्धेर है। दगनी दागना है तो बिसराम और बोधन चौधरी के चूतर पर दागना चाहिए। कोई काहे नहीं पूछता कि बोधन की बेवा भौजाई दस साल पहले काहे कुएँ में कूदकर मर गई थी। गाँव की औरतें मुँह खोलने को तैयार हो जाएँ तो बिसराम की घटियारी के वह एक छोड़ दस 'परमान' दे सकती है। वही आदमी बेबस बेकसूर लड़की को दागेगा? और वही बोधन बड़का पग्गड़ बाँधकर दगनी की सजा सुनाएँगे? यही नियाव है? ई पंचायत नियाव करने बैठी है कि अन्धेर करने?"

मनतोरिया के बाप को इस बार सचमुच गुस्सा आ जाता है। इतने बड़े गाँव में वही सबसे कमजोर मर्द है जो उसी की जनाना भरी पंचायत में गचर-गचर बोले जा रही है? वह लपककर औरत का बाल पकड़ता है और घर-घर घसीटते हुए पंचायत से बाहर ले जाता है।

अपने आदमी को क्या कहे वह? आदमी तो आदमी। हाथी हाथी होता है। महावत महावत। चाहे कितना ही कमजोर महावत क्यों न हो!

तब तक पतोहू उठकर खड़ी होती है, "मुझे पंच का फैसला मंजूर नहीं। पंच अन्धा है। पंच बहरा है। पंच में भगवान का 'सत' नहीं है। मैं ऐसे फैसले पर थूकती हूँ—आ-क्-थू...! देखूँ कौन माई का लाल दगनी दागता है।"

वह पंचायत से निकलकर जाने लगती है। पल-भर सन्नाटा रहता है। डीजल का बाप ललकारता है, "सब लोग चूड़ी पहन लिये हैं?"

फिर 'पकड़ो-पकड़ो' की आवाजें। कई नौजवान पीछे-पीछे दौड़ते हैं। थोड़ी देर में हाथ-पैर चलाती पतोहू को सब बकरी की तरह गोद में उठाए हुए लाते हैं और बीच में बैठा देते हैं। कितनी मुलायम देह है—गुदगुदा मांस! दाब के बैठो। फिर न भागे। डरेवर साला भागकर निकल गया।

पूरी पंचायत की तौहीन। पहले गाँव की नाक कटवाई फिर पंचायत पर थूक दिया। हिजड़ों का गाँव समझ रखा है क्या?

डीजल का बाप एक नौजवान को लोहे की कलछुल और उपले लाने का हुकुम देता है। दाँव लगा तो मनतोरिया की माई की दगनी भी करके छोड़ेगा वह किसी दिन। दागने की सजा सुनकर औरतें एक-एक करके खिसकने लगती हैं।

दागने का काम नया नहीं बिसराम के लिए। जानवरों के 'जीभी', 'सहनी' रोगों में आए दिन जीभ और मसूड़े दागता रहता है। लेकिन औरतों की दगनी! पहली बार मौका मिला है।

कलछुल लाल होते ही कई नौजवान पतोहू को हाथ-पैर और सिर पकड़कर लिटा देते हैं? कसकर दबाओ। जो जहाँ पकड़े वहीं मांसलता का आनन्द ले लेना चाहता है। नोचते-कचोटते, खींचते, दबाते हाथ। पतोहू जिबह होती गाय की तरह 'अल्लाने' लगती है। सोनेवाले बच्चे जगकर रोने लगते हैं। जगे हुए बच्चे डरकर घर की तरफ भाग चले हैं।

लाल डाँड़ीवाली कलछुल लेकर आगे बढ़ता है बिसराम। इतने दिनों बाद फिर दुहराई जा रही है महाभारत की कथा—भरी सभा में लाचार औरत की बेइज्जती!

इसके कारण भी कोई महाभारत होगा क्या?

काहे भाई! ई कोई रानी-महारानी है?

मशालची मशाल नीचे झुकाता है। दागने का मन एकदम नहीं है। बिसराम का, लेकिन 'करम' का भोग तो भोगना ही पड़ेगा।

छन्न! कलछुल खाल से छूते ही पतोहू का चीत्कार कलेजा फाड़ देता है। कूदती लोथ! मांस जलने की चिरायन्ध! चीत्कार सुनकर एकाध कुत्ते भौंकते हैं, एकाध रोने लगते हैं।

चीखते-चीखते बेहोश हो गई पतोहू! लोग पीछे हटते हैं।

पंचायत टूट रही है। हवा में भोर की ठंड आ गई है। पुजारी जी भारी मन से कहते हैं—तिरिया चरित्र समझना आसान नहीं। बाबा भरथरी ने झूठ थोड़े कहा है। तिरिया चरित्रम् पुरुखष्य भाग्यम्...

बीसों सिर एक साथ सहमति में हिलते हैं।

[1987 में लिखित और जून 1987 के 'हंस' में प्रकाशित।]

■

बनाना रिपब्लिक

ठाकुर की दालान से निकला तो उसका दिल धाड़-धाड़ कर रहा था। इतनी खुशी वह कैसे सँभाले? कहाँ रखे?

घुप्प अँधेरा। ओस से गीली घास पर चलते हुए पैरों में कीचड़ सने तिनके चिपकने लगे। पहर रात बीते ही इतनी ओस! जाते समय जल्दी में एक पैर की चप्पल ढूँढ़े नहीं मिली तो वह नंगे पैर ही चला आया था। अक्सर एकाध चप्पल छोटा पिल्ला मड़हे के पीछे तक उठा ले जाता है।

खेतों के बीच पहुँचकर वह रुका। दूर जा रही दसबजिया पसिंजर के इंजन ने लम्बी सीटी मारी। फिर सन्नाटा। धान की फसल कटने से ज्यादातर खेत खाली थे। ऊपर देखा, तारों की चमक कुछ ज्यादा ही लगी। आसमान

में तारे कुछ बढ़ गए हैं क्या? इस साल अगहन में ही इतनी ठंड! अपने टोले की ओर बढ़ते हुए वह कानों पर अँगोछा लपेटने लगा।

हैंडपम्प पर पैरों का कीचड़ धोकर वह मड़ई में घुसा और जमीन पर बिछे बोरे में पैर रगड़ते हुए चारपाई पर सोए बाप को पुकारा—"बप्पा, ए बप्पा!"

कथरी में लिपटे बाप की आवाज आई—हूँ...

सो गया है, सोचकर उसने भी बगल में पड़ी चारपाई पर कथरी बिछाई और लेट गया। लेकिन इतनी बड़ी बात पेट में रखकर लेटा नहीं गया। फिर आवाज दी—"बप्पा! सो गए क्या?"

"क्या है?"

मुँह पास ले जाकर उसने कहा—"ठाकुर कहता है, परधानी लड़ जा।"

"क्या ऽ-ऽ-ऽ?"

"परधानी लड़ने को कहता है ठाकुर।"

बाप कथरी उलटकर बैठ गया। वह बाप के पैताने आ गया।

"इसीलिए बुलाया था?...कहा नहीं कि मुझे पागल कुत्ते ने काटा है जो ठाकुरों-बाभनों के गाँव में परधानी लड़ूँगा? लड़कर उनकी आँख का काँटा बनना है क्या?"

"काँटा क्यों? वे तो लड़ ही नहीं सकते। इस बार अपने गाँव की परधानी हरिजन कोटे में आ गई।"

कुछ देर चुप्पी रही।

"इसलिए ठाकुर मुझे लड़ाना चाहता है। कहता है—मैं नहीं बन सकता तो मेरा आदमी बने। लाखों की कुर्सी दूसरे के पास क्यों जाए? कहता था, खुलकर मदद करूँगा। रुपए-पैसे से भी।"

"न बेटा। ए काम ठीक नहीं। परधानी का बवंडर हम नहीं सँभाल सकते। उड़ जाएँगे।"

बाप मुँह ढककर लेट गया। थोड़ी देर तक खड़े-खड़े बिसूरने के बाद वह अपनी चारपाई पर आ गया। लेकिन अब नींद कहाँ?

ठाकुर कहता था—सालाना पन्द्रह-बीस लाख तक खर्च करने का चान्स रहता है। मनरेगा की मद से तो चाहे जितना निकालो। बस, कागज

का पेटा पूरा करते रहो। नीचे से ऊपर तक सबका मुँह बन्द करने के बाद भी रुपए में चार आना कहीं गया नहीं। पाँच साल में पचीस लाख की बचत। एक लाख में सौ हजार होते हैं। एक हजार...दो हजार...सौ हजार। पचीस बार। हर महीने हजार रुपए मानदेय अलग। थाना-पुलिस में पूछ-पहचान हो जाती है। फौरन बन्दूक का लायसेंस मिलता है। रोज सौ लोगों का सलाम मिलता है। बेटे की शादी में मोटरसाइकिल मिलती है। बेटी की शादी में हजारों रुपए न्यौता मिलता है।

उसने करवट बदली।

कहता था—दो-तीन तालाबों का जीर्णोद्धार करने का मौका मिल गया तो तेरी सात पुस्त का जीर्णोद्धार हो जाएगा।

कहता था—ब्लाक प्रमुख का चुनाव आने दे। हर कैंडिडेट आकर तीन से पाँच लाख तक गिनेगा।

कहता था—वृद्धावस्था पेंशन, विधवा पेंशन, विकलांग पेंशन, मिड डे मील और पता नहीं कितनी-कितनी मदों से रुपया पानी की तरह बरसता है। पाँच साल में कितनी कमाई होगी, उसका क्या कोई हिसाब लगा सकता है?

लेकिन जितना लगा सका, वह रात-भर हिसाब लगाता रहा। सबेरे उठते ही उसने एक बार फिर आमदनी और रोब-रुतबे का लेखा-जोखा बाप के सामने रखा। फिर समझाया—हम नहीं लड़ेंगे तो ठाकुर किसी और को लड़ा देगा। अपना आदमी समझकर पहले मुझे बुलाया है। समझो, लक्ष्मी खुद चलकर आ रही हैं। पचीस लाख!

बाप झुँझला गया—इतने पैसे का हम करेंगे क्या? रखेंगे कहाँ? वही ठाकुर रात में सब लूट ले जाएगा।

बीड़ी का सुट्टा लगाते, हाथ में पानी भरा लोटा झुलाते बाप खेतों की ओर निकल गया।

ऐसा घामड़ बाप किसी को न मिले। उसने कपार पीट लिया।

ठाकुर ने कहा था—सबेरा होते ही अपनी बिरादरी के बड़े-बुजुर्गों के दरवाजे जाना। पैर छूकर कहना, आशीर्वाद लेने आया हूँ। सिर पर हाथ रखिए तो खड़ा होऊँ, नहीं तो चुपाई मारकर बैठ जाऊँ।

सबसे पहले मुरारी मास्टर को पटाना होगा। गाँव में बिरादरी के इकलौते मास्टर हैं। मीन-मेख निकालने में आगे।

मास्टर ने देखते ही पूछा—सबेरे-सबेरे कैसे राह भूल गए?

"मास्टर चाचा, सुना है, अपने गाँव की परधानी अपनी बिरादरी के लिए रिजर्व हो गई!"

"सिर्फ अपनी नहीं, किसी भी दलित बिरादरी के लिए।"

"तब आप खड़े होइए इस बार।"

"सरकारी नौकरीवाला नहीं खड़ा हो सकता जग्गू।—मास्टर की आह निकली—नौकरी से इस्तीफा देना होगा।"

"ऐं, यह तो ठीक नहीं। इस्तीफा क्यों देंगे? लेकिन चान्स आया है तो बिरादरी का कोई आदमी जरूर खड़ा होना चाहिए।"

"तो तुम्हीं खड़े हो जाओ।"

"मैं?—जग्गू उनकी आँखों में झाँकने लगा—आप साथ देंगे?"

"अकेले मेरे साथ देने से क्या होगा? सारे गाँव का साथ चाहिए।"

"नहीं चाचा। आप अकेले एक तरफ, बाकी सारा गाँव एक तरफ।"

खुशामद रंग लाई। मास्टर ढीले पड़ गए। बोले—जाओ, पहले और लोगों का मन-मुँह तौलो। मैं तो घर का आदमी ठहरा।

मास्टरवा से इतना मिल गया, यही बहुत है। अब यहाँ पल-भर भी रुकना खतरे से खाली नहीं। क्या पता, बात का रुख किधर मुड़ जाए! जग्गू ने लपककर मास्टर के पैर छुए—जो आज्ञा!—और उँगलियों को माथे से लगाते हुए चल पड़ा।

बिरादरी में सबसे बुजुर्ग पहाड़ी बाबा हैं। मड़ई के एक कोने में झिलंगा खटिया पर पड़े-पड़े मौत के दिन गिन रहे हैं। लेकिन बिरादरी उनकी बात से बाहर नहीं हो सकती। जग्गू ने उनका पैर थोड़ा जोर लगाकर छुआ।

पहचानने की कोशिश करते हुए पूछा बूढ़े ने—के?

"मैं हूँ बाबा। तुम्हारा भतीजा, जग्गू।"

पहाड़ी ऊँचा सुनते हैं। जग्गू ने ऊँची आवाज में देर तक उन्हें पूरी बात बताई। बुढ़ऊ खुश हुए। पोपले मुँह में हँसी घोलकर कहा—तुम्हारे कन्धे पर बैठकर वोट देने चलूँगा।

टोले में चमकट बिरादरी के सात घर हैं। इतनी देर में पूरे टोले में बात फैल गई।

दसई के दुआरे तक पहुँचते-पहुँचते नौजवानों ने जग्गू को घेर लिया—फिर से पूरी बात बताओ भैया!

अपनी बिरादरी में परधानी की कुर्सी आए, इससे बढ़कर खुशी की बात क्या होगी? पासी, धोबी, खटिक, चमार की बिरादरी के परधान तो आस-पास बहुत सुने गए हैं लेकिन अपनी बिरादरी का? एक भी नहीं। हम लोग तुम्हें जिताने के लिए रात-दिन एक कर देंगे।

नौजवानों की खुशी देखते बन रही है।

"लेकिन लड़ने में तो बहुत खर्च होगा। कैसे करोगे?"

"तीनो घेंटे बेंच दूँगा।"

"उतने से हो जाएगा?"

"ठाकुर ने कहा है कि वह भी कुछ मदद करेगा।"

"लेकिन उसको लौटाओगे कहाँ से?"

"जीतने के बाद सब वसूल हो जाएगा।"

"और कहीं हार गए तो?"

"अरे शुभ-शुभ बोलो भइया! आप सब लोग साथ देंगे तो हार कैसे जाएँगे? यह हम सभी के मान-सम्मान की लड़ाई है।"

"सही बात। सही बात।"

"दरअसल ठाकुर भी पूरी ताकत लगाएगा। उसे पदारथ दूबे से अपनी पिछली हार का बदला लेना है। बीच में फायदा हम लोगों को मिल जाएगा।"

"सही बात! सही बात! पदारथ किसे खड़ा कर रहे हैं?"

"एक-दो दिन में पता चल जाएगा।...चलता हूँ..."

ठाकुर ने कहा है—दोपहर तक दलित बस्ती को कवर करके शाम तक ब्राह्मणों, खासकर पदारथ के पट्टीदारों के दरवाजे पर पहुँचना है। कह रहा था कि जो पहले पहुँचता है, उसका पहला हक बनता है। रात में जाकर बताना है कि किसने क्या कहा।

दोपहर ढल गई। होंठों पर पपड़ी पड़ गई। लेकिन भूख का कहीं नामो-निशान नहीं। जितने लोगों के पैर आज छूने पड़े उतने तो सारी जिन्दगी

में नहीं छुए होंगे। इसमें दूर से हाथ जोड़कर ब्राह्मणों को की गई पैलगी शामिल कर लें तो यह संख्या दो सौ तक पहुँच जाएगी।

घर पहुँचा तो दसबजिया पसिंजर आने का समय हो रहा था। दुआर पर अँधेरा और सन्नाटा था। मड़हे में बप्पा की नाक बज रही थी। दरवाजे को धक्का देकर वह आँगन में पहुँचा। रसोई से ढिबरी के प्रकाश की पतली फाँक आँगन तक आ रही थी। लगता है, खवाई-पियाई हो गई।

पत्नी रसोई से जूठे बर्तन लेकर निकल रही थी। पूछा—कहाँ थे दिन-भर?

"लाओ, क्या बनाई हो?—बाल्टी टेढ़ी करके हाथ धोते हुए वह बोला।"

बर्तन नाबदान के पास रखते हुए पत्नी ने बताया—थाली ड्योढ़ी के पास ढकी रखी है।

वह लोटे में पानी लेकर लौटी।

"न कुल्ला, न दातून। सबेरे के गए अब घर की सुध आई?"

वह सिर झुकाकर खाने में जुट गया।

"दिहाड़ी कमाने क्यों नहीं गए? सूअर दस बजे तक बाड़े में बन्द घुर्र-घुर्र करते रह गए तो मैंने बेटी को उन्हें चराने-बजराने भेजा। बेटी कह रही थी कि बप्पा बभनौटी में हाथ जोड़े घूम रहे थे। ऐसी क्या गलती कर दिये कि बाभनों के आगे हाथ जोड़ने की जरूरत पड़ गई?"

"गलती नहीं, अपनी गरज से..."

"अपनी कौन-सी गरज?"

"सारे गाँव में हल्ला हो गया और तुझे कुछ खबर ही नहीं?...अरे, सहसा वह चौंका—अभी तो मुझे ठाकुर के घर जाना था।"

"क्यों?"

"अरे, काम से।"

"ठाकुर से क्या काम पड़ गया?"

"अरे भाई, जैसे पहले बप्पा ठाकुर का खेत जोतने जाते थे, बाद में ठाकुर अपने ट्रैक्टर से हम लोगों का खेत जोतने लगा। वैसे ही पहले वह

परधान बनने के लिए हम लोगों के टोले में वोट माँगने आता था। अब मुझे बनना है तो उसके पास जाना होगा।

"क्या अंड-बंड बोल रहे हो। कहीं से पी-पाकर आए हो क्या? इधर आओ। तुम्हारा मुँह सूँघूँ।"

"अरे हट! मुँह में क्या रखा है? हाँ, चुम्मा लेने का मन हो तो साफ-साफ बोल।...और दौड़कर तेल गरम कर ला। मालिस करना होगा। पैर दर्द से फटे जा रहे हैं।"

पत्नी बाहर जाने के लिए मुड़ भी न पाई थी कि उसने जूठे हाथ ही उसे अँकवार में भरा और लिये-दिये बगल की खटिया पर गिर पड़ा।

खटिया की पाटी टूटी—चर्र-ऽ-ऽ!

गाँव में जैसे भूडोल आ गया है।

आज भी यहाँ ऐसे लोग मिल जाएँगे जिन्होंने जिला मुख्यालय का मुँह नहीं देखा। बस, घर से खेत तक। बहुत हुआ तो बाजार तक चले गए। साल में एकाध मेला और एक-दो बारात।

पिछड़ी या दलित औरतें तो सभा, जुलूस या मेले-ठेले में चली भी जाती हैं, सवर्ण औरतों की बड़ी आबादी अभी भी गाँव से बाहर नहीं निकलती। मायके से विदा हुईं तो ससुराल में समा गईं। ससुराल से निकलती हैं तो सीधे श्मशान के लिए। देवी के थान पर लपसी, सोहारी चढ़ाने के लिए जाना ही उनकी तीर्थयात्रा या पिकनिक है। ऐसी एक बड़ी आबादी है जो आज भी जाति-व्यवस्था को ब्रह्मा की लकीर मानती है। वह मानती है कि सवर्णों के गाँव में दलित को परधानी की कुर्सी पर बैठाना सवर्णों के सिर पर बैठाना हुआ। लोहिया तो समाजवाद नहीं ला पाए लेकिन आज की सरकारें, लगता है, ला के रहेंगी। किसी आदमी ने ऐसा किया होता तो उसका मूँड़ फोड़ देते। सरकारों का कोई क्या करे?

ठाकुर अपना दुख किससे कहें? असली रोब-रुतबा तो जमींदारी के साथ ही चला गया था। रहा-सहा परधानी के साथ चला गया। तीन बार उनके बाप परधान रहे। दो बार वे खुद थे। यह नाहरगढ़ गाँव उनके पुरखों का बसाया हुआ है। पुराना खंडहर हो चुका घर अभी भी गढ़ी कहलाता

है। मास्टराइन राजगढ़ स्टेट की राजकुमारी हैं। किसी गैर की मौजूदगी में वे उन्हें हमेशा रानी साहब ही कहकर पुकारते हैं। पिछली हार से उन्हें इतना झटका लगा कि महीने-भर चारपाई पकड़े रहे। सोचा था कि इस बार सीट निकालकर पिछली हार का बदला ले लेंगे, तो इस आरक्षण ने सब मटियामेट कर दिया।

ट्यूबवेल घर के ओसारे में चारपाई पर बैठे-बैठे वे वोटर लिस्ट के पन्ने पलट रहे हैं। चारपाई के नीचे जातिवार और घरवार गणना कर-करके फेंके गए रद्दी कागजों का अम्बार लग गया है।

उजाला होते ही आने के लिए कहा था जगुआ को। राह देखते-देखते आँखें पक गईं। अब दिखाई पड़ा है, पहर दिन चढ़े। मुँह से गाली न निकले तो क्या निकले?

जग्गू ने दोनों हाथ जोड़कर, झुककर सलाम किया।

"अब तेरे आने का समय हुआ? इसी सहूर से परधानी करेगा?"

"क्या करें मालिक! सूअरों को बजराना जरूरी था। बेटी को बुखार है। और कोई है नहीं।"

"यह पकड़ कागज-कलम और लिख।"

जग्गू चारपाई के सामने जमीन पर उकड़ूँ बैठकर लिखने लगा।

"जो काम तहसील और ब्लाक से करवाना है, उसे ठीक से नोट कर ले। नम्बर एक, जाति प्रमाण-पत्र बनवाना। आगे लिख—तहसील में बनेगा। फार्म भरकर जमा करना होगा। पचीस रुपए फीस जमा होगी। पक्की रसीद ले लेना। फोटो भी लगेगा। सौ रुपए अलग खर्च होगा।"

"ठीक।"

"ठीक नहीं। एक-एक प्वाइंट नोट कर ले, नहीं तो वहाँ एक का तीन लेनेवाले घात लगाए बैठे हैं।"

"फोटो पहले लगेगा कि जिस दिन प्रमाण-पत्र लेने जाएँगे?"

"पहले बे। खिंचाकर साथ ले जाना।"

जग्गू घुटने पर कागज रखकर जल्दी-जल्दी घसीट रहा है। लिखने की आदत कब की छूट गई। पढ़ना तो चाय की दुकान पर अखबार के साथ कभी-कभी हो जाता है।

"नम्बर दो लिख, नो ड्यूज सर्टीफिकेट बनवाना। आगे लिख—दो जगह से बनेगा। ब्रेकेट में लिख—क। उसके आगे लिख—पंचायत सेक्रेटरी बनाएगा। सौ रुपया लेगा। फिर नई लाइन से ब्रेकेट में लिख—ख। अमीन की रिपोर्ट पर नायब तहसीलदार की दस्कत से जारी होगा। खर्चा दो सौ।"

रिजर्व की खबर आते ही उन्होंने अन्दाजा लगा लिया था कि पदारथ मुन्दर धोबी को खड़ा करेंगे। उससे जमकर पैसा खर्च कराएँगे। उसका बड़ा बेटा सउदिया कमा रहा है। पाँच साल में रुपए का पहाड़ खड़ा कर दिया है। खुद छोटे बेटे और बहू के साथ बाजार में लांड्री चलाता है। जितना चाहे, खर्च करे। लेकिन धोबियों के वोट हैं कितने? तीन घर तेरह वोट। उन्होंने डायरी के पन्ने पर विपक्ष वाले कालम में लिखा—धोबी, तीन घर तेरह वोट। खास अपने पट्टीदार ठाकुर भी उनके कहने से जग्गू को वोट दे देंगे, इसमें सन्देह है। उनके पिता कहते थे—बनिया तो एकजुट रहते ही हैं। ब्राह्मण भी जाति के नाम पर एकमत हो जाएँगे। लेकिन ठाकुर अगर गाँव में दो घर हैं तो भी दो गुट बना लेंगे। इस तरह ठाकुरों के साठ वोट में चालीस की उम्मीद कर सकते हैं। उन्होंने पक्षवाले कालम में लिखा—ठाकुर चालीस वोट।

"बस?—इन्तजार करता जग्गू पूछता है।"

"अबे, बस कैसे? अगला नम्बर डाल। शपथ-पत्र बनवाना कि मेरे खिलाफ कोई मुकदमा, कोई एफ.आई.आर. नहीं है। इसी में आगे लिख—न कभी सजा हुई है, न दिवाला निकला है।"

मुंशी गरीब नेवाज किसी के खेत से एक गोभी और तीन-चार मूलियाँ लेकर सामने चकरोड से गुजर रहे थे। ठाकुर की बात सुनकर रुक गए। हँसते हुए पूछा—किसका दिवाला निकलवा रहे हैं राजन?

"आइए, मुंशी जी, आइए! अपना जगुआ है। इस बार इसी को खड़ा कर रहे हैं परधानी के लिए। उसी के लिए एफिडेविट का मसौदा लिखवा रहे हैं। अभी तक आपके पास आशीर्वाद लेने नहीं पहुँचा? उठ बे...। मुंशी जी के पैर तो छू।"

पैर छूते हुए जग्गू ने सफाई दी—गया था। चाची मिली थीं। मुंशी चाचा तब तक कचहरी से नहीं लौटे थे।

"कोई बात नहीं राजन।—मुंशी जी जाते-जाते बोले—जहाँ आप हैं, वहीं हम हैं और वहीं विजय है।"

ठाकुर दूर तक मुंशी को जाते देखता रहा फिर जग्गू को सावधान किया—इस मुंशिया के आगे-पीछे घूमते रहना लेकिन अपना भेद हरगिज मत देना। फौरन पदारथ के पास पहुँचाएगा...आगे लिख—शपथ-पत्र का खर्च दो सौ रुपए।

बनिया पार्टी का भेद मिलना तो मुश्किल है। अन्त तक पता नहीं चल सकता कि किसको देंगे। हाँ, मुसलमानों के सत्रह घर अपनी तरफ आ जाएँगे, बशर्ते उन्हें कायदे से याद दिला दिया जाए कि बाबरी मस्जिद विध्वंस के समय पदारथ महीने-भर तक उस मुँड़खोल्ली सधुआइन का हाहाकारी कैसेट गाँव के शिवाले पर बजवाए थे। पिछली बार मुस्लिम टोले से बरकत मौलवी न खड़ा होता तो वे किसी हालत में न हारते। पूरे-के-पूरे एक सौ आठ वोट बरकत ने काट लिये जो मेरी झोली में गिरने वाले थे। यह तो साल-भर बाद पता चला कि खुद पदारथ ने दस हजार देकर खड़ा किया था बरकत को।

"तो अब चलता हूँ।—ठाकुर को कागजों में खोया देख जग्गू कहता है।"

"अरे काहे की हड़बड़ी है?"

"दिहाड़ी कमाने जाना है।"

"दिहाड़ी कमाने जाएगा कि ए कागज-पत्तर दुरुस्त कराएगा?"

"दो-चार दिन और कमा लूँ। आखिर कागज-पत्तर बनवाने का खर्च कहाँ से आएगा?"

"अब कमाने की नहीं, खर्च करने की सोच। अभी से रात-दिन एक करना पड़ेगा। घेंटे बिके कि नहीं?"

"अभी कहाँ? दाम ही नहीं चढ़ा कायदे का।"

"अच्छा, दो चीजें और नोट कर ले। पर्चा खरीदने का खर्चा सौ रुपए और रेजर्व की सिक्यूरिटी मनी पाँच सौ रुपए।"

उन्होंने पक्षवाले कालम में लिखा—मुसलमान 108 वोट। फिर 108 को काटकर 100 कर दिया।

"अब हाथ पिराने लगा।—दायें हाथ की उँगलियों को बायें पंजे में दबाते हुए जग्गू बोला।"

"अबे चुप!—ठाकुर ने डपट दिया—चार अच्छर लिखने में पिराने लगा?"

ब्लाक ऑफिस पर मेला जैसा लगा है।

दाखिल पर्चों की जाँच चल रही है। जिसके घर पर साबुत फूस का छप्पर और पैरों में चप्पल तक नहीं है, वह भी परधानी का सपना देख रहा है। पाँच जातियों में बँटे चालीस घर दलितों के बीच से जग्गू को जोड़कर तेरह उम्मीदवारों ने पर्चा भरा है।

प्रमाण-पत्र, शपथ-पत्र वगैरह बनवाने के लिए हफ्ते-भर की भागदौड़ से ही जग्गू की हिम्मत पस्त हो गई। सबेरे निकलकर दस-ग्यारह बजे रात तक लौटना। तहसील के लिए एक ही बस। ब्लाक के लिए वह भी नहीं। सरकारी अमले से पहली बार पाला पड़ा था। पास के डेढ़-दो हजार कब फुर्र से उड़ गए, पता ही नहीं चला। हारकर उसने ठाकुर के आगे सरेंडर कर दिया—मेरे मान का नहीं।

तब ठाकुर ने मोटरसाइकिल सहित अपने मैनेजर रामसिंह को साथ लगाया। कागजात बनवाना, पर्चा दाखिल कराना। पर्चा दाखिले में ठाकुर खुद अपने चालीस-बयालीस लोगों के साथ शामिल हुआ। तीन बुलेरो, दस मोटरसाइकिल। गाँव के कई मानिन्द लोग। हर बिरादरी के। जग्गू के आगे मुन्दर का जुलूस फीका पड़ गया।

दो दिन से रामसिंह उसके साथ ब्लाक पर डटा है। ठाकुर ने कहा है—ब्लाक से हटना नहीं है, जब तक पर्चा पास न हो जाए। कोई लफड़ा हो तो फौरन मेरे मोबाइल पर रिंग करो।

बैठे-बैठे झपकी आने लगी तो जग्गू ने रामसिंह को आवाज दी—मनीजर साहेब, आओ, चाय पी लें।

रामसिंह नीम के पेड़ के नीचे मोटरसाइकिल की हैंडिल से सीट के पिछले हिस्से तक लम्बा होकर लेटा है। दुबारा आवाज देने पर वह चाभी का छल्ला उँगली में घुमाता जम्हाई लेता आता है। जग्गू उसके बैठने के लिए अपने अँगोछे से बेंच की धूल झाड़ता है।

रामू को अब सभी रामसिंह कहकर बुलाते हैं। ठाकुर खुद रामसिंह कहते हैं। ठाकुर के बाग में लगनेवाले बरदाही बाजार की तहबाजारी की वसूली उसी के जिम्मे है। हर हफ्ते हजार-बारह सौ वसूल कर देता है। कहता है—बैलों की आमद कम न हुई होती तो ठाकुर के घर में रुपए रखने की जगह न बचती। ठाकुर को धक्का लगा है तो दोनों बेटों से। बड़ा वाला तो चलो इंजीनियर बन गया। विदेश में नौकरी लग गई। जापानी लड़की से ब्याह कर लिया इसलिए गाँव छोड़ गया। छोटा वाला तो चीनी मिल में 'मेट' लगा है फिर भी बीवी-बच्चों को लेकर चला गया। बताइए भला, जो मजा गाँव में 'राजा' की तरह रहने में है, वह कभी बाहर मिल सकता है? लेकिन कौन समझाए? बड़े ने इतना तो अच्छा किया कि जापान में भी अपनी ही बिरादरी में शादी की। समुराई वहाँ के क्षत्री होते हैं।

अब रामसिंह ही उनका हाथ-पैर है।

रामसिंह ठाकुर की ससुराल का आदमी है। पाँच-छह साल पहले आया तो देह बाँस की कच्ची कइन की तरह लचकती थी। और अब देखिए। ऐंठकर चलने, घुड़ककर बोलने, बैल जैसी बड़ी-बड़ी आँखें और दाढ़ी-मूँछ भरे चेहरे को देखकर लगता है, जैसे सचमुच ठाकुर का बच्चा हो!

—वह तो मैं हूँ ही।—रामसिंह कहता है—मेरी जाति के साथ तो ठाकुर जमाने से लगा है।

जग्गू को रामसिंह का सब कुछ अच्छा लगता है। उसका चलना-फिरना, उठना-बैठना, घूरना, अकड़ना। वह भी चाहता है कि रामसिंह की तरह अकड़कर चले। घुड़ककर बोले। लेकिन इस गाँव में रहते हुए यह कब सम्भव होगा? उसे तो अपना नाम भी पसन्द नहीं। जगत नारायण तो फिर भी ठीक था लेकिन लोगों ने उसे भी काटकर बाँड़ा कर डाला—जग्गू। परधानी मिल जाए, हीरो होंडा मिल जाए और नाम बदल जाए, या एक कायदे का 'सरनेम' मिल जाए...जिससे थोड़ा रुआब झरे। 'टाइगर' कैसा रहेगा?

दो दिन से उसे रामसिंह के नजदीक आने का मौका मिला है। कल भी उसे दो चाय पिलाई। आज भी यह दूसरी है। अगर यह मोटरसाइकिल सिखाने को राजी हो जाए...लेकिन रामसिंह उससे दूरी बनाए हुए है।

जग्गू चाय का कप खुद रामसिंह के हाथों में पकड़ाता है। फिर बातचीत जारी रखने के लिए कहता है—बेकार ही यहाँ दो दिन से पड़े हैं। जब पर्चा सही-सही भर दिया है तो खारिज कैसे कर देंगे?

"सब कुछ हो सकता है। पदारथ कितना जालिया है, तुम्हें क्या पता? मैं नहीं होता तो वह कब का ठाकुर की बरदहिया बाजार पर जिला परिषद का कब्जा करा देता। अभी तुम्हारे पर्चे में बाप के नाम पर एक बूँद स्याही गिर जाए तो वह टंटा खड़ा कर देगा कि तुम्हारे बाप का नाम बदलू राम नहीं, बदलू पाँड़े है। तुम्हारा जाति प्रमाण-पत्र फर्जी है। गए बेटा काम से। जेल जाने की नौबत अलग।"

बाप रे! लगा, सचमुच जेल जाने की नौबत आ गई है। नमकीन की प्लेट आगे बढ़ाते हुए उसका हाथ काँप गया।

वह बात बदलने के लिए पूछता है—अच्छा, मनीजर साहेब...

"अब जरा कायदे से बोलना सीख। मनीजर नहीं, मैनेजर बोल।"

"हाँ, हाँ, मैनेजर साहेब।—वह थोड़ा रुकता है—अच्छा, मैनेजर साहेब, मोटरसाइकिल चलाना कितने दिनों में सीख सकते हैं?"

"एक घंटे में।—रामसिंह उसके चेहरे की ओर देखकर मुस्कुराता है। फिर चाभी का छल्ला उसकी ओर बढ़ाते हुए कहता है—ले, चल उतार स्टैंड से।"

इसको कहते हैं—लक! लक्क!

सचमुच फुलझरिया की 'लक्क' तेज है। सबसे कैचिंग सिम्बल उसे ही मिला—खुला हुआ छाता।

ठाकुर कहते हैं—ऐसा सिम्बल जो अन्धे को भी अँधेरे में दिख जाए।—फिर आह भरकर कहते हैं—हमारी ही किस्मत गाँड़ू निकली। घंटी भी कोई सिम्बल है! इससे तो अच्छा था, बिगुल बजाता सिपाही या धान ओसाता किसान मिल जाता।

"घंटी तो सबसे शुभ है। पूजा के काम आती है।—जग्गू कहता है।"

"अबे! शुभ से क्या मतलब? जरूरत है पहचानने की। गाँव की औरतें घंटी को भंटा-बैगन समझ लेंगी।"

ससुराल की परित्यक्ता फुलझरिया। उसके मायके में शरण लेने पर किसी को क्या एतराज? गाँव में एक सस्ता मजदूर बढ़ा। खुशी की बात। वोटर लिस्ट में नाम चढ़ गया। बी.पी.एल. कार्ड बन गया। खुद पदारथ ने बनवा दिया। यह भी ठीक। लेकिन एक दिन परधानी लड़ जाएगी, किसने सोचा था। जीते भले न, अपनी बिरादरी के पचीस-तीस वोट तो काट ही लेगी। पदारथ का मानना है कि उसे ठाकुर ने खड़े होने के लिए उकसाया। ठाकुर इसे पदारथ का काम मान रहे हैं। पर्चा दाखिले के समय भी भेद नहीं खुला। न कोई भीड़, न जुलूस। भाई-भतीजे साइकिल से जाकर पर्चा दाखिल करा लाए। जाँच में पाँच पर्चे खारिज हुए लेकिन फुलझरिया उसमें भी पास हो गई।

ठाकुर को सबसे ज्यादा निराशा मुन्दर को 'हत्थेदार कुर्सी' मिलने से हुई है। बाकी में से तीन कैंडिडेट तो ऐसे हैं कि दो जोड़ी कुर्ता-पाजामा के साथ हजार रुपए भी पकड़ा दो तो आपके पीछे-पीछे घूमने लगेंगे। माटी के मोल बिकने को तैयार। इन्तजार में रहेंगे कि कोई आकर खरीद ले तो सुर्ती-तमाखू का खर्च निकल आए।

"अब पहला काम है, प्रचार के लिए पर्चा छपवाना।—एक कागज हाथ में लेकर ठाकुर जग्गू को समझा रहे हैं—इधर बाईं तरफ हाथ जोड़े तुम्हारी फोटो। दाईं तरफ घंटी का फोटो। मजमून अभी बैठकर बना लेंगे। तुम जाकर पता करो, मुन्दर का पर्चा छपकर आ गया हो तो ले आओ। उसी की टक्कर का छपवाना होगा। घेंटे बिके कि नहीं?"

"दो बिक गए। आज पैसा देकर ले जाएगा।"

"गुड्ड! एक काम और करो। रजिस्टर में उन लोगों की लिस्ट बना लो जो परदेस में रह रहे हैं। उन सबको चिट्ठी लिखो कि बाईस तारीख को वोट पड़ेगा। आपके भरोसे ही खड़े हुए हैं। चिट्ठी पाते ही चले आवैं। चिट्ठी को तार समझें।"

"सबको?"

"बिलकुल। जिसका वोट मिलने की उम्मीद न हो, उसको भी। भाई, हम अपनी ओर से क्यों मान लें कि कोई हमें वोट नहीं देगा?...यह भी लिखो कि आने-जाने का किराया मेरे जिम्मे रहेगा। और सुनो। अपनी राइटिंग में मत लिखना। किसी बच्चे से लिखवा दो।"

"क्यों?"

"क्योंकि तुम्हारी राइटिंग में रहेगी तो वही चिट्ठी मतदाताओं को लालच देने का सबूत हो जाएगी।"

"तो फोन क्यों न कर दूँ?—जग्गू ने जेब से मोबाइल सेट निकालकर दिखाया—कल ही खरीदा है।"

"वेरी गुड्ड!—ठाकुर की आँखें खुशी से फैल गईं—देखें?—ठाकुर ने हाथ बढ़ाकर मोबाइल ले लिया।"

"अरे, फोटो भी खींचता है? वेरी गुड! लेकिन अपने सिम से फोन न करना, पी.सी.ओ. से करना। कदम-कदम पर सावधान रहना होगा।"

घर लौटते हुए सिर हिला-हिलाकर सोच रहा है जग्गू—'सचमुच अकल की रोटी खाते हैं ए ठाकुर-बाभन। कितनी दूर तक सोचते हैं! इनसे पार पाना कठिन है।' उसे यह देखकर बड़ी राहत महसूस हुई कि आज उसे 'इज्जत' के साथ बुला रहा था ठाकुर—लिखो, सुनो, बैठो, देखो। पहले की तरह—लिख, सुन, बैठ, देख नहीं। शुरू में एक बार 'अबे' बोला था, बस।

अरे साहेब, अरे साहेब! हम तो हुकुम के ताबेदार हैं साहेब!—मुन्दर अकेले निकला है प्रचार के लिए। शुरुआत ठाकुर टोले से। वह चन्द्रिका सिंह को सामने पाकर हाथ जोड़ता है—कई पीढ़ी से आपकी मैल धोते आए हैं साहेब! इस बार मन में मैल न रखिए। जो भी करेंगे, आपकी मरजी से करेंगे।

हाथ जोड़ने के तुरन्त बाद हाथ मलने की आदत है मुन्दर की। जैसे साबुन लगाने के बाद नल के नीचे धो रहा हो!

लम्बे काले अधेड़ शरीर पर सफेद धोती-कुर्ता। कुर्ते के ऊपर काली जवाहर जाकिट। बड़ा-सा सफेद साफा। पैरों में काले पम्प शू। खिचड़ी लम्बी मूँछों के ऊपर माथे पर लाल रोली का लम्बा टीका। बोलते समय तम्बाकू से काले चितकबरे लम्बे-लम्बे पाँच-छह दाँत झलक जाते हैं।

"यही कुर्सी निशान मिला है बाबू साहेब।" वह जेब से पर्चा निकालकर दिखाता है।

चन्द्रिका सिंह बैलों की सरिया से गोबर बटोरकर हाथ में फरुही का डंडा पकड़े घुटने तक लुंगी मोड़े निकल रहे थे। मुन्दर की धजा देखकर

मन्द-मन्द मुस्कुराते हैं—ससुरा पूरा एमेले लग रहा है!...पदारथ चुप्पे और जबान से मिठबोले थे। यही उनकी असली ताकत थी। दुश्मन भी सामने पड़ने पर बगुला भगत का चोला देख ठंडा पड़ जाता था। लेकिन यह तो लगता है, पदारथ का भी कान काटेगा!

चन्द्रिका सिंह की बूढ़ी माँ पीपल के पेड़ पर जल चढ़ा रही हैं। वह झुककर हाथ जोड़ता है—ए बड़की माई! आसिरबाद चाही। देखा, इहै कुर्सी निशान मिला है। इही पे हमें बैठावे क है।

"ई तो कुर्सी की छापी है बरेठा। इस पे कैसे बैठोगे?"

"मतलब इसी पे मोहर लगाकर जिताओगी तब न असली कुर्सी मिलेगी।"

"बरेठा।—झुकी कमर के चलते बूढ़ी को सिर ज्यादा उठाना पड़ रहा है। पोपले मुँह से मुस्कुराती हुई वे कहती हैं—तुम्हें तो असली कुर्सी मिलेगी औ हमें कागज की दिखा रहे हो। असली कहाँ है?"

मुन्दर उनका पोपला मुँह देखता रह जाता है।

मुन्दर का बेटा बनिया टोले से शुरुआत करता है, बुलेट से—भड़-भड़-भड़-भड़! पर्चा डिग्गी में भर लिया है। लेई की हाँड़ी उसकी लांड्री के हेल्पर लड़के के कन्धे से टँगी है। पर्चा चिपकाने का काम भी साथ-साथ।

"कुर्सी तो सरकार ने हमें पहले ही सौंप दिया महाजन, कुर्सी निशान देकर। अब इस पर आप लोगों की मुहर लगने-भर की देर है...घंटी नहीं, सरकार ने जग्गू को बाबा जी का घंटा थमा दिया। मतलब? गए बेटा कुकुरी के सिरका में!"

जग्गू का श्रीगणेश ब्राह्मण टोले से हो रहा है। सबसे आगे चित्ती कौड़ियों और छोटी-छोटी घंटियों की माला पहने लम्बी सींगों और कजरारी आँखोंवाला नन्दी। उसके बगल में नन्दी का पगहा पकड़े गेरुआ लबादे वाला जटाधारी गोसाईं। बड़ी-सी घंटी टुनटुनाता हुआ।

ठाकुर ने दो सौ रुपए में बुक किया है। प्रचार की शुरुआत शंकर जी के वाहन से। नन्दी के पीछे कमर में घंटियों की माला पहनकर नाचते हुए

टोले के दो बूढ़े-लंगड़ और विदेशी। इनको कवर करता आगे झुककर मृदंग बजाता बदलू। माथे पर लाल चुनरी का साफा। मुँह में पान। इनके पीछे शोर मचाते, धूल उड़ाते, नाक चुआते नंगे-अधनंगे बच्चों का रेला। सबसे पीछे सफेद कुर्ता-पाजामा पहने हाथ जोड़े जग्गू और उसकी घरैतिन, हल्का-सा घूँघट काढ़े। प्रचार के लिए निकलने में देर लगा रही थी तो जग्गू ने उसे मिर्ची जैसी गालियों से सुबह-सुबह नवाजा।

—विधवा पेंशन, बुढ़ापा पेंशन चाहिए। राशन कार्ड, जाब कार्ड चाहिए। हर मर्ज की एक दवा—घंटी। दादी, काकी, भइया, भौजी—घंटी।

औरतें नन्दी को रोटी खिलाती हैं। गोद के बच्चे का माथा नन्दी के गूदड़ पर टेकती हैं।

जग्गू को लग रहा है कि अभी उसके मुँह से बात की धार नहीं फूट रही। जिस तरह शहर के कचहरी गेट पर सांड़े का तेल बेचनेवाला मजमेबाज बोलता है...। अपना चेहरा भी उसे भकुआया-सा लग रहा है—भावशून्य। मुस्कुराहट का नाम नहीं। ऐसा ही चेहरा देखा था उसने फूलन देवी का, जब वह भदोही में पहली बार अपना एम.पी. का चुनाव प्रचार करने निकली थी। आज की रात वह हँसने, लपककर मिलने और धुआँधार बोलने का अभ्यास करेगा—भाइयो और बहनो...

फुलझारी देवी अपनी दोनों भाभियों और तीन भतीजियों के साथ काला छाता लगाकर प्रचार के लिए निकली हैं। कहती हैं—पूत न भतार। बेटी न बेटा। मैं किसके लिए लूट मचाऊँगी? भगवान ने अकेला किया है तो कुछ सोचकर किया है। 'पबलिक' की सेवा के लिए। सारा गाँव मेरा भाई-बाप है।

यादव टोले की किसी दुलहिन ने पूछा—जीत गई तो परधानी कैसे करोगी बुआ?

"कुर्सी पर बैठकर करेंगे दुलहिन। सीना ठोंककर करेंगे।—सीने पर मुक्का मारकर बुआ ने बताया—मेरे जीते-जी गाँव का हिस्सा हाकिम लोग खाकर दिखावें जरा! पेट में हाथ डालकर निकाल लाऊँगी।"

सब हँसती हैं।

उसका भाषण सुनने के लिए औरतों की भीड़ लग जाती है।

"हिम्मतवाली है। जीत गई तो बड़े-बड़ों की बोलती बन्द कर देगी।"

ठाकुर अपने ट्यूबवेल घर में जग्गू के साथ बैठ पिछले पाँच दिन में हुए भंडारे के खर्च का हिसाब जोड़ रहे हैं।

मुन्दर ने एक हफ्ते पहले तम्बू-कनात लगवाकर भंडारा शुरू करा दिया। बाजार का प्रभुदयाल हलवाई अपने तीन शागिर्दों के साथ तहमद लपेटकर जुट गया है। सबेरे नाश्ते में चने की घुघुनी, समोसा और हलवा। खाने में मांसाहारी और शाकाहारी दोनों के अलग तम्बू और अलग भंडारी। शाम को अँधेरा होते ही पीने-पिलाने का दौर। चाय तो किसी गिनती में ही नहीं है। जब चाहो, जितनी चाहो।

लोग पूछने लगे—तुम्हारा भंडारा कब से शुरू हो रहा है जग्गू?

ठाकुर से सलाह-मशविरे के बाद तीसरे दिन से जग्गू का टेंट भी ठाकुर टोले और यादव टोले के बीच गड़ गया। प्रभुदयाल का भाई शिवदयाल छन्ना-कड़ाही लेकर हाजिर हो गया।

मुन्दर और जग्गू अपने-अपने भंडारे का इन्तजाम तम्बू के बाहर रहकर ही कर रहे हैं। बारहों बरन का भंडारा है। चूल्हे-चौके में अभी भी सोलहवीं शताब्दी चल रही है। अन्दर घुसने से छुआछूत का सवाल खड़ा हो सकता है। ऐसे नाजुक मौके पर रिस्क लेना...

ठाकुर को लगा कि गाँव के मातबर लोगों, खासकर सवर्णों के लिए कुछ खास करना पड़ेगा। सब लोग गाँव में खुलेआम दारू नहीं पी सकते। पत्नी से झगड़े या जवान बेटे से मार खाने का डर है। छोटे-बड़े का भेद भुलाकर एक ही पंगत में बैठने से भी इज्जत घटेगी। इसलिए ऐसे लोगों का इन्तजाम ठाकुर के ट्यूबवेल घर पर। मुर्गा और दारू।

लेकिन दोनों जगह मिलाकर खर्च बहुत आ रहा है। कितनी-कितनी किस्में हैं दारू की। महुआ, ठर्रा, बसन्ती, सौंफी, मसालेदार, लाल परी। जितने पीनेवाले उतनी किस्में। जिन लड़कों की अभी ठीक से मूँछें भी नहीं निकलीं, वे भी गिलास पकड़कर बैठ जाते हैं। जग्गू के भंडारे से धुत होकर निकले तो गिरते-पड़ते मुन्दर के तम्बू में पहुँच गए। जिन लड़कों का वोटर लिस्ट में नाम नहीं है, वे भी...जिन्होंने जिन्दगी में कभी नहीं पी,

वे भी कहते हैं—भालू चाहिए। भालू माने बीयर। भालू की गिनती दारू में नहीं। प्रचारित हो गया है कि भालू जाड़े में गठिया से जाम पैरों की जकड़न ढीली करता है। फिर तो यह दवाई हुई। दीजिए न एक बोतल। अपने बाबा को पिलाते हैं।

डबल क्रॉस। दोनों तरफ से।

अभी तक तीन लोगों ने अपनी खास ब्रांड की फरमाइश की है। मिलिटरी से रिटायर सूबेदार अनोखी सिंह को थ्री एक्स चाहिए। घर ले जाएँगे। गरम पानी के साथ रोज शाम को थोड़ा-थोड़ा लेंगे। इंटर कॉलेज में पढ़ानेवाले दोनों टीचर—भवानी बकस सिंह, एम.ए., बी.एड. और डॉ. बिकरमा पाँड़े को अपने ब्रांड की व्हिस्की चाहिए। टीचर हैं, तो टीचर व्हिस्की।

"महँगी तो है, नो डाउट।—बिकरमा मुँह के पान की गड़गड़ाहट सँभालते हुए कहते हैं—लेकिन हमारा वोट भी कम कीमती नहीं है। पी-एच.डी. का वोट है।"

'टीचर्स' की कीमत सुनकर पस्त हो रहे जग्गू को दिलासा देता है ठाकुर—ठीक है। ठीक है। जो मुँह खोलकर माँग रहा है, समझो, वह झंडे के नीचे आ गया।

कुल आठ-दस हजार रोज का खर्च बैठ रहा है। राशनवाले से उधार की नौबत आ गई है। शराब तो ठेकेदार उधार देगा नहीं।

"खर्चा तो होगा। क्या कर सकते हैं?"

"लेकिन आएगा कहाँ से? घेंटों का पैसा तो फुर्र हो गया।"

"इसी का रास्ता खोजने तो बैठे हैं..."

तभी रामसिंह आकर बताता है—मुन्दर तो गाँवभर में कुर्सी बाँट रहा है।

"क्या?—दोनों के मुँह से एक साथ निकलता है।"

"हाँ, मुन्दर का बेटा और दोनों पोते हर घर को एक-एक कुर्सी दे रहे हैं। रिक्शे पर लादकर निकले हैं। लाल रंग की फाइबर की हत्थेदार कुर्सियाँ।"

सबसे पहले मुन्दर ने चन्द्रिका सिंह के दुआर पर जाकर आवाज लगाई—बड़की माई। आ गई आपके हिस्से की असली कुर्सी। उस दिन आपने कहा था...बाहर आइए। अपने हाथों से आपको विराजमान करेंगे।

आवाज सुनकर बड़की माई के साथ-साथ घर की बहुएँ-बेटियाँ भी निकल आईं।

मुन्दर का बेटा अपने अँगोछे से कुर्सी की धूल झाड़ता है। फिर घर के मुखिया को उस पर बैठाकर पैर छूता है—दिल खोलकर आशीर्वाद दीजिए।

ठाकुर हिसाब लगाकर देखते हैं। एक कुर्सी डेढ़-दो सौ से कम की नहीं होगी। तीन सौ कुर्सियाँ। यानी पचास-साठ हजार रुपए एक ही झटके में लुटा रहा है हरामजादा।

"इतनी गर्मी होती है सउदिया के पैसे में?"

"नहीं रे, यह मनरेगा का पैसा होगा। पर्दे के पीछे पदारथ।"

खेतों की ओर जा रहे मुंशी को सबेरे-सबेरे अपनी ट्यूबवेल के सामने रोका ठाकुर ने—आज हमारे खेत की गोभी खाकर देखिए मुंशी जी।

मुंशी जी ट्यूबवेल की ओर मुड़ गए।

"कैसा माहौल है, कुछ पता चल रहा है?"

"आपका अकबाल बुलन्द है।"

"आप भी जोर लगा दीजिए मुंशी जी। बहुत खर्चा हो रहा है। कुर्सी हाथ से गई तो समझो, हार्टअटैक हो जाएगा।"

"हाँ, सुना, सारा खर्च आप ही उठा रहे हैं?"

"सारा तो नहीं लेकिन लाख-डेढ़ लाख तो हो ही जाएगा।"

"तो इसकी वापसी कैसे होगी राजन?"

"परधानी हाथ में आ जाए तो वापसी की चिन्ता नहीं रहेगी।"

"वह तो ठीक है लेकिन छोटी जाति का कौन विश्वास! जीतने के बाद हाथ से बेहाथ हो जाए? हरामजदगी पर उतर आवे तो? वक्त बदलने के साथ बड़े-बड़ों की आँख का पानी बदलते देखा है। इसको भस्मासुर बनते कितनी देर लगेगी?"

यह मुंशिया मुझे डराना चाहता है क्या? वे दहाड़े—क्या बात कर रहे हैं मुंशी जी! साले को खोदकर पोरसा-भर नीचे नहीं गाड़ देंगे। भस्मासुर बनेगा तो भस्मासुर की मौत मरेगा।

"न-न-न! यह तो अपने हाथ से अपने गले में फन्दा कसना हो गया राजन! इसकी नौबत क्यों आए?"

ठाकुर सोच नहीं पाते कि क्या बोलें। इस मुंशिया की असली मंशा क्या है?

मुंशी जी थोड़ा पास आ गए। आवाज फुसफुसाहट में बदल गई—मैं कहता हूँ, रिस्क क्यों लेते हैं? रिस्क तो व्यापारी लेता है, जुआरी लेता है।

"अब तो ले चुके। वह रास्ता तो बन्द हो चुका।"

"कोई रास्ता कभी बन्द नहीं होता। एक बन्द होता है तो दस खुलते हैं। मैं कहता हूँ रिस्क उसके गले में डालिए जिसे कुर्सी मिलनी है।"

"मतलब?"

"मतलब, वह जो जगुआ की बाजारवाली जमीन है, जिस पर झोंपड़ी डालकर उसका बाप जूता पालिस करता है, उसका बैनामा करा लीजिए, या रेहन ही लिखवा लीजिए। फिर वही पैसा उसके मुँह पर मारकर उसी के हाथों जहाँ चाहें, वहाँ खर्च कराइए। जमीन नहीं, सोना है।...फिर जीतिए चाहे हारिए। भस्मासुर बने या हरिना कश्यप। कुछ दाँव पर नहीं रहेगा।"

"ओ!—ठाकुर का मुँह खुला-का-खुला रह गया—क्या खोपड़ी है इस मुंशिया की! पूरा विषखोपड़ा है। भला और किसी के दिमाग में आ सकती थी यह बात? वह मुंशी की बाँह पकड़कर अन्दर ले जाते हैं—बैठिए। अब तो चाय पिलाने के बाद ही जाने देंगे।...ए रामसिंह। दौड़कर दो कप चाय लाओ। मटर की घुघुनी भी।"

"आपने बहुत सही राह सुझाई चाचा। इसी से पता चल जाता है कि आप हमें कितना 'अपना' समझते हैं।...लेकिन एक बात समझ में नहीं आती। उस समय मेरे बाप जिन्दा थे। आप भी थे। आप लोगों के रहते ऐसी प्राइम लोकेशन पर इस ससुरे को चक कैसे मिल गया? आप लोग क्या करते रहे?"

"था एक दढ़ियल बकचोद एसीओ साला। बाजार में क्वाटर लेकर अकेले रहता था। सो गई होगी जगुआ की अम्मा दो-चार रात उसके पास जाकर। तब कितना चमकती थी!"

मटर की घुघुनी खिलाने और चाय पिलाने के बाद अपने हाथ से

सुपारी काटकर खिलाते हैं ठाकुर। फिर रामसिंह से कहते हैं—जाकर यह सब्जी का झोला मुंशी जी के घर तक पहुँचा आओ।

मुंशी जी को याद है—ठाकुर का चक मौके की जमीन पर बैठाने के लिए ही तो जगुआ के बाप को वहाँ से बेदखल करके सड़क के किनारे गड्ढे में फेंका गया था। आज वही गड्ढा कीमती हो गया तो इसको काँटे की तरह गड़ रहा है।

ठाकुर की नजर जाते हुए मुंशी की पीठ पर है। उन्हें तो मालूम ही था कि आरक्षण के चक्रीय क्रम में देर-सबेर इस गाँव की परधानी शिड्यूल कास्ट के खाते में जानी है। इसीलिए उन्होंने साल-भर पहले ही रामसिंह का शिड्यूल कास्ट का सर्टीफिकेट बनवा लिया था। पता नहीं, कहाँ गड़बड़ी हुई कि फाइनल वोटर लिस्ट से उसका नाम ही गायब हो गया! वरना एक बार रामसिंह को जिता पाते तो दस साल कोर्ट को यह तय करने में लग जाता कि वह असली शिड्यूल कास्ट है या फर्जी। जग्गू पर दाँव लगाने की जरूरत ही न पड़ती। जग्गू तो मजबूरी की पसन्द है।

ट्यूबवेल घर का दरवाजा बन्द करके आग तापते दोनों लोग अन्दर चिन्तित बैठे हैं। ठाकुर की समझ में नहीं आ रहा है कि जग्गू से जमीन बेचने की बात कैसे शुरू करें। वे पहले खाँसते हैं, खँखारते हैं, फिर कहते हैं—

"अभी कुर्सी बाँटे हफ्ते-भर ही हुए हैं कि सुनते हैं, अब साड़ी बाँटनेवाला है। कितना पैसा कमाता है इसका बेटा! मुकाबले में खड़े होकर फँस गए। अब तो लगता है बेइज्जत होकर रहेंगे।"

"जीतेंगे तो हमीं मालिक।"

"लेकिन जीत तक पहुँचेंगे कैसे? पर्चा दाखिले से लेकर हफ्ते-भर के भंडारे तक साठ-सत्तर हजार गल गए। हाथ एकदम खाली हो गया। उसने कुर्सी बाँटा है तो कुछ-न-कुछ तो हम लोगों को भी बाँटना होगा—साड़ी या कम्बल। भंडारा चलाना ही पड़ेगा। मैंने सोचा, रानी साहब से एक लाख ले लें। जीतने के बाद वापस कर देंगे। मास्टरी की तनखाह का एक पैसा खर्च नहीं करतीं। जमा करती जा रही हैं। लेकिन उन्होंने सिरे से इनकार कर दिया। अब तुम्हीं को कोई इन्तजाम करना पड़ेगा।"

"हम कहाँ से करेंगे मालिक? हमें अपनी औकात पता थी। इसीलिए

खड़े होने से बच रहे थे। बाप भी मना कर रहा था। आपने ललकारा तो खड़े हो गए।"

फिर लम्बा मौन!

"मेरे पास तो तीनों घेंटों के पैसे थे—अट्ठाईस हजार। तीन हजार पर्चा छपाने में गल गए। बाकी भंडारे और दारू में। कुछ उधार भी हो गया। मैं तो खुद सोच रहा हूँ कि..."

"बिलकुल सोचो भाई। अब तुम्हीं को सोचना है। कम-से-कम एक लाख फौरन चाहिए।"

"लेकिन मालिक, मेरे पास है क्या जिसके सहारे सोचूँ?"

"है तो तुम्हारे पास बहुत कुछ बशर्ते तुम्हारा बाप तैयार हो जाए।"

जग्गू का मुँह गोल हो गया। आँखें फैल गईं।

"देखो, जगह-जमीन, गहना-गुरिया ऐसे ही गाढ़े समय में काम आता है। तुम्हारी जो बाजारवाली जमीन है, इतनी कीमती है कि रेहन रख दो तो लाख-डेढ़ लाख रुपए फौरन मिल सकते हैं।"

थोड़ी देर तक दोनों एक-दूसरे का मुँह ताकते रहे।

"हम लोग सारी मुसीबत से उबर जाएँगे। साड़ी, कम्बल जो चाहेंगे, वह भी बाँट देंगे और भंडारा भी चला ले जाएँगे। सबसे बड़ी बात, जीत पक्की हो जाएगी। जीतने के बाद तो ऐसे-ऐसे रास्ते हैं कि दो महीने के अन्दर सूद-ब्याज समेत वापस कर देंगे। फिर तो पाँच साल तक कमाना-ही-कमाना है।...नहीं तो ऐसी बेइज्जती होगी, ऐसी बेइज्जती होगी कि कहीं मुँह दिखाने लायक नहीं रह जाएँगे।"

जग्गू को लगा, दोनों एक-दूसरे का कालिख पुता मुँह देख रहे हैं। बोला—"ठीक है मालिक। मैं बप्पा को राजी करने की कोशिश करता हूँ लेकिन वह मानेगा नहीं।"

"जैसे भी हो, मनाओ बेटा! इज्जत दाँव पर है।"

"अच्छा, मान लीजिए, बप्पा राजी हो गए तो ऐसा है कौन जिसके पास रेहन रखने पर तुरन्त लाख डेढ़-लाख मिल सकें?"

"खोजा जाएगा। बाजार के अगरवाले से मिल सकता है। नहीं तो मैं अपनी ठकुराइन पर जोर डालूँगा। समझाऊँगा कि लिखा-पढ़ी करके, रेहन

रखकर दे रही हो तो पैसा कैसे डूब जाएगा? मान जाना चाहिए। बल्कि यही ठीक रहेगा। तब रेहननामे की बात भी पबलिक में नहीं जाएगी।"

"ठीक है मालिक।"

बाहर ठंडी हवा चल रही है। आसमान में बादल हैं। रास्ते में कुत्तों के झुंड ने भौंकना शुरू किया। लेकिन जग्गू को कुछ दिखाई-सुनाई नहीं पड़ा।

बप्पा! ऐ बप्पा!

"बोल।—बदलू कथरी में कुनमुनाया।"

"अब क्या होगा?"

"क्या हुआ? पानी बरसनेवाला है क्या?"

"नहीं, वह बात नहीं। वोटवाली बात।"

बाप ने मुँह से कथरी हटा ली—अभी तो ठीक चल रहा है?

"वह बात नहीं। लगता है, भंडारा बन्द करना पड़ेगा। आठ-दस हजार उधार हो गया।"

"तो शुरू क्यों किया था?"

"क्या करता! जब मुन्दर ने शुरू कर दिया...उसने तो घर-घर कुर्सी भी बाँट दी। अब साड़ी बाँटनेवाला है।"

"उसके घर में तो नोट बरस रहा है। तेरा बाप तो जूता गाँठता है। तू उसकी बराबरी क्यों करने चला?"

जग्गू का सिर और झुक गया। समझ गया कि शुरुआत ही बिगड़ गई।

"खर्चा तो ठाकुर कर रहा है?"

अब उसने जवाब दे दिया। कहता है—"साठ-सत्तर हजार खर्च कर दिए। आगे तू सँभाल। दस-बारह दिन बचे हैं पोलिंग के। भंडारा बन्द हो जाएगा तो बनी-बनाई हवा बिगड़ जाएगी। जाड़े में कम्बल बँट जाता तो..."

"तो यह सब मुझे क्यों सुना रहा है?"

"अ-अ...अगर—वह हकलाया—ब-ब...बाजारवाली जमीन रेहन रखकर किसी से लाख-डेढ़ लाख ले लिया जाए तो इज्जत बच सकती है।"

"क्या बकता है?—बदलू गरजा—बाप-दादों की बनाई हुई 'परापर्टी' तू जुए के दाँव पर लगा देगा?"

"जुए में क्यों?"

"इलेक्शन जुआ नहीं तो क्या है?"

"क्या कहते हैं बप्पा! अपनी जीत एकदम पक्की है। कम-से-कम चार सौ वोट से। जीतते ही हम पचीस-तीस लाख के आदमी हो जाएँगे। ऐसी-ऐसी दस जमीनें खरीद लेंगे।"

"यह बता कि ऐसी सत्यानाशी राह तुझे दिखाई किसने?"

"दिखाएगा कौन? और कोई रास्ता ही नहीं है।"

"जरूर उसी ठाकुर ने तेरी मति फेरी है। इतनी दूर का निशाना। तभी मैं कहूँ कि तुझे परधानी देने के लिए वह क्यों मरा जा रहा है? तू समझ रहा है कि वह तेरा चुम्मा ले रहा है। अरे कुलकलंकी, वह तुझे डस रहा है। उसके काटने से लहर भी नहीं आएगी।...चल भाग यहाँ से!"

जग्गू बाहर निकल आया। पैर मन-मन-भर के हो गए। जब से चुनाव की भाग-दौड़ हुई, वह यहीं मड़हे में सो जाता था। लेकिन इस समय पत्नी के आँचल में मुँह छिपाकर रोने का मन कर रहा है। अगर पत्नी आँचल का टोंक गीला करके उसका मुँह पोंछ दे तो कुछ राहत मिल सकती है। लेकिन अब आधी रात में उसके पास तक पहुँचे कैसे?

महुए के पेड़ के नीचे अँधेरे में खड़ा सोच रहा है जग्गू—किसकी बात का विश्वास करे वह? क्या सचमुच डसने के लिए ही परधानी का लालच दिया है ठाकुर ने?

जमीन पर ठाकुर की नजर गड़ी जानकर बदलू की नींद उड़ गई है। इसीलिए कहा गया है कि शूद्र के धन और अरहर की मधु का बहुत दिनों तक बचना मुश्किल। कैसे बचे, जब इलाके के सारे जाली-पिचाली लोगों की नजरें चौबीसों घंटे उसी पर गड़ी रहती हैं।

कितनी तपस्या के बाद मिला था सड़क के किनारे यह चक। वह भी गड्ढे में। बहुत दिनों तक लोग उसके बाप को चिढ़ाते रहे कि साल भर तक जूता चमकाने का यही ईनाम दिया रुपए में तीन अठन्नी भँजाने वाले एसीओ ने। दो हजार घूस खाकर तेरी सोने जैसी जमीन पर ठाकुर का चक बैठा दिया और तुझे ढकेल दिया गड़ही में।

हँसी करते—सिंघाड़ा बोने के लिए दिया है। बिना जोते-बोए मुफ्त की फसल काटते रहना सालोंसाल।

लेकिन एसीओ की बात सही निकली। कच्ची सड़क दस साल में पक्की हो गई और गड्ढा चन्नू हलवाई के दोने-पत्तलों से कब का पट गया। बाप को पता था कि एसीओ की कलम से जो लिख उठेगा, वह बरम्हा की लकीर हो जाएगा। चकबन्दी दफ्तर बाजार के सिरे पर था। बाप ने बदलू की ड्यूटी लगा दी—रोज एसीओ के पैर से जूते निकालकर लाना और पालिश करके वापस पहनाना। साल-भर उसने यह ड्यूटी बजाई। एसीओ खुश हो गया। चक काटते समय उसके बाप को बुलाकर कहा—बरसाती, साल-भर तुमने मेरे जूते चमकाए, बदले में मैं तुम्हारी किस्मत चमकाना चाहता हूँ। बोलो, कहाँ चक काट दें तुम्हारा?

"हुजूर, जहाँ है ठीक है। बस, चौहद्दी नापकर पत्थर गड़वा दें। बेईमानों ने मेरी आधी जमीन दबा ली है।"

"तो उन्हीं बेईमानों के बीच में क्यों फँसे रहना चाहते हो? वे फिर दबा लेंगे। मौका मिला है तो निकल भागो।"

"हुजूर, उँचास की जमीन है। मटर बो देते हैं तो बच्चे महीना-भर निमोना खाते हैं।"

"निमोना को मारो गोली। थोड़ा नीचे उतरो। बारह आने से उतारकर चार आने की मालियत पर बैठा देते हैं। रकबा तिगुना हो जाएगा।"

जग्गू के मन में उम्मीद जगती है। मन की बात बड़बड़ाने की आदत है बाप को। लगता है, जमीन के सोच-विचार में ही पड़ा है। वह मड़हे की ओर बढ़ता है। अगर हनुमान जी आज उसके बाप की बुद्धि पलट दें तो वह इसी मंगल को उन्हें 'रोट' चढ़ाएगा।

"कच्ची सड़क के किनारे चौराहे के पास बैठा देते हैं। सड़क पक्की होते ही यही जमीन सोना हो जाएगी। तुम रहो कि न रहो, तुम्हारा यह बेटा 'लखपती' हो जाएगा।"

बरसाती हाथ जोड़े खड़ा है, मौन!

"अभी मौके पर गड्ढा है इसलिए किसी के कब्जा करने का डर नहीं रहेगा। राजी हो तो बोलो फौरन।"

अचानक बाप से एक कदम पीछे खड़ा बदलू आगे बढ़कर कहता है—राजी हैं।

राजी? बाप के मुँह से 'राजी' सुनकर खटिया के बगल खड़ा जग्गू खुशी से चीख पड़ता है—बापू-ऊ-ऊ!

वह रजाई के ऊपर से बाप की देह को छाप लेता है और बीड़ी-तम्बाकू से बस्साते उसके मुँह को ताबड़तोड़ चूमने लगता है।

बदलू रजाई फेंककर उठ बैठता है—"कहाँ गए एसीओ साहब?"

"कौन एसीओ?"

पल-भर अँधेरे में घूरकर वह फिर रजाई तान लेता है।

बदलू का इनकार सुनकर ठाकुर का मुँह लटक गया।

"बहुत ऊँच-नीच समझाया मालिक। उसके पाँव पकड़ लिये। लेकिन वह तो एक ही मूरख। जिद कर गया तो कर गया। चाहे तो एक काम हो सकता है।"

"क्या?"

"रात में उसे पिलाकर टुन्न करूँ। फिर उसका अँगूठा कजरौटे में चपोड़कर स्टाम्प पेपर पर ठोंक लूँ।"

"अँगूठा तो दो गवाहों के सामने लगना चाहिए।"

"गवाहों के दस्कत तो कभी भी हो जाएँगे मालिक।"

ठाकुर मुतमइन नहीं दिखा। कुछ देर खड़ा सोचता रहा, फिर बिस्तर के सिरहाने से प्लास्टिक के थैले में रखा स्टाम्प पेपर निकालकर जग्गू को समझाने लगा—यहाँ नीचे दाहिनी ओर लगाना—बायाँ अँगूठा। बाईं तरफ की जगह गवाहों की दस्कत के लिए है।

"ठीक है।"—जग्गू ने स्टाम्प पेपर स्वेटर के नीचे छाती पर सीधे-सीधे रखते हुए कहा—"जैसे भी होगा, मैं लगाकर लाता हूँ।"

खाने के बाद खटिया पर बैठकर उसने पत्नी को पुकारा—"जरा कजरौटा लाना तो।"

"कजरौटा? काजल लगाओगे क्या?"

"तुम तो लगाओगी नहीं। सोचा, लाओ, मैं ही लगा दूँ।"

"लगा दूँ? किसके? मेरे?"

"तब क्या पड़ोसन के? लाओ जल्दी।"

वह ले आई। खोलकर देखा—यह तो एकदम सूखा है। एक बूँद कड़वा तेल डाल दे। बस, एक बूँद।

"इतनी रात में काजल लगाने की क्या सूझी?"

"अपना अँगूठा इधर कर।"

"मेरा? दायाँ कि बायाँ?"

"अरे कोई भी।...तेरे अँगूठे तो बड़े पतले हैं रे। जैसे तेरा मुँह पतला, वैसे तेरा अँगूठा। जरा पैर का दिखा।"

"धत! क्या हुआ है तुमको आज?"

"अरे मेरी लछिमनिया! ला, तेरा पैर छू लूँ। जानती है, जिस दिन जीतकर लौटूँगा, तेरे लिए क्या लाऊँगा?...थोड़ा टेढ़ा कर। जरा काजल चुपड़।...अरे अन्दर की ओर पगली।"

उसने पीढ़े के ऊपर रखकर पत्नी के दाहिने पैर के अँगूठे को दबाकर टीपा। काले निशान पर दो-तीन फूँक मारी और चल पड़ा।

"पहले तो ससुरे ने ललकारकर सूली पर चढ़ा दिया। अब मँझधार में लाकर घटियारी कर रहा है।"

मुरारी मास्टर के घर तीन लड़के आए हैं। उनके बेटे के साथ यूनिवर्सिटी में पढ़ते हैं। कहते हैं, परधानी के चुनाव में दलित फैक्टर की केस स्टडी करने निकले हैं।

जग्गू और मुन्दर का ठाकुर-ब्राह्मण की सपोर्ट से चुनाव लड़ना उनको अच्छा नहीं लग रहा है।

मुरारी मास्टर की दालान में दोनों को बुलाया गया है। मुन्दर ने तो साफ कहला दिया—वह स्कूली लौंडों के आगे हाजिरी बजाने जाएगा? वह भी अपने से छोटे दलित के दरवाजे पर? हरगिज नहीं। जग्गू दो बार बुलाने पर आया है। दीवार से पीठ टिकाकर बैठा है।

वे कहते हैं—हमारा लक्ष्य सिर्फ परधानी की सीट हासिल करना थोड़े है। परधानी का रिजरवेशन तो लालीपाप है। हमारा मुँह बन्द करने के लिए! हमें तो हर चीज में हिस्सा चाहिए। जगह-जमीन में, ताल-पोखर में, खेती-बारी में, महल-अटारी में। हजारों साल से सारी धन-धरती पर उनका कब्जा रहा है। अब सौ-पचास साल हमारा भी रहे। हम भी जानें कि जगह-जमीन पर मालिकाना हक मिलने का सुख कैसा होता है! यह सवर्णों की बैकिंग से थोड़े मिलेगा?

"ऐसा कैसे हुआ कि सारी जगह-जमीन, खेती-बारी, महल-अटारी पर ठाकुर और पदारथ जैसे लोगों का कब्ज़ा है?"

"इसलिए कि जग्गू जैसे कौम के गद्दार और चापलूस सदा से होते आए हैं जो लात-जूता खाकर भी उन लोगों का जूठा पत्तल चाटने को तैयार रहते हैं।"

"जग्गू या मुन्दर के जीतने से जो 'बनाना रिपब्लिक' गाँव को मिलेगा, उससे हमारे मिशन को क्या हासिल होगा? उल्टे बदनामी!"

"बनाना?"—न समझने के भाव से जग्गू उस लड़के का मुँह ताकता है।

"तुम्हारी परधानी उसी तरह होगी जैसे कैरेबियन देशों के गणतंत्र। मल्टीनेशनल केला कम्पनियों के हाथ की कठपुतली। कैरेबियन देशों का नाम सुना है?"

"ऐसे समझो।—दूसरा लड़का समझाता है—मजा मारैं गाजी मियाँ, धक्का सहैं मुजावर। यह भी नहीं समझे? मतलब, कुर्सी मिलेगी दलित को और मजा मारेंगे ठाकुर-बाभन।"

सिर झुकाए बैठा जग्गू समझ नहीं पा रहा है कि अचानक ये लोग आकर उसके पीछे क्यों पड़ गए हैं? क्या मुरारी मास्टर की शह के बिना ये उसे इस तरह बेइज्जत करने की हिम्मत कर सकते हैं? गद्दार! चापलूस!

"हमारी मदद चाहिए तो ठाकुर की गुलामगीरी छोड़नी पड़ेगी।"

जग्गू भरसक कोशिश कर रहा है कि बिगाड़ न होने पाए। वह हलीमी से कहता है—सपोर्ट लेने का मतलब गुलामगीरी कैसे हुई भाई? अपने बूते हम कैसे जीत पाएँगे?

"तो जरूरी है कि तुम्हीं जीतो? हम दूसरे को जिताएँगे। जिसकी रीढ़ में दम हो। असली स्वतंत्र उम्मीदवार तो फुलझारी देवी हैं। हम उनको क्यों न जिताएँ?"

"आपके पास कौन-सी ताकत है जो जिताएँगे?—जग्गू भड़क जाता है—न आप यहाँ के वोटर हैं, न इस गाँव में आपकी कोई नाते-रिश्तेदारी है तो किसके बल पर जिताने-हराने का ठेका ले रहे हैं?"

लड़के सन्न! वे एक-दूसरे का मुँह देखते हैं।

लेकिन इससे तो बात बिगड़ जाएगी। सोचकर जग्गू गुस्से पर काबू करता है—गुलामगीरी करे ससुरा अँगूठाछाप मुन्दर और उसकी आल-औलाद। मैं बीस साल पहले का हाईस्कूल पास। फस्ट डिवीजन। साइन्स साइड। मार्कशीट दिखाऊँ? बाप आगे पढ़ाता तो मैं भी डी.एम., एस.पी. बन जाता। मैं इंटर फेल ठाकुर की गुलाम गीरी करूँगा? अरे, गरज पड़ने पर गदहे को भी मामा कहना पड़ता है। लाखों खर्च कर रहा है। भंडारा खोले हुए है तो मामा नहीं कहूँगा? मेरा पैंतरा जीतने के बाद देखना। सारा गाँव आकर मेरे 'इसमें' तेल न लगाए तो कहना।

लड़के न चाहते हुए भी मुस्कुरा देते हैं।

जग्गू दीवार के सहारे बैठे मुरारी मास्टर को तिरछी नजर से ताकता है। वे मरी आवाज में कहते हैं—जो भी फैसला हो, समझदारी से...

"समझदारी-दुनियादारी तो वही कुर्सिया सिखा देती है चाचा। गदहा भी उस पर बैठते ही आलिम-फाजिल हो जाता है।—वह उठकर मुरारी के पैरों में हाथ लगाता है—आपका आशीर्वाद लेकर पर्चा भरा है चाचा। जब तक आप साथ हैं, कोई रोंवा भी टेढ़ा नहीं कर सकता।"

कहने के साथ वह बाहर निकल जाता है।

तभी दरवाजे के पास खड़ा जग्गू का फुफेरा भाई चिल्लाता है—अरे ये तीनों फुलझरिया के एजेंट हैं! बीस-बीस हजार ले चुके हैं।

सुनकर तीनों लड़कों का चेहरा फक हो जाता है।

खुलेआम जग्गू के समर्थन में कोई आया है तो वह है मकबूल। जग्गू का दर्जा आठ तक का क्लासफेलो। बचपन में दोनों ने साथ-साथ बुलबुल फँसाया है। नहर में कटिया लगाया है। गर्मी की दोपहरी में जंगल में खरगोश का शिकार किया है।

वह सीना ठोंककर कहता है—साथ हैं तो हैं। खुल्लमखुल्ला हैं। किसी साले से डरते हैं?

कहता है—पदारथ जैसे 'फराडी' के कैंडिडेट को हमारे टोले से एक भी वोट मिल जाए तो जो सजा चोर की, वह मेरी। चाहे जितनी कुर्सी-कम्बल बाँटे।

मकबूल बताता है—पिछले चुनाव की तरह इस बार भी पदारथ कोशिश में थे कि मुसलमान टोले से कोई वोटकटवा कैंडिडेट खड़ा हो जाए। कितनी मुश्किल से रोका गया।

जग्गू को ठाकुर की सीख याद आती है। वह कहता है—मैं मसजिद के लिए हजार रुपए चन्दा देना चाहता हूँ। यह भी ऐलान करना चाहता हूँ कि परधान बन गया तो मसजिद के सामने का डेढ़ बीघा बंजर मसजिद के नाम पट्टा कर दूँगा।

"तुम शाम को बड़े मौलवी साहब की सहन में आओ। वहीं सबके सामने ऐलान करो। रसीद कटाओ। बाकी सब मैं सँभाल लूँगा।"

बड़े मौलवी साहब के घर जाने की बात पर जग्गू को सहजादी खाला की याद आती है। रास्ते में ही घर पड़ेगा। उनसे भी मिलना हो जाएगा। अकेले रहती हैं। बचपन में जाता था। माँ भेजती थी। कभी उनकी टूटी चप्पल मरम्मत के लिए लाने। कभी आम, अमरूद, करौंदा या बेर देने। माँ सिखाती थी—कहना, सलाम वालेकुम खाला। खाला खुश होकर असीसती थीं। खुश रहो। आबाद रहो। हुनरमन्द बनो। खाने को लइया, गुड़ या बताशे देती थीं। चप्पल सिलाकर लाने पर चवन्नी देती थीं। न वह हुनरमन्द हुआ, न आबाद हुआ। अब हो सकता है, आबाद हो जाए। घंटी निशान कई बार चिन्हाना होगा। एक वोट पक्का।

वह जैसे ही पक्की से मुस्लिम टोले की ढलान पर उतरने को हुआ, सामने से सुलताना का शौहर इद्रीश इक्का लेकर आता दिखा। अरे, अब तो सुलतनवा भी यहीं आकर रहने लगी है! उसने जोर से हाँक लगाई—सलाम वालेकुम इद्रीश भाई!

बदले में इद्रीश ने चाबुकवाला हाथ थोड़ा ऊपर और सिर थोड़ा नीचे झुकाया। जग्गू को उसकी काली ट्रिम की हुई चमकती दाढ़ी बहुत अच्छी लगी।

साला, सुलतनवा जैसे मोती को रोज चुगता होगा। उसे ईर्ष्या हुई।

सु-ल-ता-ना रे-ऽ-ऽ-ऽ, मेरे दि-ल्ल में तू बसी-ऽ-ऽ है बन के नू-ऽ-ऽ-ऽ र...सु-ल-ता-ना रे-ऽ-ऽ-ऽ

सातवीं क्लास में सुलताना उसके बगलवाले टाट पर दरवाजे के पास

बैठती थी। आते-जाते वह उसकी समीज के अन्दर झाँकने की कोशिश करता था। सुलताना को सब पता था। वह सावधान हो जाती थी। समीज को पीछे से थोड़ा नीचे खींच देती थी। फिर उसकी निराशा पर मुस्कुराती थी।

आठवीं में पहुँचते-पहुँचते वह उसे रास्ते में देखकर गाने लगा था—सु-ल-ता-ना रे-ऽ-ऽ-

एक बार वह बाग से गुजर रही थी और वह कच्ची अमिया की लालच में गाना भूल गया था तो उसकी छोटी बहन घर तक ओरहन लेकर आ गई थी—आपा पूछती हैं, आज उनके नामवाला गाना क्यों नहीं गाया?

आज वह सुलताना से क्या वादा कर सकता है? कहेगा—जिता दोगी तो तुम्हारी घोड़ी की नाँद पक्की करा दूँगा।

वापसी में बहुत खुश है जग्गू। कितनी खिली हुई है सुलताना! चाँद के गोले के बराबर है उसके चेहरे का गोला। उतना ही गोरा। चारों तरफ से हिजाब के घेरे में। जैसे अँधेरे में चाँद! अब भी हँसी में वही खनक है। दाँतों में वही चमक। कह रही थी—मतलब पड़ा तब सुलताना की याद आई? मतलबी कहीं के!

उसका मन कहता है, कहीं अकेले में बैठकर देर तक सुलताना के बारे में अच्छी-अच्छी बातें सोचता रहे। सड़क पर छलाँग लगाते हुए चलने का मन कर रहा है।

ठाकुर ने दो दिन पहले 'टीचर्स' की बोतल पकड़ाते हुए कहा था—मुंशी को दे आना।

दरवाजे पर सन्नाटा है। चारों तरफ अँधेरा। ओसारे में लम्बी खूँटी में टँगी लालटेन जल रही है जो थोड़ी-थोड़ी देर में भभकती है। जग्गू कुंडी खटकाता है।

मुंशियाइन निकलकर बताती हैं—अभी-अभी आए हैं। बैठो। भेजती हूँ।

वह पास पड़ी कुर्सी पर बैठ जाता है।

तनहा हैं दोनों परानी। एक बेटी थी, कब की ससुराल चली गई। लड़का कोई नहीं।

कहते हैं, कई लड़के हुए लेकिन कोई जिन्दा नहीं बचा। जग्गू को पता है, कचहरी में बड़ा रुतबा है मुंशी का। सारी बहस और कानूनी प्वाइंट

खुद तैयार करते हैं और जिरह वाली तारीख पर किसी बड़े वकील का वकालतनामा लगवाकर बहस करा देते हैं।

मुंशी जी तौलिया से हाथ पोंछते हुए निकलते हैं। वह लपककर पैर छूता है।

"बस, बस।"—मुंशी जी आशीर्वाद देने की मुद्रा में दोनों हाथ उठा देते हैं।

"कैसा चल रहा है?"

"आपका आशीर्वाद लेने आया हूँ।—वह व्हिस्की की बोतल कुर्ते की जेब से निकालकर तिपाई पर रखता है।"

"अरे, इसकी क्या जरूरत थी? डॉक्टर ने मना कर दिया है। अभी मुंशियाइन देखेंगी तो बिगड़ेंगी।—कहने के साथ वे खुद बोतल उठाकर तिपाई के नीचे छुपा देते हैं।"

"बाजारवाली जमीन रेहन रख दिए?"

"आपको कैसे पता चला?"

"मेरी गवाही कराने लाए थे।"

"क्या करता! खर्च इतना बढ़ गया कि...मुन्दर अथाह पैसा खर्च कर रहा है।"

"डेढ़ लाख में रखना दिखाया है?"

"हाँ।"

"पूरा पैसा मिल गया?"

"अभी तो ठकुराइन के पास पचास हजार ही थे। पचीस ठाकुर ने अपने भंडारे के लिए रख लिये, पचीस मुझे दिया है। बाकी बैंक से निकालकर देंगी तो कम्बल बाँटा जाएगा। बस, यही डर लग रहा है कि हार गया तो कहाँ से पटाऊँगा?"

"हारोगे तो नहीं। लेकिन अगर तकदीर ही टेढ़ी हो जाए तो बेचकर पटा देना। आठ लाख से कम न मिलेंगे।"

"बेच कैसे सकते हैं, जब तक रेहन न छुड़ा लें?"

"बात तो सही है। मांस बाघ के मुँह में डाल चुके हो। लेकिन जरूरत पड़ेगी तो रास्ता निकाला जाएगा।"

"कैसे?"

"बेचने के पहले रेहन पटाना जरूरी है भी और नहीं भी।"

"कैसे?"

"पहले पटा सको तब तो ठीक ही है। नहीं तो बेचकर पैसा अपने खाते में डालो। फिर निकालकर रेहन पटाओ और खरीददार को मौके पर कब्जा दे दो।"

"रेहन रहते बेच सकते हैं?"

"रेहन माने कुछ नहीं। सरकार ने रेहन गैर-कानूनी कर दिया है। यह तो आपसी समझ से चलता है। तुम उनका पैसा न लौटाओ तो वे तुम्हारी जमीन थोड़े हथिया सकते हैं।"

"ओ!—जग्गू की आँखों के कोये फैल गए।"

"सच पूछो तो तुम्हें यह जमीन दोनों हालत में बेचनी होगी। पूछो, क्यों?"

जग्गू उनका मुँह ताकने लगा।

"हार गए तब तो रेहन पटाने के लिए बेचना पड़ेगा। जीत गए तब भी बेचना होगा। वह इसलिए कि नाहरगढ़ का परधान बनने के बाद तुम्हें गड़ही के किनारे की उस झोंपड़िया में रहना शोभा नहीं देगा। सड़क के किनारे ग्राम समाज की एकाध बीघा जमीन का बाप के नाम आवासीय पट्टा कराओ और बाजार की जमीन बेचकर पट्टे की जमीन पर आलीशान घर बनवाओ। जमीन बेच दोगे तो कोई यह भी नहीं कहेगा कि परधानी की लूट से बनवाया है और जितना चाहोगे, इसमें परधानी की काली कमाई भी खप जाएगी।"

"बाप रे!—थोड़ी देर तक तो जग्गू के मुँह से आवाज ही नहीं निकली—कितना कानून भरा है इस बुड्ढे की गंजी खोपड़ी में!"

"और सुनो, जमीन जब कहोगे, बिकवा दूँगा। मुँहमाँगे दाम में।"

जग्गू झुककर दोनों हाथों से मुंशी के पैर पकड़ लेता है।

"हमेशा आपकी शरण में रहूँगा मुंशी जी। जिस तरह आप सबका भला सोचते हैं, सबको राह दिखाते हैं, वैसा कौन करता है आज के जमाने में!"

बाहर भले मुंशी जी की बुद्धि और कानूनी ज्ञान की तूती बोलती हो लेकिन गाँव में तो दाँतों के बीच में जीभ की तरह ही रहना पड़ता है। सबसे मिलकर, बनाकर चलना उनकी मजबूरी है। सबके भले के लिए एक-दो प्वाइंट बताते रहते हैं तो गाँव-देश में मान-सम्मान मिलता है। अपना अपमान और तिरस्कार भी सही मौका आने तक कलेजे में दबाकर रखना पड़ता है।

मुंशी जी को ठाकुर के बाप का तीस-पैंतीस साल पुराना गुस्से से फनफनाता चेहरा याद आ रहा है। चकबन्दी के दौरान उनके घर के सामने की 'मतरूक' जमीन पर कब्जे को लेकर हुए विवाद में लाल-लाल आँखें निकालकर दाँत पीसते हुए चिल्लाया था—खबरदार जो इस जमीन पर कब्जे की सोचा। गोड़ काटकर हाथ पर रख देंगे। लाला-लूली किस खेत की मूली?

वे आँखें और वे बोल मुंशी जी के कलेजे में नासूर बनकर गड़े हैं।— अब समझ में आएगा बेटा कि जब मूली अटकती है तो कितना कल्लाती है।

"जब इतनी 'किरपा' है तो कोई ऐसी दाँव बताइए चाचा कि जीत पक्की हो जाए।"

"बैजनाथ बाबा से मिले कि नहीं?"

"वे तो पदारथ के खानदानी हैं। वे पदारथ के खिलाफ कैसे जाएँगे?"

"खुलेआम नहीं जाएँगे लेकिन वोट तो ओट में दिया जाता है। ...फौरन मिलो।"

"क्या कहूँगा?"

"कुछ कहने की जरूरत नहीं। जो मन में आए सो कहना। बस, अकेले में मिलकर हाथ जोड़ लेना।...पदारथ ने उनका आधा रास्ता घेरकर दालान की नींव डाल दिया है। उनका रास्ता घटकर तीन फीट की कोलिया बन गई है। जीप-कार का दरवाजे तक आना-जाना बन्द। उनका खूँटा पदारथ के बेटे ने उखाड़कर मंडार में फेंक दिया था। यह बात जीते-जी बुड्ढे को नहीं भूलेगी। अभी घाव ताजा है। जाओ, अपने सत्रह-अठारह वोट पक्के कर लो।"

घर जाते हुए जग्गू की खोपड़ी भाँय-भाँय कर रही है। कैसे-कैसे साँप, बिच्छू भरे हैं गाँव की खोह में! जब तक काट न लें, पता ही नहीं चल सकता।

बैजनाथ बाबा दिशा-मैदान के लिए मुँह अँधेरे जंगल की ओर जाते हैं। फिर ताल पर आकर लोटा मटियाते हैं। जग्गू ताल के पास झरबेरी के झाड़ के पीछे मुँह अँधेरे ही आकर खड़ा हो गया है। जैसे ही बाबा मुँह का कुल्ला फेंककर कान का जनेऊ उतारते हुए आगे बढ़ते हैं, वह सामने आकर साष्टांग लेट जाता है—बरदान चाहिए बाबा।

"कौन है रे?" जगुआ? इतने भिनसारे?

जग्गू उठकर हाथ जोड़ता है—अपने कुल-खानदान की तरफदारी तो दुनिया करती है बाबा लेकिन आदमी वह है जो न्याय का पक्ष ले। भीखम पितामह जैसे ब्रह्मचारी बलधारी के साथ क्या हुआ? अन्यायी का साथ देने के चलते छह महीने तक न जीने में रहे न मरने में। आपके भतीजे पदारथ भी इस गाँव के दुरजोधन हैं। उन्होंने गाँववालों के साथ कम अन्याय नहीं किया है। उनका आदमी जीत गया तो फिर करेंगे। इसलिए अन्यायी का साथ मत दीजिए। इस बार मुझे जिताइए। मैं तन-मन-धन से आपके साथ रहूँगा।—वह सिर झुका देता है।

"—तू तो बड़ा चतुर है रे! किसने भेजा मेरे पास?"

"गरज ने, बाबा। और कौन भेजेगा?"

"हा-हा-हा-हा!—ठठाकर हँसे बाबा। खाँसी आ गई।"

"तू तो खलीफा हो गया रे। जा, मेरा आशीर्वाद तेरे साथ है।"

जैसे-जैसे पोलिंग की तारीख नजदीक आ रही है, चुनाव का बुखार तेज हो रहा है। रबी की पहली सिंचाई हो गई। अब खेती में ज्यादा काम नहीं। गन्ना काटकर तौलाई सेंटर पर भेजने में जितना समय लगे। जानवरों का चारा-पानी करके लोग 'कनविंस' करने और 'कनविंस' होने के लिए निकल पड़ते हैं। जिनके खूँटे पर कोई जानवर नहीं है, वे तो परम स्वतंत्र हैं। जिस भंडारे पर पहुँचेंगे, वहीं खाना-पीना, इफरात। अब रात ग्यारह-बारह से पहले शायद ही कोई घर वापस लौटे। इतने पर भी दावे के साथ कौन कह सकता कि किसका वोट किसके खाते में जाएगा।

अस्सी साल की बूढ़ी अन्धी इतवारी लाठी से रास्ता टटोलते हुए चार-पाँच दिन से भोर में ही आकर जग्गू के दरवाजे पर बैठ जाती है। उसका बेटा अपनी मेहरारू-लरिका के साथ परदेस रहता है। पिछले साल आया

तो माँ से कह गया था कि हर महीने सौ रुपए भेजा करेगा। चार महीने तक पैसा मिला फिर बन्द हो गया। इतवारी दो बार कोस-भर दूर डाकखाने तक गई। दिन-भर बैठी रही लेकिन पैसा नहीं मिला। उसे यकीन है कि बेटा पैसा भेजता है लेकिन चिट्ठीरसा देता नहीं, दबा लेता है। पदारथ से कहने पर वे हँसने लगते हैं। उसका कहना है कि जग्गू चाहे तो उसका वोट अभी ले ले लेकिन डाकखाने चलकर उसका पैसा दिला दे।

फुलझारी के दुआर पर सुबह-शाम औरतों का मेला लगता है। किसी को विधवा पेंशन चाहिए, किसी को बुढ़ापा पेंशन। कमर में लाल चुनरी बाँधे फुलझरिया बायाँ हाथ कमर पर रखकर दाहिने हाथ को हवा में चमकाती है—पदारथ ने तेरह औरतों को बिधवा बनाया है। मरद आछत बिधवा! उन्हें फर्जी पेंशन दिला रहे हैं। और तो और, अपनी सगी पतोहू को बिधवा दिखा दिया है। कोई पूछे भला कि बिधवा है तो गोद में चार महीने की बेटी किसकी है? जग्गू और मुन्दर में इतनी हिम्मत है कि ठाकुर-बाभन टोले की फर्जी बिधवाओं की पेंशन रोक सकें? जीतते ही मैं यह जालबट्टा बन्द कराऊँगी।

फुलझरिया का टेम्पो देखकर ठाकुर और पदारथ दोनों की सिट्टी-पिट्टी गुम है।

जग्गू की बिरादरी के चार-पाँच लड़के डमी बैलेट पेपर लेकर घर-घर घूम रहे हैं।

"चाची। इस पर्चे में अपना चुनाव चिह्न पहचानिए।"

चाची कुछ देर तक ढूँढ़कर कुर्सी पर उँगली रखती हैं। लड़के हक्का-बक्का—यह थोड़े। यह तो मुन्दर का निशान है। अपने जग्गू काका का निशान पहचानिए।

"हमैं का पता? तुम बताओ।"

"ई देखौ घंटी। अब न भुलाइउ। ए भौजी, तुम पहचानो।"

भौजी हँसते-शरमाते पर्चा देखती हैं—ई है घंटी।

"हाँ, भौजी, तुम तो पहचान लीं।"

"तो हम पास हो गए देवर?"—हँसती हैं। लड़के हँसते हैं।

मुसलमान टोले में मकबूल का बारह साल का लड़का और एक

भतीजा घूम रहा है। जो भी मिले, बैलेट पेपर दिखाकर पूछते हैं—कहाँ है घंटी?

घंटी खोजना मुश्किल।

"ए बबलू। ई जगुआ को हाथी काहे नहीं मिला? साफ-साफ दिखाई पड़ता।"

"हाथी इस इलेक्शन में नहीं मिलता खाला। हाथी बड़के इलेक्शन में लड़ता है। बड़की लड़ाई।"

"नाहीं रे। कंजूस है। पइसा नहीं खर्च किया होगा। देख, मुन्दरवा कुर्सी रखि गवा है कि नाही! ऊ कुर्सी पाइ गवा।"

"ए खाला। कुर्सिया पे बइठो मगर मोहरिया घंटिया पे लगावै का है। इहै बड़े मियाँ पास किए हैं।"

"बड़े मियाँ की नबाबी चल रही है क्या रे?"

बाजार के दुलीचन्द अगरवाले ने एक बार कहा था—अपने गाँव के बदलुआ की जमीन दिलाइए मुंशी जी। आपका कमीशन नहीं मारूँगा।

मुंशी जी जानते हैं कि यह जमीन मिल जाए तो अगरवाल के कोल्ड स्टोरेज की लोकेशन सही हो जाएगी। गले में हड्डी की तरह फँसा है बदलुआ। दुलीचन्द की कोठी पर देशी घी से तर सूजी का हलवा चाभते हुए आश्वस्त करते हैं मुंशी जी—अस्सी नहीं, सिर्फ पचहत्तर फीट का दाम देना होगा आपको। पूछो, कैसे? मैं समझाता हूँ। एक तरफ तीन फीट आपने दाब रखा है। दूसरी तरफ दो फीट दूसरे ने! मौके पर बची पचहत्तर फीट। इस पचहत्तर फीट का दाम बदलू के खाते में डालना होगा। जो तीन फीट पहले से आपके कब्जे में है, उसका दाम मेरे खाते में जाएगा। पैमाइश कराने के बाद दूसरी साइड का जो दो फीट निकलेगा, वह आपको फिरी में मिल जाएगा।

"लम्बाई कितनी है?"

"एक सौ दो फीट।"

"इतनी तो नहीं लगती।"

"हो सकता है, पीछेवाले ने भी कुछ दबा लिया हो! मगर आपको जितना खतौनी में दर्ज है, पूरा दिलाएँगे। यह देखिए...वे जेब से गोल-गोल

मुड़ा हुआ ट्रेस्ड नक्शा निकालकर खोलते हैं—पूरा ले-आउट मेरी जेब में है। मूल जमीन बारह आने मालियत पर दो बिस्वा से डेढ़ डिसमल ज्यादा थी। सामूहिक कटौती के बाद चार आने मालियत पर बैठने से रकबा बना छह बिस्वा यानी 1361×6=8166 वर्ग फीट। चौड़ाई अस्सी है तो लम्बाई कितनी होगी, खुद भाग देकर देख लीजिए।

"रेट?"

"मेरा कमीशन दो परसेंट। रेट जो आमने-सामने बैठकर तय हो जाए।"

"रेट कायदे का लगवाइए तो सोचें।...एक बात और। हरिजन की जमीन खरीदने पर तो रोक है। परमीशन का लफड़ा होगा।"

"जमीन पर रोक है न, आप मकान लिखवाइए।"

"जमीन को मकान कैसे लिखा लेंगे?"

"अरे भाई, खंडहर लिखाया जाएगा।"

दुलीचन्द मुंशी जी का मुँह ताकने लगा।

"हाँ, भाई। जो उसकी झोंपड़ी है, समझो, वह पुराने मकान का खंडहर है। आपने खंडहर की रजिस्ट्री कराई और कब्जा लेकर उसे जमींदोज कर दिया। मौके पर जमीन बची रह गई। जो चाहे आकर देख ले।"

"खारिज दाखिल हो जाएगा?"

"न भी हो तो क्या? उसके खाते में पैसा चला गया। बाप-बेटे ने मौके पर कब्जा दे दिया। जमीन आपकी बाउंड्री के अन्दर हो गई। खेल खत्म।...आप भी अगरवाल साहब, दुनिया चराकर बैठे हैं और हमसे पहाड़ा पूछ रहे हैं। अरे, परमीशन के लफड़े से डराया जाएगा तभी तो मनमाफिक रेट पर मिलेगी।"

पैसा हाथ में आ जाने से जग्गू के भंडारे की रौनक बढ़ गई है। चार-पाँच नचनिया रिश्तेदार आ गए हैं। खाने-पीने के बाद नाच जमी है। औरतों-बच्चों का मेला जुट आया है। अलाव में मोटी-मोटी लकड़ियाँ डाल दी गई हैं। आग की लाल-पीली लपटें घटती-बढ़ती रोशनी का पैटर्न बना रही हैं। मृदंग की थाप और झाँझ की झैंयक-झैंयक। बीच में सिंघा बाजा की धू-तू, धू-तू। आधे दर्जन नर्तक-नर्तकियों की दायें-बायें हिलती कमर सिर के झूमने के साथ ताल मिला रही है। आज होश में रहने का

क्या काम? नाचते-नाचते लेट जा रहे हैं। कुछ लेटे हुए उठने की नाकाम कोशिश कर रहे हैं। बदलू और उसका उससे भी बूढ़ा साला एक-दूसरे से सिर जोड़े पंजे मिलाए नाचते-नाचते झुके जा रहे हैं :

कटै द्या गोस रोटी कटै द्या गोस रोटी
आवै द्या शराब कटै द्या गोस रोटी

[आती रहे शराब। कटती रहे गोस्त रोटी।]

कहिलौ महिलौ...हुड़ुक दहितवा...
कहिलौ महिलौ...हुड़ुक दहितवा...

बदलू को नशे में कमर मटकाता देख जग्गू की बूढ़ी माँ पोपले मुँह से हँस रही है।

पोलिंग के चन्द दिन बचे हैं। गाँव का माहौल पूरी तरह गरम हो गया है। ठाकुर ने आज पूरी ठकुरइया को न्यौता है। केवल बिरादरी भोज। गढ़ी का जंग लगा जर्जर फाटक बन्द कर दिया गया। बीच में अलाव जलाया गया है। दोनों तरफ दो गैस बत्तियाँ। दो मेजों पर मीट और मुर्गे के देग और चिखना। एक चौकी पर दारू का क्रेट और पानी की बाल्टी।

रामसिंह लपक-लपककर सबके गिलास भर रहा है। हड्डियाँ कड़कड़ा रही हैं। गिलास टकरा रहे हैं। खोपड़ी सनक रही है। जबान बमक रही है। बात चलती है कहाँ से और पहुँच जाती है कहाँ?

"...वाह, बहादुर, वाह...जमीन भी लिया, परधानी भी लेंगे। बजावे बेटा ठन-ठन गोपाल..."

"...सरकार बुजरी करती रहे वहाँ बैठकर रिजरवेशन। यहाँ उसकी इस्कीम में पलीता लगानेवाले हम लोग कम हैं क्या?"

"...अच्छा, बाबू भवानी बकस सिंह, आप तो पालिटिक्स पढ़ाते हैं, ऐसा नहीं हो सकता कि जीते कोई भी साला, उसे पकड़कर अपने नाम मुख्तारनामा लिखाओ...क्या कहते हैं उसे अँगरेजी में?"

"पावर ऑफ एटार्नी..."

"हाँ, वही। फिर ठाँस के परधानी करो।"

"...उससे अच्छा कि बेचीनामा लिखा लो। पकड़ बेटा एक लाख और लिख परधानी मेरे नाम। बस्ता-मोहर रखकर फूट..."

"ठाकुर होकर बेची-खरीदी क्यों करेंगे? दो लाठी मारकर छीन नहीं लेंगे?"

"आप लोगों पर ज्यादा चढ़ गई है। ऐसा कहीं हो सकता है?"

"क्यों नहीं हो सकता? क्या नहीं हो सकता? बुलाओ मुंशिया को। ससुरा साँझ से ही मुंशियाइन के लहँगे में घुस जाता है। बुढ़ापे में भी अलग नहीं सो सकता। बुलाओ, 'कायस्थ बुद्धी' लगाकर कोई रास्ता निकाले।"

लहँगे में घुसना कब का छूट गया लेकिन घुसने की कल्पना करके अधगंजे सर के सफेद बाल भी परपराकर खड़े हो जाते हैं।

"कैसा जमाना आ गया!—एक डूबी हुई आवाज उभरती है—राजशाही के साथ ठकुरई भी चली गई।"

"फिर राजशाही आनेवाली है बाबा। एक बहुत लम्बी दाढ़ीवाले ज्योतिषी ने भविष्यवाणी किया है।"

"क्या-या-या...?"

"हाँ, कलजुग के आखिरी चरन में एक दिन ऐसा आएगा जब एमपी, एमेले की सारी सीटों पर खूनी-कतली लोगों का कब्जा हो जाएगा। तब सब मिलकर 'देसवा' का बँटवारा करेंगे। उस बँटवारे में हम लोगों को भी हिस्सा मिलेगा..."

"वाह, बाबू झल्लर सिंह। 'बिलायती' की झोंक में कितनी ऊँची बात बोल गए।"

भवानी बकस सिंह की लड़खड़ाती आवाज अचरज में डूबी है—क्लेप्टोक्रेसी-ई-ई! क्लेप्टोक्रेसी-ई-ई-ई!

"ए रमुआ...पुचुर-पुचुर दो-दो घूँट क्या डालता है बे...भर पूरा गिलास ऊपर तक...और डाल...और...बहता है तो बहने दे...तू डालता रह..."

ठाकुर डर रहे हैं कि चंडूखाने की यह गप्प बाहर गई तो हुआ बँटाढार।

"...अंय, बोटी खतम? प्याज भी? का बाबू दलगंजन सिंह, इसी सहूर से परधानी करोगे?"

"धात्त!—नीम के पक्के चबूतरे से टकराकर गिलास के सौ टुकड़े हो जाते हैं।"

पोलिंग से तीन दिन पहले पदारथ ने इन्द्रजाल फेंका। चुनाव घोषित होने से कुछ दिन पहले तालाब का जीर्णोद्धार हुआ था। तीस-पैंतीस लोगों की बीस-बाईस दिन की मजदूरी बकाया है। पदारथ का कहना है कि 'हाजिरी' बनाकर 'ऊपर' भेज दी गई है। पास होकर आती, इसके पहले चुनाव घोषित हो गया इसलिए पेमेंट फँस गया। अगर नया परधान जीत गया तो पूरा पेमेंट कैंसिल करा सकता है। पेमेंट लेना है तो मेरे आदमी को जिताइए। जिताने पर पेमेंट की गारंटी है। हारने पर कोई गारंटी नहीं।

पदारथ के आदमी मजदूरों को अलग-अलग समझा रहे हैं—एक वोट की ही तो बात है। उसके चलते दो-ढाई हजार रुपए पानी में डालने से क्या फायदा? वोट का क्या अचार डालोगे?

ऐन मौके पर तुरूप चाल। सुनकर ठाकुर घबराए। दोपहर से ही अपनी कोठरी की साँकल अन्दर से बन्द करके जाने कहाँ-कहाँ मोबाइल मिलाते रहे। अँधेरा होने पर बाहर निकले तो रामसिंह को बुलाकर कहा—ब्लाक ऑफिस जाकर जनार्दन बाबू से मिलो, अभी तुरन्त। कहना, नाहरगढ़ के दलगंजन सिंह ने भेजा है। उन्हें यह लिफाफा दे देना। वे कुछ पेपर देंगे। उनकी पचास-साठ फोटो कापियों का सेट बनवाकर लाना है। आज ही चाहिए।

रात ग्यारह बजे शाल लपेटे, कान बाँधे, नाक से पानी चुआते रामसिंह की मोटर साइकिल ट्यूबवेल घर की ओर मुड़ती है तो उसकी हेड लाइट में ठाकुर मंकी टोपी लगाए ओसारे की चारपाई पर बैठे इन्तजार करते दिखाई पड़ते हैं।

रामसिंह ठंड से अकड़ी उँगलियों पर फूँक मारते हुए सफाई देता है—जनार्दन बाबू ने कागज बहुत देर से दिया। फिर शहर जाने, फोटो कापी की दुकान खुलवाने, जनरेटर चलवाने में बड़ा समय लग गया।

ठाकुर को कुछ सुनाई नहीं पड़ता। वे टार्च की रोशनी में देर तक पेपर पढ़ते हैं—गुड्ड। तुरूप का जवाब तुरूप का इक्का।

सबेरे ठाकुर खुद, रामसिंह, जग्गू और जग्गू के टोले के दो लड़के

फोटोस्टेट कागजों का सेट लेकर गाँव-भर में फैल गए। जग्गू ने एक सेट मकबूल के पास भेजवाया और ठाकुर से उसकी बात करा दी।

घंटे-भर में पूरे गाँव को पता चल गया कि पक्की सड़क से मुसलमान टोले तक के करीब आधा कि.मी. और हरिजन टोले के करीब ढाई-तीन सौ मीटर लम्बे कच्चे रास्ते पर कागजों में दो साल पहले ही खड़ंजा बन गया है।

—लीजिए, अपनी आँख से पढ़ लीजिए आप लोग। यही हैं भुगतान किए गए बिलों की फोटो कापियाँ।...और मौके पर? एक भी ईंट लगी हो तो बताइए। चार लाख सत्तर हजार रुपए पूरे-के-पूरे हजम। लोग दस-बीस परसेंट खाते हैं। चग्घड़-से-चग्घड़ विधायक भी विधायक निधि का पचास परसेंट से ज्यादा नहीं खा पाता। लेकिन आपका परधान सौ-का-सौ परसेंट हजम कर गया। अब आप लोग खुद फैसला करें...

परदेस रहनेवाले वोटरों को कई उम्मीदवारों ने चिट्ठी लिखकर बुलाया है। सबने लिखा था—आने-जाने का खर्चा मेरे जिम्मे। सभी जानते हैं कि गुजरे गवाह और लौटे बराती का कोई पुछत्तर नहीं होता। गुजरा वोटर भी इसी श्रेणी में आता है। इसलिए पोलिंग के पहले वे अपना किराया-भाड़ा वसूल पाना चाहते हैं। किसी एक से नहीं। हर चिट्ठी लिखनेवाले से।

"अगले परधानी चुनाव तक एक वोट की कीमत पाँच हजार रुपए हो जाएगी। इस बार पाँच सौ फी वोट तो दे दीजिए। सिर्फ किराया-भाड़ा देकर पल्ला झाड़ लेंगे?"

"पहले कुछ कमाने का मौका तो दीजिए काका। अगली बार मुँहमाँगा देंगे।"

इतने लम्बे जनसम्पर्क से हर उम्मीदवार जान गया है कि वह कितने पानी में है। मुन्दर ने तो अपनी ओर से पूछकर, जिसने जो रकम बताई, उसमें पाँच सौ रुपया जोड़कर दे दिया। जग्गू से भी जिसने जितना बताया, पा गया। लेकिन जिन्हें जीतने की कोई आशा नहीं है, वे टाल-मटोल कर रहे हैं। जो कुछ जेब में बचा रह जाए, वही अच्छा।

पोलिंग से एक दिन पहले मुँह अँधेरे हल्ला मचा—फुलझरिया दल्लू के बेटे शंकर के साथ बँसवारी में पकड़ी गई।

दिशा-मैदान का समय। सारा गाँव ही बाहर था। लोग दौड़े—क्या हुआ? क्या हुआ?

फुलझरिया ने कसकर एक तमाचा शंकरवा के गाल पर जड़ा और गाँव के पिचालियों को ललकारती अपनी राह चली गई। किसी की हिम्मत उसके सामने पड़ने की नहीं हुई। लेकिन भागते हुए शंकर को लोगों ने दौड़ाकर पकड़ लिया। लगे पिटाई करने।

पाँच सौ रुपए के बदले शंकर केवल इतना करने को तैयार हुआ था कि वह बंसवारी से लौटती फुलझारी बुआ के सामने पल-भर के लिए खड़ा हो जाएगा। तभी पहले से 'सधे-बधे' लोग दोनों को घेरकर हल्ला मचा देंगे।

पदारथ को यह जानकर बड़ी राहत मिली कि पिटने के बावजूद शंकर ने उनका नाम नहीं लिया। नहीं तो बड़ा अनर्थ हो जाता।

"बड़ी छतीसी औरत निकली गुइयाँ। औरतों का झुंड दाँतों तले उँगली दबा रहा है।"

"कब से है यह आशनाई? किसी को भनक तक नहीं लगी।"

"कहाँ चालीस-पैंतालीस की फुलझरिया, कहाँ बीस-बाईस का शंकरवा! दूने की चोट। माई रे!"

"इसीलिए मूसल जैसा मनसेधू छोड़कर नैहर में डेरा डाले पड़ी है।"

स्कीम भले पदारथ ने बनाई लेकिन बदनामी फैलाने में ठाकुर के आदमी भी जुट गए हैं।

फुलझरिया के दोनों भतीजे लाठी लेकर शंकरवा को खोज रहे हैं।

पोलिंग पार्टी आ गई। बिना खिड़की-दरवाजे वाले प्राइमरी स्कूल के खुरदरे फर्श पर प्लास्टिक की सीट बिछाकर सबने डेरा डाल दिया। घंटे-भर के अन्दर ठाकुर और पदारथ के घर से चाय, बिस्कुट और पकौड़ियाँ आ गईं। पीठासीन अफसर कहता है—नहीं, नहीं। चुनाव आयोग का सख्त निर्देश है। मतदानकर्मी किसी उम्मीदवार से खाने-पीने की कोई चीज नहीं ले सकते।

"लेकिन साहब, हमारा भी तो कोई फर्ज बनता है। आप हमारे गाँव के मेहमान हैं। मेहमान भूखे रहेंगे क्या?"

पार्टी में साल-भर के बच्चेवाली एक सुन्दर महिला भी है। बहुत

उदास है। लाख जतन के बाद भी वह अपनी ड्यूटी नहीं कटवा सकी। सभी महिला को देख-देखकर बच्चे से प्यार जता रहे हैं। उसके पीने के लिए दूध आ गया है।

"ए, टेंट उखाड़ो। बर्तन-भाँड़े हटाओ। भंडारा खत्म। सेक्टर मजिस्ट्रेट राउंड पर आनेवाले हैं।...हिसाब-किताब परसों होगा। पोलिंग के बाद। कहीं भागे जा रहे हैं क्या?..."

पीठासीन अधिकारी का 'सरनेम' नहीं पता लग रहा है। कैसे पटाया जाए? सात बजे के करीब ठाकुर और पदारथ के घर से पूड़ी-सब्जी के टिफिन आ जाते हैं। रामसिंह पीठासीन अधिकारी के कान में धीरे से पूछता है—साहब 'लालपरी' चलेगी?

रात दस बजे के बाद पदारथ की दालान से तीन लोगों की दो टोलियाँ निकलती हैं। पहली टोली के हाथ में छानबे चउवा के जनेऊ और दूसरी के हाथ में बानबे चउआ के। एक ब्राह्मण टोले में घुसती है, दूसरी बनिया टोले में। युद्ध के अन्तिम पहर में ब्रह्मास्त्र का प्रयोग। एक-एक घर के मुखिया को जगाकर जनेऊ अर्पण और गुहार—अब तक पदारथ ने जो भी सही-गलत, स्याह-सफेद किया, उसे भूल जाइए। शिकवा-शिकायत भूल जाइए। जोड़ा जनेऊ की इज्जत दाँव पर है। इसकी इज्जत बचाइए।

बनिया टोले में एक पद और—ब्राह्मणों की महिमा इस कलजुग में महाजनों के बल पर ही टिकी है आज तक। इस बार भी इसकी रक्षा कीजिए।

बादल हैं। रात से ठंडी हवा चल रही है। फिर भी सबेरे आठ बजे ही बूथ पर लम्बी लाइन लग गई। जग्गू अपनी जोरू और मुन्दर अपने बेटे के साथ सात बजे से ही एक-एक वोटर को घर से निकालने में लगा है।

अन्दर सारे एजेंट चौकन्ने हैं। जरा-सा सन्देह होते ही चैलेंज करो। बाहर बच्चा-बच्चा सतर्क है—विरोधी पार्टी कोई फर्जी वोटिंग न करा दे। साथ ही अपने पक्ष में फर्जी वोटिंग के लीकप्रूफ तरीके खोजे जा रहे हैं। फर्जी वोटिंग सबेरे-सबेरे हो जाती है या शाम को सबके थक जाने के बाद।

औरतों का झुंड लाइन में लगा है। ज्यादातर घूँघटवाली दुलहिनें। एक एजेंट ने टाँका भिड़ा लिया है। वह कहता है—साहेब, जरा जल्दी करा दीजिए। दुलहिन-बलहिन हैं। घर पर छोटे बच्चे रो रहे होंगे।

इस झुंड में कुछ महिलाएँ घूँघट निकालकर दूसरे के नाम पर वोट देने आई हैं। उन औरतों के बोलने से पहले एजेंट ही उनका नाम बता देता है। थोड़ी देर तक एजेंटों में काँव-काँव होती है फिर शान्ति छा जाती है।

महिला पोलिंग अफसर थोड़ा मेहरबान लगती है। वह भरसक ऐसी दुलहिनों की उँगली पर अमिट स्याही का निशान नहीं लगाएगी। लगाएगी भी तो जरा-मरा। दोपहर बाद जब साड़ी बदलकर अपने असली नाम से वोट देने आएगी तब लगाएगी। गाँव की जो लड़कियाँ ससुराल में हैं, जो बहुएँ मायके में हैं, जो लोग परदेस में हैं, किसी का वोट छूटना नहीं चाहिए।

दूसरी पार्टी ने दूसरा रास्ता निकाला है। पर्ची बाँटनेवाले टेंट से थोड़ा पहले गली के मोड़ पर एक किशोर अपने खास वोटरों की पहली उँगली पर गूलर का दूध पोत रहा है। इसी पर पोलिंग के समय स्याही लगेगी। गूलर के दूध के ऊपर लगाने पर अमिट स्याही 'अमिट' नहीं रह जाएगी। जरा-सा रगड़ते ही दूध की परत के साथ निकल आएगी। अब यह उँगली दुबारा वोट देने के लिए 'रेडी' है।

वोटर लिस्ट से खाला का नाम ही गायब है। पीठासीन अधिकारी को अपना वोटर आईडी कार्ड दिखाकर देर तक चिरौरी की, फिर लड़ीं। वह बार-बार हाथ जोड़ता रहा। बूथ के बाहर घंटे-भर तक अदृश्य को सरापने के बाद लाठी टेकती लौट गईं।

सफेद दाढ़ी-मूँछ की खूटियों और सन जैसे सफेद बिखरे बालोंवाले पहाड़ी बाबा झिलंगा खटिया पर बैठे धूप सेंकते मुँह में बचे आखिरी तीन लम्बे पीले दाँत दिखाते रिरिया रहे हैं—ए भइया, कोई हम्मै भी लै चलो। हम भी दे आवें।

जग्गू सबेरे-सबेरे आया था। कह गया कि अभी ले चलेंगे। लेकिन लगता है, भूल गया। बूढ़ा उधर से गुजरनेवाले हर आदमी को टेर रहा है—ए भइया...

बूढ़े की पतोहू अन्दर से निकलकर डाँटती है—एकदम्मै सठिया गए हैं क्या? कबर में पाँव लटकाएँ हैं और वोट देने के लिए मरे जा रहे हैं।

कन्धे पर बैठकर वोट डालने जाने की 'इच्छा' खाली चली जाएगी क्या?

लड़ते-झगड़ते चैलेंज करते एजेंटों और 'स्टांच सपोर्टरों' के मुँह से तीन-चार बजते-बजते फिचकुर निकल आया है। सारी चिक-चिक, झाँय-झाँय ठंडी। कहाँ तक जान देंगे? होने दो जो हो रहा है।

आखिरी वक्त में फिर कोलाहल। सील होते बैलेट बाक्स के मुँह पर सब अपनी-अपनी सील लगाने को आतुर।

दोनों बक्सों को सँभालती पोलिंग पार्टी ट्रक पर लद गई। धुएँ का काला गुबार गाँव के मुँह पर मारता ट्रक गड़गड़ाता हुआ चल पड़ा।

खटिक टोले का गोलू साइकिल नचाते गाते हुए जा रहा है—

प्रजातंत्र को चोट दे गए।
मुर्दे आकर वोट दे गए॥

पहले तो लोग ध्यान नहीं देते। तुक्कड़ जोड़ता है। कवि-सम्मेलनों में जाता है। कहीं सुन लिया होगा, गा रहा है। लेकिन फिर लोग चौकन्ने होते हैं। खुसर-पुसर होती है। थोड़ी देर में बात फैलती है कि साल-भर पहले दिवंगत हुई पदारथ की अम्मा वोट डाल गईं। मुसलमान टोले की तीन 'मरहूमाएँ' भी डाल गईं। गजब।

काउंटिंग आठ बजे से है।

पन्द्रह-बीस दिन से रात-दिन दौड़ते-दौड़ते ठाकुर को हरारत आ गई है। ठंड से बचाव भी हो जाए और हनक भी बढ़ जाए इसलिए काउंटिंग में चलने के लिए बोलेरो बुक की गई है।

अगर शुभ समाचार रहा तो वापसी में चौराहे से जुलूस बनाकर गाँव में प्रवेश का मंसूबा बनाया गया है। बहुत दिनों बाद गढ़ी में जश्न मनाने का मौका आनेवाला है।

जग्गू ठाकुर के दरवाजे पर नहा-धोकर पहुँचा तो बोलेरो आ गई थी लेकिन रामसिंह ने बताया—अभी तो बाबू साहेब उठे ही नहीं।

"क्यों?—दालान में जाकर खिड़की से झाँककर देखा, रजाई से सिर ढका है।"

"लम्मरदार!"—उसने पुकारा।

ठाकुर ने मुँह खोला। लेकिन जग्गू का चेहरा देखकर उनकी देह में सिहरन दौड़ गई। जूड़ी आएगी क्या?

"मेरी तबीयत ठीक नहीं है।—वे कमजोर आवाज में कहते हैं—तुम रामसिंह के साथ चले जाओ।"

रात के सपने ने उनकी आवाज में कम्पन पैदा कर दिया है। सपना देखा कि जग्गू हाथी की नंगी पीठ पर बैठा उन्हीं की ओर आ रहा है। उसके हाथ में लम्बा अंकुश है। उनको देखकर अट्टहास करता है—तुम्हीं को खोज रहा हूँ ठाकुर। और हाथी उनकी तरफ दौड़ा देता है। निचाट मैदान में वे अकेले भागे जा रहे हैं लेकिन पैर ही नहीं उठते। पीछे हाथी की चिंग्घाड़। रामसिंह पहले ही भाग खड़ा हुआ।

उनकी धोती खुल गई है। धोती की लांग लम्बी होकर पूँछ की तरह घिसट रही है। पैरों में लिपट रही है।

जगने के बाद भी उनकी साँस देर तक धौंकनी की तरह चल रही थी। वे रामसिंह को इस बात के लिए डाँटने जा रहे थे कि वह उन्हें अकेला छोड़कर भागा क्यों। लेकिन समझ गए।

वे बोलेरो वापस कर देते हैं। रामसिंह जग्गू को लेकर मोटरसाइकिल से चला जाता है। वे फिर लेट जाते हैं लेकिन सपने का असर डेढ़-दो घंटे में समाप्त होता है तो पछताने लगते हैं—चले जाना चाहिए था।

ग्यारह बजते-बजते बेचैनी बढ़ जाती है—काउंटिंग में भी बेईमानी हो सकती है। मौके पर जो पार्टी कमजोर होती है, उसी के वोट सबसे ज्यादा 'इनवैलिड' होते हैं।

वे रामसिंह को फोन मिलाकर सचेत करते हैं—इनवैलिड होनेवाले अपने हर वोट पर हल्ला-गुल्ला करना और जब तक बैलेट पेपर फिर सील न हो जाए, वहाँ से हटना नहीं।

फिर हर आधे घंटे बाद रामसिंह को फोन मिलाते हैं—क्या पोजीशन है?

दोपहर बीतते-बीतते उन्हें ठकुराइन पर तेज गुस्सा आता है—पता नहीं अन्दर घुसी अकेले क्या सिंगार-पटार कर रही हैं! यह नहीं, आकर थोड़ी देर पास बैठें।

चार बजे रामसिंह बताता है—फुलझरिया आठ वोट से आगे चल रही है। उनका जी धक से हो जाता है। फिर बड़ी देर तक रामसिंह का फोन नहीं मिलता।

अँधेरा होते-होते रामसिंह बताता है—मुन्दर पन्द्रह वोट से आगे है।

"बाप रे!—उनकी धड़कन बढ़ जाती है—हार जाएँगे क्या?—फिर पूछते हैं—मुस्लिम टोले के बक्से की गिनती हो गई?"

"नहीं, अब शुरू हुई है।"

वे ठकुराइन को आवाज देते हैं—जरा एक गिलास और प्याज, दालमोठ दे जाओ।

रामसिंह का मोबाइल स्विच ऑफ आ रहा है। जग्गू का मोबाइल नम्बर उन्होंने फीड नहीं किया। किया होता तो भी अब मिलाने की हिम्मत नहीं है। लगता है, जो नहीं होना था, वही हो गया। अच्छा किया जो जमीन कब्जे में कर लिया।

सात बजे के करीब जग्गू का फोन आता है—सात वोट से जीत गए, लम्मरदार।

"अरे वाह!—अब यह दूसरी तरह की धड़कन है—धाड़-धाड़..."

वे मस्टराइन को गले लगाने के लिए दौड़कर आँगन में जाते हैं लेकिन उनके पास फर्श पर बैठकर महरिन की बेटी सब्जी काट रही है। उनके कदम थम जाते हैं। वहीं से बताते हैं—तुम्हारी विजय हो गई रानी। जरा नहाने के लिए पानी गरम करवाइए।

फिर लौटकर अपनी 'शेविंग किट' ढूँढ़ने लगते हैं।

जग्गू का फोन फिर आया—पदारथ चिल्ला रहे हैं कि बेईमानी हो गई। रिकाउंटिंग के लिए हाईकोर्ट तक जाएँगे।

"सुप्रीम कोर्ट तक जाएँ। कौन रोकता है? पदा-पदाकर झिलंगा कर देंगे।—उनकी भुजाएँ फड़कने लगी हैं—किस प्वाइंट पर कोर्ट जाएँगे सरऊ?"

"उनके चौंतीस वोट इनवैलिड हुए हैं, अपने इक्कीस। चिल्ला रहे हैं कि फर्जी इनवैलिड करके हराया गया।"

"चिल्लाने दो। पाँच साल तक चिल्लाते रहें। तुम प्रमाण-पत्र लेने के बाद ही हटना। और रामसिंह के मोबाइल का क्या हुआ?"

"उसकी बैटरी डिस्चार्ज हो गई।"

वे कुछ और पूछना चाहते थे कि कट गया।

जीत का प्रमाण-पत्र पकड़ते हुए जग्गू के हाथ काँप रहे हैं। वह छोटे से बेरंग कागज को सिर से लगाता है फिर ट्यूबलाइट के पास आकर पढ़ता है—प्रमाणित किया जाता है कि श्री जगत नारायण पुत्र श्री बदलू राम साकिन...नाहरगढ़...

जग्गू का विजय जुलूस पक्की सड़क से गाँव की ओर मुड़ा तो वे नहा-धोकर प्रेस किया हुआ कुरता, धोती, जाकिट, मोजा और काला पम्प शू पहनकर तैयार हो चुके थे। कंट्रोल में रहने की अन्दर से मिल रही चेतावनी के तहत दो पेग के बाद गिलास तखत के नीचे रख चुके थे।

विजय जुलूस दरवाजे पर आए तो उन्हें खुद माला पहनाकर जग्गू का स्वागत करना चाहिए।

"अरे!—वे ठकुराइन को आवाज देते हैं—भाई, रामसिंह तो है नहीं, किसे कहें! जरा सामने से दस-बारह गेंदे के फूल तोड़कर एक माला बना दो, प्लीज!"

जब से उन्हें 'प्लीज' की ताकत पता चली है, ठकुराइन से कोई अप्रिय कार्य कराने के लिए वे इसी का सहारा लेते हैं—प्ली-ई-ई-ज!

राजगढ़ स्टेट की राजकुमारी ठकुराइन शिवराज कुँवरि आँखें तरेरकर देखती हैं।—यानी मैं माला गूँथूँगी? जगुआ के लिए?

"गूँथना पड़ेगा रानी।—ठाकुर आजिजी से कहते हैं—जमाने के साथ चलना पड़ेगा। समझो, वह नहीं, मैं जीता हूँ। असल में तो परधानी मुझे ही करनी है। वह ससुरा तो चिड़ी का गुलाम है।"

ठाकुर उनके पास ज़ाकर उनकी लम्बी केशराशि पर हाथ फेरने लगते हैं—वह जीत का जुलूस लेकर तुम्हारे दरवाजे पर आ रहा है।

कन्धे से पकड़कर वे ठकुराइन को पलँग से नीचे उतारते हैं।

उन्हें रामसिंह पर गुस्सा आ रहा है। जुलूस में शामिल होने के बजाय उसे सीधे घर आना चाहिए था। अभी आधा गाँव उनके दरवाजे पर बधाई देने जुटेगा। दो-चार डिब्बे मिठाई मँगवा लेते। कुछ पान, बीड़ी, सिगरेट। दस-बीस कुर्सियाँ...

वे खुद गैसबत्ती जलाने लगते हैं।

कितनी देर कर रहे हैं ससुरे? वहीं नाचते रहेंगे कि आगे भी बढ़ेंगे?

"अरे, जुलूस तो लगता है सीधे जग्गू के घर की ओर मुड़ गया!"

ढोल-तासे की धमक अचानक उनकी छाती पर धमकने लगती है। सिंघा बाजा की आवाज डरावनी लगने लगी है।

वे बेचैन हो जाते हैं। रात का सपना याद आ जाता है—हाथी की चिंग्घाड़!

शिवराज कुँवरि हाथ में माला लिये उनसे एक कदम पीछे बगल में खड़ी हैं। वे उनकी ओर देखते हैं। उनका चेहरा भी झाँवा हो गया है। वे उनका हाथ पकड़कर खींचते हुए कहती हैं—जाने दीजिए हरामजादे को। दोगला निकला। आप अन्दर चलिए।

वे गुस्से में हाथ की माला सामने चौकी के नीचे फेंक देती हैं।

लेकिन थोड़े असमंजस के बाद तय करते हैं कि वे खुद जाएँगे। जाना ही होगा। एक लाख से ज्यादा 'इनवेस्ट' कर चुके हैं। बात बिगड़नी नहीं चाहिए।

घुटने टेककर वे चौकी के नीचे से माला निकालते हैं और कुर्ते की बगलवाली जेब में डाल लेते हैं। मंकी टोपी उतारकर फेंकते हैं और कुबरी लेकर निकल पड़ते हैं।

गोले दग रहे हैं। छुरछुरिया छूट रही हैं। सरगबान आकाश में छेद कर रहे हैं। दो पेट्रोमेक्स की रोशनी नाचनेवालों के लिए कम पड़ रही है।

जग्गू को बीच में करके हाथ की बोतल नचा-नचाकर वही लड़के मटक रहे हैं जिनकी सूरत ठाकुर को पसन्द नहीं। प्रचार के दौरान ये लड़के एक बार भी उनके दरवाजे पर नहीं आए।

लंगड़ और बिदेशी टोले के पुराने नचनिया हैं। इनकी टक्कर आज भी

कोई नौजवान नहीं ले सकता। लंगड़ के सिर पर लाल अँगोछा डालकर किसी ने घूँघट बना दिया है। एक पैर की भचक अलग समाँ बाँधती है। दोनों हाथ फेंककर मटक-मटककर गा रहे हैं—जग्गू जाँबाज ने जग जीत लिया, दइया रे...

"नहीं-ई-ई-एक लड़का चीखता है—जग्गू नहीं, टाइगर। जीत गया भई जीत गया, जे.एन. टाइगर जीत गया!"

ठाकुर बड़ी देर तक उपेक्षित से भीड़ के बाहर खड़े रह जाते हैं। कोई उनकी तरफ देख नहीं रहा। मन करता है, कुबरी उठाकर सीधे जग्गू की खोपड़ी पर...

नहीं। गाली और गुस्सा दोनों उनके खानदानी दुश्मन रहे हैं। इन पर काबू पाना होगा। पिताजी कहते थे—जब सब साथ छोड़ जाते हैं तो धीरज साथ देता है।

वे भीड़ को चीरते हुए सीधे जग्गू के सामने आ जाते हैं। जेब से माला निकालकर उसके गले में डालते हैं और उसे अपनी भुजाओं में भर लेते हैं। देर तक भरे रहते हैं। जकड़ से छूटते ही जग्गू अपने गले की माला निकालकर ठाकुर के गले में डाल देता है। ठाकुर के कलेजे में थोड़ी ठंडक पहुँचती है।

बाजे की लय थोड़ी भंग होती है फिर तेज हो जाती है। एक लड़का लड्डू का डिब्बा उनकी ओर बढ़ाता है। वे एक लड्डू उठाकर मुँह में डाल लेते हैं। दूसरा लड़का उन्हें पानी का गिलास पकड़ाना चाहता है लेकिन वे टाल जाते हैं।

"पानी नहीं पिएँगे? पीजिए।"

ठाकुर अनसुना करके मुँह घुमा लेते हैं। लेकिन वह बदमाश फिर आगे आ जाता है। ठाकुर उसे घूरते हैं। हाथ से मना करते हैं।

"जब आप हम लोगों के गिलास का पानी नहीं पी सकते, हमको अभी भी 'वही' समझते हैं तो हमारा-आपका साथ कितने दिन निभेगा?"

ठाकुर की भृकुटि पल-भर के लिए टेढ़ी होती है फिर सामान्य हो जाती है। कहते हैं—पानी पीने से ही साथ पक्का होता हो तो कहो, बाल्टी-भर पी जाऊँ।

कहने के साथ वे लड़के के हाथ से गिलास लेकर गट-गट पी जाते हैं।

एक लड़का उन्हें नाचने के लिए लड़कों की गोल की ओर खींचता है। दूसरा उनके पंजे में पंजा फँसाकर दायें-बायें हिलाते हुए कहता है—जरा कमरिया भी लचकाइए ठाकुर!

नाचते हुए लड़कों के बीच कुबरीवाला हाथ उठाकर वे मटकने-लचकने लगते हैं।

[2012 में लिखित तथा नया ज्ञानोदय एवं कथादेश के अंक फरवरी 2013 में साथ-साथ प्रकाशित]